J. R. R. Tolkien:
Die Geschichte der Kinder Húrins
Erzählung

Deutsch von Hans J. Schütz
Herausgegeben von der Hobbit Presse

Klett-Cotta
im
Deutschen
Taschenbuch
Verlag

dtv

Von J. R. R. Tolkien
sind im Deutschen Taschenbuch Verlag erschienen:
Der kleine Hobbit (7151)
Farmer Giles of Ham/Die Geschichte vom Bauern Giles und dem Drachen (9073)
Tuor und seine Ankunft in Gondolin (10456)

Juni 1988
Deutscher Taschenbuch Verlag GmbH & Co. KG, München
Lizenzausgabe mit freundlicher Genehmigung der Ernst Klett Verlage GmbH u. Co. KG, Stuttgart
Entnommen aus: ›Nachrichten aus Mittelerde‹, herausgegeben von Christopher Tolkien

Titel der englischen Originalausgabe: ›Unfinished Tales of Numenor and Middle-earth‹

ISBN 3-608-95160-1
Umschlaggestaltung: Celestino Piatti
Umschlagbild: J. R. R. Tolkien (›Glaurung macht sich auf den Weg, um Túrin zu suchen‹ aus ›Pictures by J. R. R. Tolkien‹, herausgegeben von Christopher Tolkien, erschienen im Verlag George Allen & Unwin Ltd., London 1979)
Gesamtherstellung: C. H. Beck'sche Buchdruckerei, Nördlingen
Printed in Germany · ISBN 3-423-10905-X

Inhalt

Einleitung

Die Entstehungsgeschichte der Sage von Túrin Turambar ist in mancher Hinsicht die verwickeltste und komplizierteste von allen erzählenden Elementen der Geschichte des Ersten Zeitalters. Wie die Geschichte ›Von Tuor und dem Fall von Gondolin‹ (siehe dtv-Band 10456) reicht sie in die ersten Anfänge zurück und ist in einer frühen Prosaerzählung (einer der ›Verlorenen Geschichten‹) und in einem langen, unvollendeten Gedicht in Stabreimen erhalten. Doch während die spätere »Langfassung« der Tuor-Geschichte niemals sehr weit gedieh, vollendete mein Vater die entsprechende Fassung der Túrin-Geschichte fast ganz. Sie hat den Titel ›Narn i Hîn Húrin‹, und diese Erzählung ist hier wiedergegeben.

Der Ablauf der langen ›Narn‹ weist freilich große Unterschiede auf, und zwar in dem Maße, in welchem sich der Text einer vollkommenen oder endgültigen Gestalt näherte. Der Schlußabschnitt (von der Rückkehr Túrins nach Dor-lómin bis zu seinem Tod) hat kaum editorische Bearbeitung erfahren. Der erste Abschnitt hingegen (bis zum Weggang Túrins aus Doriath) machte ein gerüttelt Maß an Korrekturen, Aussonderungen und an einigen Stellen eine leichte Straffung notwendig, da die Originaltexte bruchstückhaft und unzusammenhängend waren. Der Mittelabschnitt der Erzählung (Túrin unter den Geächteten, Mîm, der Kleinzwerg, das Land Dor-Cúarthol, der Tod Belegs von Túrins Hand und Túrins Leben in Nargothrond) stellte ein weit schwierigeres editorisches Problem dar. Die Erzählung ist hier nur zu einem geringen Teil vollendet und stellenweise auf Entwürfe für ihre mögliche Weiterführung reduziert. Mein Vater war noch mit der Ausarbeitung dieses Teils beschäftigt, als er die Arbeit abbrach. Die kürzere Version für ›Das Silmarillion‹ mußte bis zum endgültigen Abschluß der ›Narn‹ liegenbleiben. Bei der Vorbereitung zur Publikation des ›Silmarillion‹ entnahm ich notgedrungen einen großen Teil der entsprechenden Passagen der Túrin-Geschichte diesen Materialien, die sich in ihrer Vielfalt und in ihren

Bezügen untereinander außerordentlich vielschichtig darstellen.

Für den ersten Teil dieses zentralen Abschnitts (bis zum Beginn von Túrins Aufenthalt in Mîms Wohnung auf dem Amon Rûdh) habe ich aus dem vorliegenden Material eine zusammenhängende Erzählung kompiliert, die im Umfang mit anderen Teilen der ›Narn‹ vergleichbar ist und die an einer Stelle (Seite 67) eine Lücke aufweist. Jedoch von dort an (Seite 80) bis zu Túrins Ankunft am Ivrin nach dem Fall Nargothronds gab ich diese Methode als unergiebig auf. Die Lücken in der ›Narn‹ waren hier allzu groß und konnten nur durch den entsprechenden, bereits publizierten Text des ›Silmarillion‹ ausgefüllt werden. Dennoch habe ich in einem Anhang (Seite 147) vereinzelte Fragmente aus dem entsprechenden Teil der geplanten längeren Erzählung angeführt.

Im dritten Abschnitt der ›Narn‹ (beginnend mit der Rückkehr Túrins nach Dor-lómin) wird ein Vergleich mit dem ›Silmarillion‹ zahlreiche (zum Teil sogar wörtliche) Übereinstimmungen zeigen. Dagegen habe ich im ersten Abschnitt des vorliegenden Textes zwei längere Passagen weggelassen (vgl. Seite 12 und Anmerkung 1, sowie Seite 23 und Anmerkung 2), weil es sich um unerhebliche Varianten von Passagen handelt, die in ›Das Silmarillion‹ aufgenommen sind. Diese Überschneidungen und wechselseitigen Beziehungen zwischen einem Werk und einem anderen können unterschiedlich interpretiert und von verschiedenen Standpunkten beurteilt werden. Meinem Vater machte es Freude, den gleichen Stoff in einem anderen Zusammenhang neu zu erzählen; doch einige Teile verlangten nicht nach einer ausführlichen Behandlung in einer längeren Fassung, und es gab keinen Anlaß, sie um ihrer selbst willen neu zu formulieren. Wenn andrerseits alles noch im Fluß war und die endgültige Anordnung der verschiedenen Erzählstränge in weiter Ferne lag, konnte dieselbe Passage probeweise an verschiedenen Stellen eingefügt werden. Doch auch auf einer anderen Ebene läßt sich eine Erklärung finden: Geschichten wie der von Túrin Turambar war bereits vor langer Zeit eine besondere dichterische Form verliehen worden (in diesem Fall war es die ›Narn i Hîn Húrin‹ des Dichters Dírhavel); Redewendungen oder sogar ganze Passagen (besonders Szenen von großer rhetorischer Eindringlichkeit wie Túrins Ansprache an sein Schwert vor seinem Tod) dieser Fassungen konnten als Ganzes von jenen beibehalten werden, die später Zusammenfassungen der Geschichte der Altvorderenzeit erstellten (als solche ist ›Das Silmarillion‹ gedacht).

Christopher Tolkien

Narn i Hîn Húrin: Die Geschichte der Kinder Húrins

Túrins Kindheit

Hador Goldscheitel war ein Fürst der Edain, und die Eldar liebten ihn sehr. Zeit seines Lebens lebte er unter der Herrschaft Fingolfins, der ihm ausgedehnte Ländereien in jener Gegend Hithlums zum Lehen gab, die Dor-lómin genannt wurde. Seine Tochter Glóredhel heiratete Haldir, den Sohn Halmirs, Fürst der Menschen von Brethil; und auf demselben Fest heiratete sein Sohn Galdor der Lange Hareth, die Tochter Halmirs.

Galdor und Hareth hatten zwei Söhne, Húrin und Huor. Húrin war drei Jahre älter, doch er war weniger groß gewachsen als andere Männer seines Stammes. Darin schlug er dem Volk seiner Mutter nach, doch in allen anderen Belangen glich er seinem Großvater: Er war schön von Angesicht, goldhaarig, von großer Körperkraft und feurigem Gemüt. Doch sein inneres Feuer loderte ständig, und groß waren seine Ausdauer und seine Willenskraft. Von allen Menschen im Norden wußte er am meisten über die Absichten der Noldor. Sein Bruder Huor war großgewachsen; er war der größte aller Edain mit Ausnahme seines Sohnes Tuor, und ein schneller Läufer. Doch war die Rennstrecke lang und anstrengend, war es Húrin, der als erster zu Hause anlangte, denn er lief am Ende der Strecke mit der gleichen Kraft wie am Anfang. Die beiden Brüder liebten sich sehr, und in ihrer Jugend sah man den einen selten ohne den anderen.

Húrin heiratete Morwen, die Tochter Baragunds, Sohn des Bregolas aus dem Haus Beor, und war auf diese Weise mit Beren dem Einhänder eng verwandt. Morwen war dunkelhaarig und großgewachsen, und wegen ihres strahlenden Blicks und der Schönheit ihres Angesichts wurde sie von den Menschen Eledhwen, Elbenschein, genannt. Doch sie war stolz und von ernstem Sinn. Das Unglück des Hauses Beor betrübte sie, denn nach der Niederlage in der Bragollach kam sie als eine Vertriebene von Dorthonion nach Dor-lómin.

Das älteste Kind Húrins und Morwens hieß Túrin, und es wurde in dem Jahr geboren, in dem Beren nach Doriath kam und Lúthien Tinúviel fand, Thingols Tochter. Morwen gebar Húrin auch eine Tochter, die den Namen Urwen erhielt; doch von allen, die sie in ihrem kurzen Leben kannten, wurde sie Lalaith genannt, das Lachen.

Huor heiratete Rían, die Base Morwens. Sie war die Tochter Belegunds, Sohn des Bregolas. Ein hartes Schicksal ließ sie in solch harten Zeiten geboren werden, denn ihr Gemüt war sanft, und sie liebte weder die Jagd noch den Krieg. Ihre Liebe galt den Bäumen und Blumen der Wildnis, sie sang und erfand Lieder. Nur zwei Monate war sie mit Huor verheiratet, als er mit seinem Bruder in die Nirnaeth Arnoediad zog, und sie sah ihn niemals wieder.[1]

In den Jahren nach der Dagor Bragollach und dem Fall Fingolfins wurden die Schatten der Furcht länger, die Morgoth über das Land warf. Aber im vierhundertneunundsechzigsten Jahr nach der Rückkehr der Noldor nach Mittelerde rührte sich Hoffnung unter den Elben und Menschen, denn es gab Gerüchte über die Taten Berens und Lúthiens, und wie man Morgoth sogar auf seinem Thron in Angband Schande zugefügt habe. Einige sagten, daß Beren und Lúthien noch lebten oder von den Toten auferstanden seien. In diesem Jahr waren auch die großen Pläne Maedhros' beinahe ausgereift, und die wieder auflebende Kraft der Eldar und Edain brachte den Vormarsch Morgoths zum Stehen, und die Orks wurden aus Beleriand zurückgedrängt. Darauf begannen manche von kommenden Siegen zu sprechen: Die Niederlage in der Bragollach sollte wettgemacht werden, Maedhros die vereinigten Heere in den Kampf führen, und Morgoth sollte unter die Erde getrieben und die Tore Angbands versiegelt werden.

Die Klügeren jedoch blieben beunruhigt und fürchteten, Maedhros könne seine eigene Stärke zu früh offenbaren und Morgoth dadurch Zeit geben, Gegenmaßnahmen zu ergreifen. Sie sagten: »Es wird immer so sein, daß neue arglistige Pläne, die Elben und Menschen nicht erahnen können, in Angband ausgeheckt werden.« Und im Herbst dieses Jahres, wie um ihre Worte zu bestätigen, zog unter bleiernem Himmel aus dem Norden ein übler Wind heran. Er wurde der Verfluchte Wind genannt, denn er trug die Pest mit sich, und in diesem Herbst erkrankten und starben viele in den nördlichen Ländern, die an die Anfauglith grenzten. Und zum größten Teil traf es die Kinder und Heranwachsenden in den Häusern der Menschen.

In jenem Jahr zu Beginn des Frühlings waren Húrins Sohn Túrin erst fünf und seine Schwester Urwen drei Jahre alt. Urwens Haar war gelb wie die Lilien im Gras, wenn sie durch die Felder tollte, und ihr Lachen war wie das heitere Plätschern des Baches, der aus den Hügeln kam und an den Mauern ihres Vaterhauses vorbeifloß. Der Bach hieß Nen Lalaith, und nach ihm wurde das Kind von allen Hausbewohnern Lalaith genannt, denn immer, wenn es unter ihnen weilte, machte es ihre Herzen froh.

Túrin hingegen war weniger beliebt. Wie seine Mutter war er dunkelhaarig, und er schien auch ihr ernstes Gemüt geerbt zu haben. Er war nicht heiter, sprach wenig, obgleich er das Sprechen früh erlernte und immer älter wirkte, als er wirklich war. Túrin vergaß Ungerechtigkeit und Spott nur allmählich, doch das Feuer seines Vaters brannte auch in ihm, und er konnte wild und unbesonnen sein. Doch ebenso schnell empfand er Mitleid; Schmerz und Trauer lebender Wesen konnten ihn zu Tränen rühren, und auch darin glich er seinem Vater. Morwen hingegen war streng gegen sich selbst und gegen andere. Túrin liebte seine Mutter, denn sie sprach ehrlich und offen mit ihm, während er seinen Vater nur selten sah, denn Húrin war mit dem Heer Fingons, das die östlichen Grenzen Hithlums bewachte, oft lange von zu Hause fort. Kam er heim, beunruhigte und verwirrte er den Sohn durch seine schnelle Redeweise und seine Sprache, die mit fremdartigen Wörtern, Andeutungen und Spötteleien durchsetzt war. Zu dieser Zeit galt Túrins ganze zärtliche Zuneigung seiner Schwester Lalaith, doch er spielte nur selten mit ihr und zog es vor, sie ungesehen zu beschützen und sie zu beobachten, wenn sie auf dem Gras oder unter den Bäumen entlanglief. Dabei sang sie Lieder, wie sie sich die Kinder der Edain vor langer Zeit auszudenken pflegten, als die Sprache der Elben ihnen noch leicht von der Zunge ging.

»Lalaith ist schön wie ein Elbenkind«, sagte Húrin zu Morwen, »doch, wahrlich, Elben leben länger. So hübsch sie ist, desto empfindlicher ist sie vielleicht.«

Túrin, der diese Worte gehört hatte, grübelte darüber nach, aber er konnte sie nicht verstehen, denn Elbenkinder hatte er nie gesehen. Zu dieser Zeit lebte keiner der Eldar im Land seines Vaters, und nur ein einziges Mal hatte Túrin sie gesehen, als König Fingon mit vielen seiner Fürsten durch Dor-lómin geritten war und sie in silbernem und weißem Glanz die Brücke über den Nen Lalaith passiert hatten.

Doch bevor das Jahr vorüber war, erwies sich, daß sein Vater die Wahrheit gesagt hatte, denn der Verfluchte Wind kam nach Dor-lómin, Túrin wurde krank und lag lange in Fieber und dunklen Träumen darnieder. Aber als er wieder gesund wurde, weil sein Schicksal es wollte und die Lebenskraft in ihm stark war, fragte er nach Lalaith. Doch die Kinderfrau antwortete: »Sprich nicht mehr von Lalaith, Sohn Húrins, doch nach deiner Schwester Urwen mußt du deine Mutter fragen.«

Und als Morwen zu ihm kam, sagte er zu ihr: »Ich bin nicht mehr krank und will Urwen sehen; aber warum darf ich nicht mehr Lalaith sagen?«

»Weil Urwen tot ist und das Lachen in diesem Hause verstummt ist«, antwortete sie. »Doch du lebst, mein Sohn, und ebenso der Feind, der uns dies angetan hat.«

Sie versuchte weder ihn noch sich selbst zu trösten, sondern ertrug stumm ihren Schmerz und wappnete ihr Herz mit Eis. Húrin jedoch trauerte offen, und er nahm seine Harfe, um ein Klagelied anzustimmen. Doch es gelang ihm nicht, und er zerbrach die Harfe, ging hinaus, reckte die Hand gen Norden und rief: »Verderber Mittelerdes, geschähe es, daß ich dir von Angesicht zu Angesicht gegenüberstünde, so würde ich dich verderben, wie es mein Herr Fingolfin getan hat!«

In der Nacht aber, als er allein war, weinte Túrin bitterlich, wenn er auch seiner Mutter gegenüber den Namen seiner Schwester niemals wieder aussprach. Nur einem Freund vertraute er sich in dieser Zeit an, erzählte ihm von seinem Kummer und der Leere des Hauses. Dieser Freund hieß Sador und war ein Knecht im Dienst Húrins; der war lahm und wurde nur gering geachtet. Er war Holzfäller gewesen, der, weil das Unglück es wollte oder er die Axt nicht recht führte, sich den rechten Fuß abgeschlagen hatte. Das fußlose Bein war verkrüppelt, und deshalb nannte Túrin ihn Labadal, was »Hüpf-Fuß« bedeutete. Gleichwohl mißfiel Sador dieser Beiname nicht, denn er war Túrins Mitleid entsprungen, und nicht seinem Spott. Sador arbeitete auf den Vorwerken, wo er kleine Gegenstände von geringem Wert herstellte oder Dinge ausbesserte, die im Hause gebraucht wurden, denn in der Bearbeitung von Holz war er sehr geschickt. Um Sadors Bein zu schonen, brachte ihm Túrin, was er für seine Arbeit brauchte. Manchmal trug er heimlich einige Werkzeuge und Holzstücke herbei, auf die niemand achtgab, denn er glaubte, sein Freund könne etwas damit anfangen. Dann lächelte Sador und gebot ihm, die Geschenke an ihren Platz zurückzubringen. »Habe eine offene Hand«, sagte er, »aber verschenke nur, was dir selber gehört.« So gut er konnte, belohnte er die Freundlichkeit des Kindes und schnitzte ihm Menschen- und Tierfiguren. Doch am meisten Freude hatte Túrin an Sadors Geschichten. Dieser war nämlich in den Tagen der Bragollach ein junger Mann gewesen und liebte es, sich der Erinnerung an jene kurze Zeit zu überlassen, in der er ein vollwertiger Mann gewesen war, bevor er zum Krüppel wurde.

»Es war eine große Schlacht, sagt man, Sohn Húrins. In der großen Not jenes Jahres wurde ich von meiner Arbeit in den Wäldern fortgerufen. Aber ich habe an der Bragollach nicht teilgenommen, wo ich vielleicht auf ehrenhaftere Weise eine Verwundung erlitten hätte. Wir kamen zu spät, konnten nur noch die Bahre mit dem Leichnam des alten Fürsten Hador vom Schlachtfeld tragen, der gefallen war, als er König Fingolfin schützte. Dann wurde ich Soldat und diente viele Jahre in Eithel Sirion, der großen Festung der Elbenkönige. So kommt es mir jedenfalls heute vor, und die dunklen Jahre, die darauf folgten, haben nichts Bemerkenswertes. Ich war in Eithel Sirion, als der Schwarze König es bestürmte und Galdor, dein Großvater, dort Hauptmann in des Königs Diensten war. In jenem Gefecht wurde er erschlagen, und ich sah deinen Vater seine Nachfolge antreten und die Befehlsgewalt übernehmen, obgleich er noch ein sehr junger Mann war. Ein Feuer brenne in ihm, sagte man, von dem das Schwert in seiner Hand erglühe. In seinem Gefolge trieben wir die Orks in die Sandwüste, und seit jenen Tagen haben sie es nicht gewagt, sich in Sichtweite der Mauern blicken zu lassen. Doch genug davon! Meine Kampfeslust war gestillt, denn ich hatte genug vergossenes Blut und Wunden gesehen. Ich erhielt die Erlaubnis, in die Wälder zurückzukehren, nach denen ich mich sehnte. Dort trug ich meine Verwundung davon, denn ein Mann, der vor seiner eigenen Furcht flieht, wird feststellen, daß er nur den Weg abgekürzt hat, der erneut zu ihr führt.«

So sprach Sador zu Túrin, als dieser älter wurde und viele Fragen zu stellen begann, deren Beantwortung Sador schwerfiel; außerdem fand er, daß andere, die Túrin verwandtschaftlich näherstanden, diese Aufgabe übernehmen sollten. Eines Tages sagte Túrin zu ihm: »War Lalaith wirklich einem Elbenkind ähnlich, wie mein Vater sagte? Und was meinte er, als er sagte, sie lebe nicht so lange wie eine Elbe?«

»Sie war den Elbenkindern sehr ähnlich«, sagte Sador, »denn in ihrer ersten Jugend scheinen die Kinder von Elben und Menschen eng miteinander verwandt zu sein. Doch die Kinder der Menschen wachsen schneller, ihre Jugend geht bald vorbei, das ist ihr Schicksal.«

Darauf fragte ihn Túrin: »Was bedeutet Schicksal?«

»Was das Schicksal der Menschen angeht«, erwiderte Sador, »mußt du jene fragen, die klüger sind als Labadal. Doch wie jedermann sehen kann, welken wir bald und sterben, und durch einen unglücklichen Zufall ereilt manche der Tod sogar früher. Doch die Elben welken nicht, und sie sterben nicht, außer durch schwere Wunden. Von Verwundungen und Schmerzen, denen Menschen zum Opfer fallen, können sie geheilt werden. Sogar wenn ihre Körper zugrundegegangen sind, können sie eines Tages zurückkehren. Mit uns ist es nicht so.«

»Dann wird Lalaith nicht zurückkehren?« fragte Túrin. »Wohin ist sie gegangen?«

»Sie wird nicht zurückkehren«, sagte Sador, »aber wohin sie gegangen ist, weiß niemand, zumindest ich weiß es nicht.«

»Ist das immer so gewesen? Oder müssen wir einen Fluch des verruchten Königs erdulden so wie den Verfluchten Wind?«

»Ich weiß es nicht. Hinter uns liegt eine Finsternis, aus der nur wenige Geschichten überliefert sind. Die Väter unserer Väter hätten vieles erzählen können, doch sie haben es nicht getan. Zwischen uns und dem Leben, aus dem sie kamen, stehen Berge, und niemand weiß heute, wovor die Vorväter geflohen sind.«

»Haben sie sich gefürchtet?« fragte Túrin.

»Es kann sein«, antwortete Sador. »Vielleicht sind wir vor der furchteinflößenden Finsternis geflohen, nur um ihr hier gegenüberzustehen, wo uns nur noch die Flucht zum Meer bleibt.«

»Wir fürchten uns nicht mehr«, sagte Túrin, »jedenfalls nicht alle. Mein Vater hat keine Furcht, und auch ich nicht, zumindest werde ich mich so verhalten wie meine Mutter und meine Furcht nicht zeigen.«

Als Túrin dies sagte, kam es Sador vor, als seien Túrins Augen nicht die Augen eines Kindes, und er dachte: Für einen unbeugsamen Geist ist Kummer nur ein Wetzstein, an dem er sich härtet. Aber laut sagte er: »Sohn Húrins und Morwens, wie es um dein Herz bestellt sein wird, kann Labadal nicht sagen, doch du wirst nur selten und nur wenigen offenbaren, was in ihm vorgeht.«

Darauf entgegnete Túrin: »Vielleicht ist es besser, nicht auszusprechen, was man sich wünscht, wenn man es nicht erreichen kann. Aber ich wünschte, Labadal, ich wäre einer der Eldar. Dann könnte Lalaith zurückkehren, und ich wäre noch immer hier, selbst wenn sie lange fort wäre. Sobald ich kann, werde ich als Soldat zu einem Elbenkönig gehen, wie du es getan hast, Labadal.«

»Du könntest viel von ihnen lernen«, sagte Sador und seufzte. »Sie sind ein wunderbares und gerechtes Volk, und sie besitzen Macht über die Herzen der Menschen. Und doch denke ich manchmal, daß es besser gewesen wäre, wenn wir sie niemals getroffen hätten, sondern bescheidenere Wege gewandelt wären, denn ihr Wissen ist uralt, und sie sind stolz und festen Sinnes. In ihrem Licht werden wir undeutlich oder brennen mit allzu heißer Flamme, und das Gewicht des Verhängnisses lastet schwer auf uns.«

»Aber mein Vater liebt sie«, sagte Túrin, »und ohne sie ist er nicht glücklich. Er sagt, fast alles, was wir wissen, hätten wir von ihnen gelernt und seien durch sie zu einem edleren Volk geworden. Und er sagt auch, daß die Menschen, die vor kurzem über die Berge gekommen sind, kaum besser sind als Orks.«

»Das trifft zu«, erwiderte Sador, »zumindest auf einige von uns. Doch der Aufstieg ist qualvoll, und aus großer Höhe fällt man leicht herab.«

Zu dieser Zeit war Túrin fast acht Jahre alt, und nach dem Kalender der Elben war es im Monat Gwaeron des Jahres, das unvergeßlich bleiben wird. Schon munkelten die Älteren über eine große Sammlung und Musterung von Waffen, doch der Junge hörte nichts davon. Húrin, der den Mut und die Verschwiegenheit seiner Frau kannte, sprach oft mit ihr über die Pläne der Elbenkönige und was geschehen könne, wenn sie gut oder schlecht ausgingen. Sein Herz war voller Hoffnung, und er hatte wenig Furcht vor dem Ausgang der Schlacht, denn er glaubte nicht daran, daß irgendeine Macht in Mittelerde die Eldar in ihrer Kraft und Größe würde besiegen können. »Sie haben das Licht im Westen gesehen«, sagte er, »und am Ende muß die Finsternis vor ihren Gesichtern fliehen.« Morwen widersprach ihm nicht, denn in seiner Gegenwart schien die Hoffnung immer glaubwürdiger als anderswo. Aber in ihrem Geschlecht war auch die Kenntnis des Elbenwissens überliefert worden, und sie sagte zu sich selbst: Haben sie nicht doch das Licht verlassen, und sind sie nicht jetzt von ihm ausgeschlossen? Es kann sein, daß die Herren des Westens sie aus ihren Gedanken verbannt haben, und wie können gerade die Älteren Kinder eine der Mächte besiegen?

Auf Húrin Thalion schien kein Hauch eines solchen Zweifels zu liegen. Doch eines Morgens im Frühling erwachte er nach unruhigem Schlaf, und an diesem Tag lag ein Schatten auf seiner strahlenden Zuversicht. Am Abend sagte er plötzlich: »Wenn ich zu den Waffen gerufen werde, Morwen Eledhwen, werde ich den Erben des Hauses Hador in deiner Obhut zurücklassen. Das menschliche Leben ist kurz, und sogar in Friedenszeiten ist man gegen böse Zufälle nicht immer gefeit.«

»Das ist immer so gewesen«, antwortete sie, »doch was verbirgt sich hinter deinen Worten?«

»Vorsicht, nicht Zweifel«, entgegnete Húrin, jedoch er sah sorgenvoll aus. »Aber jemand, der nach vorn blickt, muß folgendes bedenken: Die Dinge bleiben nicht, wie sie waren. Was vor uns liegt, ist ein großer Wurf, und eine Seite wird dabei zu Fall kommen. Sind es die Elbenkönige, die fallen, dann muß es mit den Edain ein böses Ende nehmen, und wir sind es, die dem Feind am nächsten wohnen. Doch wenn die Dinge schlecht ausgehen, werde ich nicht zu dir sagen: *Habe keine Furcht!* Denn du fürchtest nur, wovor man sich fürchten sollte, und nur dieses allein. Furcht bringt dich nicht zur Verzweiflung. Aber ich rate dir: *Warte nicht!* Ich werde zu dir zurückkehren, wenn ich kann, doch warte nicht auf mich! Ziehe in den Süden, so schnell du kannst. Ich werde folgen, und ich werde dich finden, müßte ich auch ganz Beleriand absuchen.«

»Beleriand ist groß und bietet keinen Unterschlupf für Vertriebene«, sagte Morwen. »Wohin soll ich fliehen, mit wenigen oder mit vielen Begleitern?«

Darauf dachte Húrin eine Weile schweigend nach. »Die Familie meiner Mutter lebt in Brethil«, sagte er. »Das ist etwa dreißig Meilen von hier, wenn man dem Flug des Adlers folgt.«

»Wenn eine solch schlimme Zeit wirklich kommt, welche Hilfe können Menschen gewähren?« sagte Morwen. »Das Haus Beor ist gefallen. Wenn das mächtige Haus Hador fällt, in welche Löcher soll sich das kleine Volk von Haleth verkriechen?«

»Sie sind nur sehr wenige und unerfahren, doch zweifle nicht an ihrer Tapferkeit«, sagte Húrin. »Wo sonst ist Hoffnung?«

»Du sprichst nicht von Gondolin«, sagte Morwen.

»Nein, dieser Name ist niemals über meine Lippen gekommen«, erwiderte Húrin. »Doch es trifft zu, was dir zu Ohren gekommen ist: Ich bin dort gewesen. Aber ich sage dir jetzt die Wahrheit. Ich habe sie keinem anderen gesagt und werde es auch künftig nicht tun: Ich weiß nicht, wo es liegt.«

»Aber du ahnst es, du hast eine bestimmte Vermutung, denke ich«, sagte Morwen.

»Kann sein«, erwiderte Húrin, »doch wenn nicht Turgon selbst mich von meinem Eid entbindet, darf ich diese Vermutung nicht aussprechen, selbst dir gegenüber nicht. Deshalb würde deine Suche vergeblich sein. Würde ich aber, zu meiner eigenen Schande, den Mund auftun, gelangtest du im besten Fall an ein verschlossenes Tor. Niemand wird es durchschreiten, es sei denn, Turgon käme heraus, um in den Krieg zu ziehen (und dafür gibt es keine Hinweise, und man hoffe nicht darauf).«

»Wenn deine Familie wenig Hoffnung bietet und deine Freunde dich abweisen«, sagte Morwen, »muß ich mit mir selbst zu Rate gehen, und dabei kommt mir Doriath in den Sinn. Als letzte Verteidigung wird der Gürtel Melians zerbrochen werden, denke ich, und das Haus Beor wird in Doriath nicht gering geschätzt. Bin ich nicht mit dem König verwandt? Immerhin war mein Vater ebenso ein Enkelsohn Bregors wie Beren, der Sohn Barahirs.«

»Mein Herz ist Thingol nicht geneigt«, sagte Húrin. »Er wird König Fingon seine Unterstützung versagen, und ich weiß nicht, warum sich mein Gemüt verdüstert, wenn ich den Namen Doriath höre.«

»Beim Namen Brethil wird mir ebenso schwer ums Herz«, sagte Morwen.

Plötzlich lachte Húrin und sagte: »Da sitzen wir nun, reden über die Dinge, auf die wir keinen Einfluß haben, und über Schatten, die aus Träumen aufsteigen. Alles wird nicht so schlimm werden. Geschieht es aber doch, dann ist alles deinem Mut und deiner Klugheit anvertraut. Dann handle so, wie dein Herz es dir gebietet, aber handle schnell. Und wenn wir unsere Ziele erreichen, sind die Elbenkönige entschlossen, alle Lehen des

Hauses Beor an die Erben zurückzugeben, und unserem Sohn wird eine prächtige Erbschaft zufallen.«

Als Túrin in der Nacht im Halbschlaf lag, kam es ihm vor, als stünden seine Eltern neben seinem Bett, hielten brennende Kerzen in den Händen und blickten auf ihn herab. Doch ihre Gesichter konnte er nicht sehen.

Am Morgen von Túrins Geburtstag überreichte Húrin seinem Sohn ein Elbenmesser zum Geschenk, dessen Griff und Scheide silbern und schwarz waren, und er sagte: »Erbe des Hauses Hador, hier ist ein Geburtstagsgeschenk. Aber gib darauf acht! Es ist eine furchtbare Klinge, und Stahl ist nur denen von Nutzen, die mit ihm umgehen können. Er ist gleichermaßen dazu bereit, die eigene Hand zu verletzen als irgend etwas anderes.« Und indem er Túrin auf einen Tisch setzte, küßte er ihn und sagte: »Du überragst mich schon, Sohn Morwens. Bald wirst du so groß sein wie ich und dabei auf eigenen Füßen stehen. An diesem Tag werden viele deine Klinge fürchten.«

Darauf rannte Túrin aus dem Zimmer, ging allein umher und verspürte in seinem Herzen eine Wärme wie die Sonnenwärme, die in der kalten Erde alles zum Wachsen bringt. Er wiederholte für sich die Worte seines Vaters: Erbe von Hador. Aber auch andere Worte kamen ihm in den Sinn: Habe eine offene Hand, doch verschenke nur, was dir gehört. Und er lief zu Labadal und rief: »Labadal, es ist mein Geburtstag, der Geburtstag des Erben von Hador! Ich habe dir ein Geschenk gebracht zur Erinnerung an diesen Tag. Hier ist ein Messer, gerade so eines, wie du es brauchst. Es schneidet alles, was du willst, haarfein.«

Darauf war Sador betrübt, denn er wußte wohl, daß Túrin an diesem Tag das Messer selbst zum Geschenk bekommen hatte; doch es galt unter Männern als kränkend, ein aus freiem Willen gegebenes Geschenk zurückzuweisen, aus welcher Hand es auch immer kam. Darauf sagte er ernst zu Túrin: »Du entstammst einer großherzigen Familie, Túrin, Sohn Húrins, und ich habe nichts getan, was dein Geschenk wettmachen könnte. Ich kann auch nicht hoffen, es in den Tagen, die mir geblieben sind, besser zu machen. Aber was in meiner Macht steht, werde ich tun.« Als Sador das Messer aus der Scheide zog, sagte er: »Das ist ein wirkliches Geschenk: eine Klinge aus Elbenstahl. Ich hatte schon fast vergessen, wie er sich anfühlt.«

Húrin bemerkte alsbald, daß Túrin das Messer nicht trug, und fragte ihn, ob seine warnenden Worte ihm Furcht eingeflößt hätten. Túrin antwortete darauf: »Nein. Aber ich habe es Sador, dem Holzschnitzer, gegeben.«

»Schätzt du das Geschenk deines Vaters so gering?« fragte Morwen, und Túrin sagte: »Nein, doch ich habe Sador gern und empfinde Mitleid mit ihm.«

Darauf sagte Húrin: »Es gehörte alles dir, Túrin, was du verschenkt hast: Liebe, Mitleid, und das Messer ist dabei das wenigste.«

»Jedoch zweifle ich, ob Sador dieses Geschenk verdient«, sagte Morwen. »Er ist durch eigene Ungeschicklichkeit verkrüppelt, und er kommt seinen Pflichten schleppend nach, weil er viel Zeit auf überflüssige Dinge verschwendet, um die ihn niemand gebeten hat.«

»Habe dennoch Mitleid mit ihm«, entgegnete Húrin. »Eine ehrliche Hand und ein aufrichtiges Herz können danebenschlagen, und ein solches Leid ist schwerer zu tragen als eine Wunde, die ein Feind geschlagen hat.«

»Aber jetzt mußt du dich mit einer zweiten Klinge gedulden«, versetzte Morwen, »damit das Geschenk auch ein wahres Geschenk ist und einen Verlust für dich bedeutet.«

Nichtsdestoweniger bemerkte Túrin, daß Sador in der Folge freundlicher behandelt wurde und jetzt den Auftrag erhielt, einen großen Sessel anzufertigen, auf dem der Hausherr in seiner Halle sitzen sollte.

Es war an einem strahlenden Morgen des Monats Lothron, als Túrin von plötzlichem Trompetenschall geweckt wurde. Als er zur Tür rannte, sah er im Hof ein großes Gedränge von Männern zu Fuß und zu Pferde und in voller Kriegsausrüstung. Auch Húrin stand dort, erteilte Befehle, und Túrin erfuhr, daß sie heute nach Barad Eithel aufbrechen würden. Diese Männer waren

Húrins Wachmannschaften und Hausknechte, doch alle Männer des Landes waren aufgeboten. Einige waren bereits mit Huor, dem Bruder seines Vaters, aufgebrochen, viele andere wollten sich unterwegs zum Fürsten von Dor-lómin gesellen und sich hinter seinem Banner zur großen Heerschau vor dem König begeben.

Ohne Tränen nahm Morwen von Húrin Abschied und sagte: »Ich will beschützen, was du in meiner Obhut zurückläßt, was auch immer sein und geschehen wird.«

Húrin antwortete: »Lebe wohl, Herrin von Dor-lómin. Wir reiten jetzt fort, und unsere Hoffnungen sind größer als jemals zuvor. Wir wollen daran glauben, daß die Feier zu dieser Wintersonnenwende fröhlicher sein wird als in allen anderen Jahren, und daß ihr ein Frühling ohne Furcht folgt!« Darauf hob er Túrin auf seine Schulter und rief seinen Männern zu: »Laßt den Erben des Hauses Hador den Glanz eurer Schwerter sehen!« Und die Sonne ließ die Klingen fünfzig gezückter Schwerter aufblitzen, und der Hof hallte wider vom Schlachtruf der Edain des Nordens: *Lacho calad! Drego morn!* Licht, flamme auf! Nacht, entfliehe!

Dann sprang Húrin schließlich in den Sattel, sein goldenes Banner wurde entrollt, und wieder tönten die Trompetenklänge in den Morgen. So ritt Húrin Thalion davon in die Nirnaeth Arnoediad.

Morwen und Túrin aber verharrten schweigend in der Tür, bis sie in weiter Ferne den schwachen, vom Wind getragenen Klang eines einzelnen Horns vernahmen: Húrin hatte den Hügelrücken überquert, und von dort konnte er sein Haus nicht mehr sehen.

Der Wortstreit zwischen Húrin und Morgoth

Die Elben singen viele Lieder und erzählen viele Geschichten von der Nirnaeth Arnoediad, der Schlacht der Ungezählten Tränen, in der Fingon fiel und die Blüte der Eldar dahinwelkte. Erzählte man sie alle, würde das Leben eines Menschen nicht ausreichen, sie anzuhören.[2] Aber jetzt soll nur erzählt werden, was Húrin widerfuhr, dem Sohn Galdors und Herrn Dor-lómins, als er schließlich an den Ufern des Rivil auf Befehl Morgoths lebend ergriffen und nach Angband geschleppt wurde.

Húrin wurde vor Morgoth gebracht, denn durch seine geheimen Künste und seine Kundschafter wußte dieser, daß Húrin die Freundschaft des Königs von Gondolin besaß, und er versuchte, ihn mit seinen Augen einzuschüchtern. Doch Húrin ließ sich nicht erschrecken und widerstand ihnen. Deshalb ließ ihn Morgoth in Ketten legen und einer langsamen Folter unterwerfen. Nach einer Weile jedoch ging er zu ihm und machte ihm ein Angebot: Er ließ ihm die Wahl, entweder frei zu gehen, wohin er wolle, oder den Rang und die Befehlsgewalt als einer seiner mächtigsten Hauptleute anzunehmen. Er brauche nur zu enthüllen, wo sich Turgons Festung befinde, und alles zu erzählen, was er über die Pläne des Königs wisse. Doch Húrin, der Standhafte, verspottete ihn und sagte: »Du bist blind, Morgoth Bauglir, du wirst es immer sein und nur das Dunkle sehen. Du weißt nicht, welchen Gesetzen die Herzen der Menschen folgen, und wenn du es wüßtest, könntest du sie nicht beeinflussen. Ein Narr, wer ein Angebot Morgoths annimmt. Zuerst wirst du einheimsen, was man dir bietet, und dann dein Versprechen nicht halten. Ich würde nur den Tod empfangen, wenn ich dir sagte, was du wissen willst.«

Darauf lachte Morgoth und sagte: »Du wirst den Tod noch wie eine Gnade von mir erflehen.« Dann brachte er Húrin auf den Haudh-en-Nirnaeth, der damals neu errichtet wurde und über dem der Gestank des Todes lastete. Morgoth setzte Húrin auf die höchste Spitze, befahl ihm nach Westen zu schauen, nach Hithlum, und an sein Weib, seinen Sohn und seine Familie zu denken. »Sie wohnen jetzt in meinem Herrschaftsbereich und sind meiner Barmherzigkeit ausgeliefert«, sagte er.

»Du kennst kein Erbarmen«, entgegnete Húrin. »Doch über diese Menschen wirst du den Weg zu Turgon nicht finden, denn sie kennen seine Geheimnisse nicht.«

Darauf überkam Morgoth großer Zorn, und er sprach: »Und ich werde doch über dich triumphieren und über dein verfluchtes Haus, und mein Wille wird euch zerbrechen, und wäret ihr alle aus Stahl.« Er ergriff ein langes Schwert, das dort lag, zerbrach es vor Húrins Augen, daß ein Splitter ihn im Gesicht verwundete, doch Húrin erbleichte nicht. Darauf streckte Morgoth seinen langen Arm gegen Dor-lómin aus, verfluchte Húrin, Morwen und ihre Nachkommen und schrie: »Merke also! Der Schatten meines Trachtens wird über ihnen lasten, wo immer sie sind, und mein Haß wird sie bis ans Ende der Welt verfolgen!«

Aber Húrin antwortete: »Umsonst sind deine Worte, denn du kannst diese Menschen nicht sehen und sie aus der Ferne nicht beherrschen, nicht, solange du diese Gestalt hast und noch danach verlangst, ein König zu sein, der auf Erden sichtbar ist.«

Darauf wandte sich Morgoth Húrin zu und sagte: »Narr, winzig unter den Menschen, die die Geringsten sind unter allen, die ihre Stimme erheben! Hast du die Valar gesehen, oder die Macht Manwes und Vardas ermessen? Weißt du, wie weit ihr Einfluß reicht? Oder glaubst du vielleicht, daß du in ihrer Hut bist, daß sie dich aus weiter Ferne beschirmen können?«

»Ich weiß es nicht«, sagte Húrin. »Doch es könnte so sein, wenn sie es wollten, denn der Älteste König wird nicht entthront werden, solange Arda besteht.«

»Du sagst es«, erwiderte Morgoth. »Der Älteste König bin ich. Ich bin Melkor, der erste und mächtigste aller Valar, der bereits vor der Welt da war und der sie erschuf. Der Schatten meiner Vorhaben liegt auf Arda, und alles, was in ihr ist, beugt sich langsam und sicher meinem Willen. Über allen, denen deine Liebe gilt, wird mein Schatten liegen wie eine Wolke des Unheils, das sie in Finsternis und Verzweiflung stürzen wird. Wo sie auch immer gehen, wird das Böse vor ihnen aufstehen. Wann immer sie sprechen, werden ihre Worte schlimme Folgen haben. Was immer sie tun, es wird sich gegen sie selbst richten. Sie werden ohne Hoffnung sterben, und sie werden ihr Leben und ihren Tod verfluchen!«

Aber Húrin gab ihm zur Antwort: »Vergißt du, mit wem du sprichst? Diese Worte hast du schon vor langer Zeit unseren Vätern gesagt, doch wir sind deinem Schatten entkommen. Und jetzt haben wir dich durchschaut, denn wir haben die Gesichter erblickt, die das Licht gesehen haben. Und wir haben die Stimmen gehört, die mit Manwe gesprochen haben. Ja, du bist vor Arda dagewesen, doch andere waren es auch. Du hast Arda nicht geschaffen. Auch der Mächtigste bist du nicht, denn du hast deine Kraft für dich selbst verzehrt und sie in der eigenen Leere vergeudet. Du bist nicht mehr als ein entsprungener Sklave der Valar, und ihre Ketten erwarten dich schon!«

»Du hast recht gut auswendig gelernt, was deine Lehrmeister dir beigebracht haben«, sagte Morgoth. »Aber dieses kindische Wissen wird dir nicht helfen, jetzt, wo sie alle geflohen sind.«

»Dann will ich dir ein Letztes sagen, Sklave Morgoth«, erwiderte Húrin. »Es entstammt nicht der Weisheit der Eldar, sondern wird in dieser Stunde in mein Herz gelegt: Du bist nicht der Herr der Menschen, und du wirst es nicht sein, obwohl du über ganz Arda und Menel herrschst. Außerhalb der Weltkreise wirst du jene nicht verfolgen, die sich dir widersetzen!«

»Außerhalb der Weltkreise werde ich sie in der Tat nicht verfolgen«, erwiderte Morgoth, »denn außerhalb der Welt ist nichts. Doch innerhalb der Welt sollen sie nicht hoffen, mir zu entfliehen, bis sie in das Nichts eintreten.«

»Du lügst«, sagte Húrin.

»Du wirst es sehen, und du wirst es eingestehen, daß ich nicht lüge«, sagte Morgoth. Er brachte Húrin nach Angband zurück, setzte ihn auf einen steinernen Sessel hoch oben auf den Thangorodrim, von wo aus er in der Ferne das Land Hithlum im Westen und die Länder Beleriands im Süden einsehen konnte. Dort blieb er durch Morgoths Macht an seinen Platz gefesselt, und dieser stand neben ihm, verfluchte ihn erneut und belegte ihn mit einem Bann, so daß er sich weder fortbewegen noch sterben konnte, bevor Morgoth ihn nicht erlöste.

»Hier bleibe nun«, sagte Morgoth, »und schaue über die Länder, in denen Elend und Verzweiflung über alle kommen wird, die du mir ausgeliefert hast. Denn du hast es gewagt, mich zu verspotten und die Allmacht Melkors anzuzweifeln, der Herr über Ardas Geschicke ist. Deshalb sollst du mit meinen Augen sehen, mit meinen Ohren hören, und nichts soll dir verborgen bleiben.«

Túrins Abreise

Nur drei Männer fanden am Ende den Weg durch den schrecklichen Taur-nu-Fuin zurück nach Brethil, und als Glóredhel, Hadors Tochter, erfuhr, daß Haldir gefallen war, brach ihr der Kummer das Herz.

Nach Dor-lómin drangen keine Nachrichten. Rían, Huors Gemahlin, floh in ihrer Verzweiflung in die Wildnis, doch Grau-Elben aus den Bergen von Mithrim standen ihr bei, und als ihr Sohn Tuor geboren wurde, zogen sie ihn auf. Rían jedoch begab sich zum Haudh-en-Nirnaeth, legte sich nieder und starb.

Morwen Eledhwen blieb in Hithlum in stummem Schmerz. Ihr Sohn Túrin war erst neun Jahre alt, und sie war erneut schwanger. Sie erlebte schlimme Zeiten. Die Ostlinge kamen in großer Zahl ins Land, sie verfuhren grausam mit dem Volk Hadors, raubten ihm seinen Besitz und versklavten es. Alle Bewohner der Heimatländer Húrins, die arbeiten konnten oder zu irgend etwas nütze waren, schleppten sie fort, sogar junge Mädchen und Knaben; die Alten töteten sie oder ließen sie in der Wildnis Hungers sterben. Aber sie wagten es nicht, Hand an die Herrin von Dor-lómin zu legen oder sie aus ihrem Haus zu stoßen, denn es liefen Gerüchte um, sie sei gefährlich und eine Hexe, die mit den Weiß-Furien Umgang habe; so nannten sie die Elben, die sie haßten, aber mehr noch fürchteten.[3] Aus diesem Grund fürchteten und mieden sie auch die Berge, in denen viele der Eldar Zuflucht gesucht hatten, vor allem im Süden des Landes. Nachdem sie das Land geplündert und verheert hatten, zogen sich die Ostlinge nach Norden zurück. Húrins Haus befand sich im Südosten Dor-lómins in der Nähe der Berge. Der Ursprung des Nen Lalaith war eine Quelle unterhalb des Amon Darthir, über dessen Rücken ein steiler Paß führte. Wer waghalsig genug war, konnte hier die Ered Wethrin überqueren und an den Quellen des

Glithui nach Beleriand hinabsteigen. Dieser Weg aber war weder den Ostlingen noch Morgoth bekannt, weshalb jener ganze Landstrich, solange das Haus Fingolfin bestand, vor Morgoth sicher war; keiner seiner Knechte war jemals hierher gekommen. Er vertraute darauf, daß die Ered Wethrin eine unüberwindliche Mauer bildeten, sowohl für Flüchtlinge aus dem Norden wie auch für Angreifer aus dem Süden. Und es gab in der Tat für alle, die keine Flügel hatten, keine andere Verbindung zwischen dem Serech und dem äußersten Westen, wo Dorlómin an Nevrast grenzte. So konnte es geschehen, daß Morwen nach den ersten Überfällen unbehelligt blieb, obwohl Männer in den umliegenden Wäldern herumlungerten und es gefährlich war, sich zu weit vom Haus zu entfernen. Dort lebten unter Morwens Schutz Sador, der Holzschnitzer, einige alte Männer und Frauen und Túrin, den Morwen nur im Hof herumlaufen ließ.

Aber Húrins Hauswesen geriet bald in Verfall, und obgleich Morwen hart arbeitete, lebte man in Armut. Man hätte Hunger leiden müssen, wäre nicht die Unterstützung gewesen, die Aerin, Húrins Verwandte, Morwen heimlich zukommen ließ. Ein gewisser Brodda, ein Ostling, hatte Aerin gewaltsam zu seiner Ehefrau gemacht. Es war bitter für Morwen, Almosen annehmen zu müssen, doch Túrins und ihres ungeborenen Kindes wegen nahm sie die Hilfe an; überdies, so sagte sie, stammten die Gaben aus ihrem Besitz. Nämlich es war eben dieser Brodda, der sich der Menschen, der Güter und des Viehs von Túrins Heimatländern bemächtigt und sie zu seinem eigenen Wohnsitz geschleppt hatte. Er war ein unerschrockener Mann, der freilich unter seinen Landsleuten wenig gegolten hatte, bevor sie nach Hithlum kamen. Da er den Reichtum suchte, war er immer bereit, sich Ländereien anzueignen, auf die sonst keiner seiner Rasse Anspruch erhob. Er hatte Morwen einmal gesehen, als er auf einem Raubzug zu ihrem Haus ritt, doch bei ihrem Anblick hatte ihn große Furcht ergriffen. Er glaubte in die grausamen Augen einer Weiß-Furie geblickt zu haben, und ihn überkam ein tödlicher Schrekken, der böse Geist könne über ihn kommen. Da er ihr Haus nicht durchsuchte, entdeckte er auch Túrin nicht, sonst wären die Tage des Erben des wahren Fürsten gezählt gewesen.

Brodda machte die Strohköpfe, wie er die Leute von Hador nannte, zu Sklaven und ließ sich von ihnen in der Gegend nördlich von Húrins Haus eine hölzerne Halle erbauen. Seine Sklaven waren wie eine Viehherde in einem Gehege zusammengepfercht, doch sie wurden nachlässig bewacht. Unter ihnen fanden sich einige, die trotz aller Gefahr mutig und bereitwillig waren, der Herrin von Dor-lómin zu helfen. Durch sie erhielt Morwen geheime Nachrichten aus dem Land, wenn diese auch zu Hoffnungen kaum Anlaß gaben.

Brodda hatte Aerin zu seiner Frau gemacht und nicht zu seiner Sklavin, denn in seinem eigenen Gefolge gab es nur wenige Frauen und keine, die mit den Töchtern der Edain zu vergleichen gewesen wäre. Er hegte die Hoffnung, sich zur Herrschaft in diesem Land aufzuschwingen, einen Erben zu haben und die Herrschaft an diesen weiterzugeben.

Darüber, was geschehen war und was in zukünftigen Tagen geschehen konnte, sprach Morwen mit Túrin nur wenig, und er selbst fürchtete durch Fragen an ihr Schweigen zu rühren. Als die Ostlinge zum ersten Mal in Dor-lómin einfielen, sagte er zu seiner Mutter: »Wann kommt mein Vater zurück, um diese garstigen Diebe aus dem Land zu jagen? Warum kommt er nicht?«

»Ich weiß es nicht«, antwortete Morwen. »Es kann sein, daß er gefallen ist oder daß man ihn gefangenhält. Vielleicht hat es ihn auch sehr weit verschlagen, und er kann nicht zurückkehren, weil die Feinde uns eingeschlossen haben!«

»Dann denke ich, daß er tot ist«, sagte Túrin und hielt vor der Mutter seine Tränen zurück. »Niemand könnte ihn davon abhalten heimzukommen, wenn er noch lebte.«

»Ich glaube nicht, daß irgendeine dieser Vermutungen zutrifft, mein Sohn«, sagte Morwen.

Mit fortschreitender Zeit schlich sich Sorge um ihren Sohn Túrin in Morwens Herz, denn sie sah voraus, daß ihm nichts anderes übrigbleiben würde, als Sklave der

Ostlinge zu werden, bevor er viel älter geworden war. Deshalb entsann sie sich ihres Gespräches mit Húrin, und ihre Gedanken richteten sich wieder auf Doriath. Endlich entschloß sie sich, Túrin heimlich fortzuschicken, wenn es ihr möglich war, und König Thingol zu bitten, ihm Zuflucht zu gewähren. Und während sie dasaß und darüber nachgrübelte, wie sie es anfangen solle, hörte sie deutlich die Stimme Húrins in ihrem Inneren sagen: *»Geh ohne Säumen! Warte nicht auf mich!«* Doch die Geburt des Kindes rückte näher, und der Weg würde beschwerlich und gefährlich sein. Je länger sie zauderte, desto geringer wurden die Aussichten, zu entkommen. In ihrem Herzen nährte sie noch immer eine uneingestandene Hoffnung, denn eine geheime Stimme sagte ihr, daß Húrin nicht tot sei. In ihren durchwachten Nächten horchte sie auf das Geräusch seiner Schritte, oder sie wachte auf, weil sie im Hof das Wiehern seines Pferdes zu hören glaubte. Obwohl sie dazu bereit war, ihren Sohn in den Hallen eines anderen aufziehen zu lassen, wie es zu jener Zeit Sitte war, wollte sie ihren Stolz dennoch nicht demütigen und Empfängerin von Almosen sein, kämen sie auch von einem König. Deshalb widerstand sie der Stimme Húrins oder der Erinnerung daran, und der erste Faden zu Túrins Schicksal war gesponnen.

So rückte der Herbst des Jahres des Jammers heran, bevor Morwen zu ihrer Entscheidung gelangte, und jetzt mußte sie rasch handeln. Sollte er abreisen, durfte man keine Zeit verlieren, denn sie fürchtete, man könne ihn abholen, wenn sie auch noch den Winter verstreichen ließ. Ostlinge schlichen um den Hof und kundschafteten das Haus aus. Also sagte sie unvermittelt zu Túrin: »Dein Vater kommt nicht. Also mußt du gehen, und zwar bald. Es wäre auch sein Wunsch.«

»Gehen?« rief Túrin. »Wohin sollen wir gehen? Über die Berge?«

»Ja«, sagte Morwen. »Über die Berge nach Süden. Dort könnte es noch Hoffnung geben. Doch ich habe nicht uns beide gemeint, mein Sohn. Du mußt allein gehen, ich aber muß hierbleiben!«

»Ich kann nicht allein gehen!« sagte Túrin. »Ich will

dich nicht verlassen. Warum gehen wir nicht zusammen?«

»Ich kann nicht«, sagte Morwen. »Doch du wirst nicht allein gehen. Ich werde dir Gethron mitgeben, und vielleicht auch Grithnir.«

»Warum nicht Labadal?« fragte Túrin.

»Weil er lahm ist«, antwortete Morwen, »und weil ein schwieriger Weg euch erwartet. Und weil du mein Sohn bist und die Zeiten grausam sind, will ich dir nichts vormachen: Auf diesem Weg kannst du sterben. Es ist spät im Jahr, doch wenn du hierbleibst, wartet Schlimmeres auf dich, nämlich ein Sklave zu werden. Wenn du ein Mann sein willst und dich wie ein Mann verhalten willst, wirst du tapfer sein und tun, was ich dir gebiete.«

»Aber ich werde dich nur mit Sador, dem blinden Ragnir und den alten Frauen zurücklassen«, sagte Túrin. »Sagte nicht mein Vater, ich sei der Erbe von Hador? Der Erbe sollte in Hadors Haus sein, um es zu verteidigen. Jetzt wünschte ich, ich hätte mein Messer noch!«

»Der Erbe sollte hier sein, aber er kann nicht bleiben«, erwiderte Morwen. »Doch er kann eines Tages zurückkehren. Nun fasse dir ein Herz! Ich werde dir folgen, wenn ich kann, falls alles noch schlimmer wird.«

»Aber wie willst du mich finden, irgendwo in der Wildnis?« rief Túrin, und plötzlich verlor er die Beherrschung und weinte ungehemmt.

»Wenn du jammerst, wird man dich sofort finden«, sagte Morwen. »Aber ich weiß, wohin du gehst, und wenn du dort ankommst und dort bleibst, werde ich dich finden, wenn ich kann. Denn ich schicke dich zu König Thingol in Doriath. Möchtest du nicht lieber Gast eines Königs sein als ein Sklave?«

»Ich weiß es nicht«, antwortete Túrin. »Ich weiß nicht, was ein Sklave ist.«

»Ich schicke dich fort, damit du es nicht zu lernen brauchst«, erwiderte Morwen. Dann setzte sie Túrin vor sich hin und sah ihm in die Augen, als versuche sie ein Rätsel zu lösen, das in ihnen verborgen war. »Es ist schwer, Túrin, mein Sohn«, sagte sie schließlich. »Nicht nur für dich. Es lastet schwer auf mir, in schlimmen Tagen entscheiden zu müssen, was für uns das Beste ist.

Doch ich glaube, daß ich richtig handle, denn warum sonst sollte ich mich von dem Teuersten trennen, das mir geblieben ist?«

Sie sprachen nicht mehr darüber miteinander, und Túrin war betrübt und verwirrt. Am Morgen machte er sich auf, um Sador zu suchen, der Feuerholz geschlagen hatte, von dem sie nur wenig hatten, weil sie es nicht wagten, in den Wäldern umherzustreifen. Jetzt stützte er sich auf seine Krücke und betrachtete den großen Sessel für Húrin, der unvollendet in eine Ecke geworfen worden war. »Er muß dran glauben«, sagte er, »in diesen Zeiten braucht man keine überflüssigen Dinge.«

»Zerschlag ihn noch nicht«, bat Túrin. »Vielleicht kommt mein Vater heim, und dann wird er sich freuen, wenn er sieht, was du während seiner Abwesenheit für ihn gemacht hast.«

»Falsche Hoffnungen sind gefährlicher als falsche Ängste«, sagte Sador, »und sie werden uns in diesem Winter nicht warmhalten.« Er betastete die Schnitzerei des Sessels und seufzte. »Verschwendete Zeit«, sagte er, »wenn mir die Stunden auch angenehm vergangen sind. Aber solche Dinge sind von kurzer Dauer, und was zählt, glaube ich, ist einzig die Freude, die man hat, während man daran arbeitet. Und jetzt könnte ich dir ebensogut dein Geschenk zurückgeben.«

Túrin streckte seine Hand aus und zog sie schnell wieder zurück. »Ein Mann nimmt seine Geschenke nicht zurück«, sagte er.

»Aber es gehört mir«, wandte Sador ein, »darf ich es nicht geben, wem ich will?«

»Doch«, erwiderte Túrin, »jedermann, nur nicht mir. Aber warum solltest du es wegschenken?«

»Ich habe keine Hoffnung, es für Aufgaben zu verwenden, die seiner würdig sind«, sagte Sador. »Künftig wird es für Labadal keine Arbeit mehr geben als Sklavenarbeit.«

»Was ist ein Sklave?« fragte Túrin.

»Ein Mann, der einmal ein Mann war, aber wie ein Tier behandelt wird. Er wird ernährt, damit er am Leben bleibt, am Leben erhalten, damit er schuftet, und er schuftet nur aus Furcht vor Schmerzen und Tod. Und je nachdem, wonach es diese Räuber gelüstet, empfängt er von ihnen Pein oder Tod. Ich höre, daß sie einige der Schnellfüßigen auswählen und sie mit Hunden hetzen. Sie haben von den Orks schneller gelernt als wir vom Elbenvolk.«

»Jetzt verstehe ich die Dinge besser«, sagte Túrin.

»Es ist eine Schande, daß du solche Dinge so früh erfahren mußt«, sagte Sador. Als er den seltsamen Ausdruck auf Túrins Gesicht bemerkte, fragte er: »Was verstehst du jetzt besser?«

»Warum meine Mutter mich fortschickt«, sagte Túrin, und seine Augen füllten sich mit Tränen.

»Ach so«, sagte Sador und murmelte vor sich hin: »Warum erst so spät?« Dann wandte er sich an Túrin und sagte: »Mir scheint, das ist keine Nachricht, über die man Tränen vergießen sollte. Aber du solltest über die Pläne deiner Mutter weder mit Labadal noch mit irgendeinem anderen laut sprechen. In diesen Zeiten haben alle Mauern und Zäune Ohren, und zwar Ohren, die nicht an ehrlichen Köpfen wachsen.«

»Aber ich muß mit jemandem reden!« sagte Túrin. »Ich habe dir immer alles erzählt. Ich will dich nicht verlassen, Labadal. Ich will dieses Haus nicht verlassen, und schon gar nicht meine Mutter.«

»Aber wenn du es nicht tust«, antwortete Sador, »wird es bald für immer mit dem Haus Hador zu Ende sein, das mußt du verstehen. Labadal will nicht, daß du gehst, doch Sador, der Knecht Húrins, wird glücklich sein, wenn er Húrins Sohn außerhalb der Reichweite der Ostlinge weiß. Nun gut, es hilft nichts, wir müssen uns Lebewohl sagen. Willst du jetzt mein Messser als Abschiedsgeschenk annehmen?«

»Nein«, sagte Túrin. »Ich gehe zu den Elben, sagt meine Mutter, zum König von Doriath. Dort kann ich vielleicht ähnliche Dinge bekommen. Aber ich werde dir keine Geschenke schicken können, Labadal. Ich werde weit weg sein und ganz allein.« Darauf weinte er, doch Sador sagte zu ihm: »Kopf hoch! Wo ist Húrins Sohn geblieben, den ich noch vor kurzem sagen hörte: *Ich werde als Soldat mit einem Elbenkönig ziehen, sobald ich kann?*«

Darauf trocknete Túrin seine Tränen und erwiderte:

»Gut! Wenn dies die Worte von Húrins Sohn waren, so muß er sich daran halten und gehen. Aber jedesmal, wenn ich sage, daß ich dieses oder jenes tun werde, sieht es ganz anders aus, wenn es soweit ist. Jetzt habe ich keine Lust. Ich muß darauf achten, solche Dinge nicht noch einmal zu sagen.«

»Es wäre in der Tat das Beste«, sagte Sador. »Die meisten Menschen leben mit guten Vorsätzen, und nur wenige beherzigen sie. Warum an die ferne Zukunft denken? Das Morgen ist mehr als genug.«

Jetzt wurde Túrin für die Reise gerüstet, er sagte seiner Mutter Lebewohl und brach in aller Verschwiegenheit mit seinen beiden Gefährten auf. Doch als sie ihn aufforderten, sich noch einmal umzuwenden und auf das Haus seines Vaters zurückzublicken, traf ihn der Abschiedsschmerz wie ein Schwertstreich, und er schrie: »Morwen, Morwen, wann werde ich dich wiedersehen?« Morwen, die auf der Türschwelle stand, hörte das Echo dieses Schreis in den waldigen Hügeln, und sie umklammerte den Türpfosten so heftig, daß ihre Finger bluteten. Dies war das erste der Leiden Túrins.

Im Frühjahr des Jahres nach Túrins Abreise schenkte Morwen einer Tochter das Leben, die sie Nienor nannte, was Trauer bedeutet; doch bei der Geburt war Túrin bereits weit fort. Sein Weg war lang und gefährlich, denn Morgoths starker Arm reichte weit. Doch er hatte Gethron und Grithnir als Führer, die in den Tagen Hadors jung gewesen waren und trotz ihres Alters von ihrer Tapferkeit nichts eingebüßt hatten. Sie kannten sich im Land gut aus, denn in früheren Tagen waren sie oft durch Beleriand gezogen. Also überquerten sie mit Glück und Geschick das Schattengebirge, stiegen in das Tal des Sirion hinab, wanderten in die Wälder von Brethil hinein und erreichten endlich, erschöpft und abgezehrt, die Grenzen Doriaths. Dort jedoch verloren sie den Weg, verstrickten sich in den Irrgärten der Königin und irrten so lange zwischen den pfadlosen Bäumen umher, bis ihre Lebensmittel aufgebraucht waren. Sie waren dem Tod nahe, denn aus dem Norden nahte der kalte Winter. Doch Túrins Schicksal wollte es anders, denn gerade als die Verzweiflung sie übermannen wollte, hörten sie den Klang eines Horns. Beleg Langbogen, der größte Jäger jener Tage, war in dieser Gegend auf der Jagd, denn er hatte in den Grenzmarken Doriaths seine ständige Behausung. Er hörte ihre Rufe, kam zu ihnen, und nachdem er ihnen zu essen und zu trinken gegeben hatte, erfuhr er ihre Namen, woher sie kamen, und Staunen und Mitleid erfüllten ihn. Er blickte mit Wohlgefallen auf Túrin, denn dieser besaß die Schönheit seiner Mutter, die Augen seines Vaters und war derb und stark.

»Welches Anliegen hast du an König Thingol?« fragte Beleg den Jungen. »Ich möchte einer seiner Ritter werden, gegen Morgoth ziehen und meinen Vater rächen«, sagte Túrin.

»Das kann wohl möglich sein«, sagte Beleg, »wenn die Jahre dich zu einem Mann gemacht haben. Obwohl du noch ein schmächtiger Junge bist, hast du die Anlage zu einem tapferen Mann, würdig, ein Sohn Húrins des Standhaften zu sein, wenn dies möglich wäre.« Der Name Húrins wurde nämlich in allen Elbenländern in Ehren gehalten. Deshalb nahm sich Beleg der Wanderer mit Freuden an, führte sie zu seiner Behausung, wo er zu jener Zeit mit anderen Jägern lebte, und gab ihnen dort Obdach, während sich ein Bote nach Menegroth begab. Als die Antwort eingetroffen war, daß Thingol und Melian den Sohn Húrins und seine Begleiter empfangen wollten, führte sie Beleg auf geheimen Pfaden in das Verborgene Königreich.

So kam Túrin zur großen Brücke über den Esgalduin, schritt durch die Tore von Thingols Hallen und, Kind, das er war, bestaunte er die Wunder Menegroths, die kein Sterblicher mit Ausnahme Berens zuvor erblickt hatte. Vor dem Angesicht Thingols und Melians überbrachte Gethron die Botschaft Morwens. Thingol nahm sie wohlwollend entgegen und setzte Túrin auf sein Knie zu Ehren Húrins, des Mächtigsten der Menschen, und Berens, seines Verwandten. Diejenigen, die Zeugen waren, wunderten sich, denn es war ein Zeichen, daß Thingol Túrin als Pflegesohn annahm. In jenen Zeiten pflegten Könige dies nicht zu tun, und niemals wieder behandelte ein Elbenfürst einen Menschen so zuvorkommend. Dann sprach Thingol zu ihm: »Hier, Sohn Húrins, soll deine Heimat sein, und dein Leben lang sollst du wie mein eigener Sohn behandelt werden, wenn du auch ein Mensch bist. Du wirst Weisheit erlangen, die sterblichen Menschen verschlossen ist, und die Waffen der Elben werden in deine Hände gelegt werden. Vielleicht kommt die Zeit, daß du die Länder deines Vaters in Hithlum zurückgewinnst. Doch nun lebe hier im Hort der Liebe.«

So begann Túrins Aufenthalt in Doriath. Gethron und Grithnir, seine Führer, blieben eine Weile bei ihm, obwohl es sie danach verlangte, zu ihrer Herrin nach Dorlómin zurückzukehren. Doch Grithnir machten Krankheit und Alter zu schaffen, und er blieb bis zu seinem Tode bei Túrin. Gethron jedoch machte sich auf den Rückweg, und Thingol gab ihm eine Eskorte mit, die ihn führte und beschützte und die eine Botschaft Thingols an Morwen überbringen sollte. Schließlich kamen sie in Morwens Haus an, und als diese erfuhr, daß ihr Sohn ehrenvoll in Thingols Hallen aufgenommen worden war, wurde ihr kummervolles Herz leichter. Neben reichen Geschenken überbrachten die Elben auch eine Botschaft Melians, in der Morwen gebeten wurde, gemeinsam mit Thingols Abgesandten nach Doriath zurückzukehren. Melian nämlich war klug und vorausschauend, und sie hoffte, auf diese Weise das Unheil, das Morgoth ausbrütete, abzuwenden. Doch Morwen wollte ihr Haus nicht verlassen, denn ihre innerste Überzeugung hatte sich nicht geändert, und ihr Stolz war ungebrochen; außerdem war Nienor noch ein Säugling. Doch entließ sie die Elben aus Doriath mit Dank und schenkte ihnen die letzten goldenen Gegenstände, die ihr geblieben waren, um ihre Armut zu verbergen; und sie bat die Boten, den Helm Hadors zu Thingol zurückzubringen. Túrin aber wartete unausgesetzt auf die Rückkehr der Boten, und als sie allein eintrafen, floh er in die Wälder und weinte, denn er wußte von Melians Bitte und hatte gehofft, Morwen würde ihr Folge leisten. Dies war das zweite der Leiden Túrins.

Als die Boten Morwens Antwort überbrachten, wurde Melian von Mitleid ergriffen, und sie verstand Morwens

Gründe. Sie erkannte, daß das böse Schicksal, das sie voraussah, nicht so leicht aus dem Weg geräumt werden konnte.

Hadors Helm wurde in Thingols Hände gelegt. Er war aus grauem Stahl geschmiedet, mit Gold verziert und trug eingravierte Siegesrunen. Ihm wohnte eine Kraft inne, die jeden, der ihn trug, vor Verwundung und Tod bewahrte, denn Schwerter, die ihn trafen, zerbrachen, und Pfeile prallten von ihm ab. Telchar hatte ihn angefertigt, der Schmied von Nogrod, dessen Arbeiten berühmt waren. Der Helm hatte ein Visier (es war den Schirmen ähnlich, welche die Zwerge beim Schmieden trugen, um ihre Augen zu schützen), und das Gesicht seines Trägers schickte Furcht in die Herzen aller, die es sahen; er selbst aber blieb vor Pfeilen und Feuer geschützt. Der Helmkamm trug wie zum Spott das vergoldete Bild eines Drachenkopfes; der Helm war nämlich bald nach jenem Tag geschmiedet worden, an dem Glaurung zum ersten Mal aus den Toren Morgoths hervorgekommen war. Hador und nach ihm Galdor hatten diesen Helm oft im Krieg getragen. Wenn die Streiter von Hithlum ihn hoch über dem Kampfgetümmel aufragen sahen, schlugen ihre Herzen höher, und sie riefen: »Höher steht der Drachen von Dor-lómin als der Gold-Wurm von Angband!«

Aber in Wahrheit war dieser Helm nicht für Sterbliche gemacht, sondern für Azaghâl, Fürst von Belegost, der von Glaurung im Jahr des Jammers getötet wurde.[4] Azaghâl gab ihn Maedhros zur Belohnung, weil dieser ihm das Leben und seinen Schatz gerettet hatte, als ihm Orks auf der Zwergenstraße in Ost-Beleriand auflauerten.[5] Maedhros gab ihn später als Geschenk an Fingon, mit dem er des öfteren Zeichen der Freundschaft austauschte, zur Erinnerung an den Tag, an dem Fingon Glaurung nach Angband zurückgetrieben hatte. Doch in ganz Hithlum fanden sich außer Hador und seinem Sohn Galdor kein Kopf und keine Schulter, die kräftig genug waren, den Zwergenhelm mühelos zu tragen. Deshalb übergab Fingon ihn Hador, als dieser die Herrschaft in Dor-lómin übernahm. Das Unglück wollte es, daß Galdor den Helm bei der Verteidigung Eithel Sirions nicht trug, denn der Angriff erfolgte plötzlich, so daß er barhäuptig auf die Mauern rannte, wo ihm ein Ork-Pfeil das Auge durchbohrte. Húrin dagegen trug den Helm ungern und hätte ihn auf keinen Fall im Kampf benutzt, denn er sagte: »Ich ziehe es vor, meinen Feinden mit meinem wahren Gesicht gegenüberzutreten.« Gleichwohl zählte er den Helm zu den bedeutsamsten Erbstücken seines Hauses.

Es verhielt sich nun so, daß Thingol in Menegroth über wohlbestückte Waffenkammern verfügte, angefüllt mit einer Vielzahl von Waffen: Metalle, geschmiedet wie die Panzer von Fischen und schimmernd wie Wasser im Mondlicht, Schwerter, Äxte, Schilde, Helme, angefertigt von Telchar selbst oder von seinem Lehrmeister Gamil Zirak, dem Alten, oder von Elbenschmieden, deren Arbeiten noch kunstreicher waren. Einige Stücke hatte er als Geschenke erhalten, sie stammten aus Valinor und waren der Meisterhand Feanors zu verdanken, den in allen Zeitaltern kein Kunstschmied übertraf. Aber Thingol erwies dem Helm Hadors eine solche Ehre, als seien seine eigenen Waffenkammern armselig, und bedachte ihn mit liebenswürdigen Worten: »Stolz wäre das Haupt, das diesen Helm tragen dürfte, den die Vorfahren Húrins trugen.«

Dann kam ihm ein Gedanke, er berief Túrin zu sich und erzählte ihm, daß Morwen ihrem Sohn eine prächtige Gabe habe zukommen lassen, nämlich das Erbstück seiner Vorväter. »Nimm den Drachenhelm des Nordens«, sagte er, »und wenn die Zeit kommt, so trage ihn in Ehren.« Doch Túrin war noch zu jung, um den Helm hochzuheben, und er beachtete ihn nicht, weil tiefer Kummer sein Herz erfüllte.

Túrin in Doriath

In den Jahren seiner Kindheit im Königreich Doriath stand Túrin unter der Obhut Melians, obwohl er sie selten zu Gesicht bekam. Doch ein Mädchen namens Nellas, das in den Wäldern lebte, folgte ihm auf Melians

Geheiß, wenn er im Wald umherstreifte, und oft traf sie dort wie zufällig mit ihm zusammen. Von Nellas lernte er viel über die Eigenart des wilden Landes, und sie lehrte ihn Sindarin, wie es im alten Reich gesprochen wurde, urtümlicher, liebenswürdiger und reicher an prächtigen Wörtern.[6] Auf diese Weise hellte sich seine Stimmung für eine Weile auf, bis sie sich wieder verdüsterte und diese Freundschaft vorüberging wie ein Frühlingsmorgen. Nellas nämlich mied Menegroth und weigerte sich, jemals unter steinernen Dächern entlangzugehen. Als sich also seine Knabenzeit ihrem Ende näherte und seine Gedanken sich auf männliche Taten richteten, sah er sie immer seltener, und zum Schluß fragte er nicht mehr nach ihr. Doch wachte sie noch immer über ihn, wenn sie jetzt auch im Verborgenen blieb.[7]

Neun Jahre lebte Túrin in den Hallen Menegroths. Sein Sinnen und Trachten galt immer seiner Familie, und von Zeit zu Zeit erhielt er zu seinem Trost Nachrichten von daheim. Denn Thingol sandte, sooft er konnte, Boten zu Morwen, und sie wiederum ließ ihrem Sohn auf diesem Wege Nachrichten zukommen. So erfuhr er, daß seine Schwester Nienor zu einem schönen Mädchen heranwächst, einer Blume im grauen Norden, und daß Morwens Lage sich gebessert hatte. Túrin wuchs kräftig, bis er die Menschen an Körpergröße übertraf, und seine Kraft und Kühnheit waren im Reiche Thingols berühmt. In diesen Jahren eignete er sich viel Wissen an, indem er mit Fleiß den Schilderungen aus alten Zeiten zuhörte, er wurde nachdenklich und wortkarg. Beleg Langbogen kam oft nach Menegroth, um ihn zu besuchen, führte ihn tief in die Wildnis, wo er ihn das Holzschnitzen lehrte, das Bogenschießen und (was Túrin am meisten liebte) den Umgang mit dem Schwert. Im Handwerklichen war er freilich weniger geschickt, denn er unterschätzte seine eigene Kraft, und oft verdarb er sein Werk durch einen unüberlegten Hieb. Auch in anderen Belangen schien ihm das Glück nicht günstig, so daß seine Pläne oft scheiterten und er nicht erreichte, was er sich vorgenommen hatte. Auch Freundschaft schloß er nicht leicht, denn er war nicht heiter, lachte selten, und ein Schatten lag über seiner Jugend. Dennoch bezeugten ihm die, die ihn gut kannten, Liebe und Wertschätzung, und er wurde als Pflegesohn des Königs geehrt.

Doch einen gab es, der ihm dies neidete, je mehr, desto näher Túrin dem Mannesalter kam. Er hieß Saeros und war der Sohn Ithilbors. Er gehörte zu den Nandor und war einer von denen, die, nachdem ihr Fürst Denethor in der ersten Schlacht Beleriands auf dem Amon Ereb gefallen war, in Doriath Zuflucht gesucht hatten. Die Nandor-Elben lebten zum größten Teil in Arthórien, zwischen Aros und Celon, und wanderten zuweilen über den Celon in die jenseitigen wilden Länder. Seit dem Durchzug der Edain durch Ossiriand und ihrer Niederlassung in Estolad waren sie diesen nicht freundlich gesinnt. Saeros freilich verbrachte die meiste Zeit in Menegroth und gewann die Achtung des Königs. Er war stolz und behandelte jedermann mit Hochmut, den er für niedriger gestellt und weniger würdig hielt als sich selbst. Er schloß Freundschaft mit Daeron, dem Sänger,[8] denn er beherrschte ebenfalls die Sangeskunst. Er empfand für Menschen keine Neigung, und schon gar nicht für jene, welche zum Geschlecht Beren Erchamions gehörten. »Ist es nicht merkwürdig«, sagte er, »daß dieses Land noch einem zweiten Angehörigen dieser unglücklichen Rasse geöffnet wurde? Hat nicht der andere schon genug Unheil in Doriath angerichtet?« Deshalb sah er Túrin scheel an, und über alles, was dieser tat, sagte er das Schlechteste, doch seine Worte waren doppeldeutig und seine Boshaftigkeiten verhüllt. Traf er mit Túrin allein zusammen, sprach er herablassend mit ihm und machte aus seiner Geringschätzung kein Hehl. Túrin wurde ihm gegenüber mißmutig, obgleich er bösen Worten lange Zeit mit Schweigen begegnete, denn Saeros genoß Ansehen beim Volk von Doriath und war Berater des Königs. Aber Túrins Schweigen mißfiel Saeros ebenso wie seine Worte.

In dem Jahr, in dem Túrin siebzehn Jahre alt war, wurde sein Schmerz aufs neue entfacht, denn zu dieser Zeit versiegten die Nachrichten aus seiner Heimat. Die Macht Morgoths war von Jahr zu Jahr gewachsen, und ganz Hithlum lag jetzt unter seinem Schatten. Ohne Zweifel wußte er viel über das Treiben von Húrins Familie und hatte sie eine Zeitlang nicht behelligt, damit seine Pläne heranreifen konnten. Doch jetzt ließ er in Verfolgung seiner Ziele alle Pässe der Schattenberge streng überwachen, so daß niemand Hithlum verlassen oder hineingelangen konnte, außer unter größter Gefahr. Die Orks umschwärmten die Quellen von Narog und Teiglin und den Oberlauf des Sirion. Auf diese Weise ergab es sich, daß Thingols Boten nicht zurückkehrten, worauf er keine neuen aussandte. Er hatte Ausflügen über die bewachten Grenzen hinaus immer ablehnend gegenübergestanden, und nichts zeigte seinen Großmut gegenüber Túrin und dessen Familie besser, als daß er Männer seines Volkes über die gefährlichen Pfade zu Morwen nach Dor-lómin gesandt hatte.

Jetzt wurde Túrins Herz schwer, weil er nicht wußte, welches neue Unheil im Gange war, und er fürchtete, über Morwen und Nienor sei Schlimmes hereingebrochen. Viele Tage lang verharrte er schweigend und zerbrach sich den Kopf über den Untergang des Hauses Hador und der Menschen des Nordens. Dann erhob er sich und suchte Thingol auf. Er fand ihn mit Melian unter der Hírilorn sitzend, der gewaltigen Rotbuche Menegroths.

Thingol sah ihn erstaunt an, denn plötzlich erblickte er statt seines Pflegekindes einen Mann und einen Fremdling, großgewachsen, dunkelhaarig, aus dessen weißem Gesicht ihn unergründliche Augen anblickten. Alsdann bat Túrin Thingol um Panzer, Schwert und Schild und erhob jetzt Anspruch auf den Drachenhelm Dor-lómins. Der König gewährte ihm, was er verlangte, und sprach: »Ich werde dir einen Platz unter meinen Rittern des Schwerts zuweisen, denn das Schwert wird immer dein Wappen sein. Mit ihnen magst du dich in den Marken im Krieg erproben, wenn dies dein Begehr ist.«

Aber Túrin antwortete: »Mein Herz zieht mich mit Gewalt über die Grenzmarken Doriaths hinaus. Mich verlangt eher nach einem Angriff auf den Feind als nach der Verteidigung der Grenzen.«

»In diesem Falle mußt du allein gehen«, sagte Thingol darauf, »über die Teilnahme meines Volkes am Krieg mit Angband befinde ich, wie es mir die Klugheit gebietet,

Túrin, Sohn Húrins. Soweit ich voraussehen kann, werde ich weder jetzt noch zu irgendeiner anderen Zeit eine Streitmacht aussenden.«

»Dennoch bist du frei, zu tun, was du willst«, sagte Melian. »Der Gürtel Melians hindert niemanden zu gehen, der mit unserer Erlaubnis gekommen ist.«

»Falls ein kluger Rat dich nicht zurückhält«, sagte Thingol.

»Was rätst du mir, Herr?« fragte Túrin.

»Der Größe nach wirkst du wie ein Mann«, sagte Thingol, »aber dennoch hast du die volle männliche Reife, die notwendig ist, noch nicht erreicht. Wenn diese Zeit gekommen ist, dann kannst du vielleicht an deine Familie denken. Doch es gibt wenig Hoffnung, daß ein Mann allein mehr gegen den Fürsten der Finsternis tun kann, als den Elbenfürsten bei ihrem Abwehrkampf zu helfen, wie lange er auch dauern mag.«

»Beren, mein Blutsverwandter, hat mehr getan«, sagte Túrin darauf.

»Beren und Lúthien«, sagte Melian. »Aber du bist vermessen, so zum Vater Lúthiens zu sprechen. Für solche Höhen hat dich das Geschick nicht bestimmt, denke ich, Túrin, Morwens Sohn, obwohl dein Schicksal im Guten wie im Bösen mit dem des Elbenvolkes verflochten ist. Gib auf dich selbst acht, damit es nicht böse ausgeht.« Nach einer Weile des Schweigens wandte sie sich noch einmal an ihn und sagte: »Geh jetzt, Pflegesohn, und beachte den Rat des Königs. Doch ich glaube nicht, daß du lange bei uns in Doriath bleiben wirst, wenn du erst ein Mann geworden bist. Wenn du dich in den kommenden Tagen der Worte Melians erinnerst, bedenke, daß ich dein Bestes will. Fürchte beides: die Hitze wie die Kälte deines Herzens.«

Darauf verneigte sich Túrin und ging. Bald danach setzte er den Drachenhelm auf, nahm seine Waffen, begab sich in die nördlichen Marken und wurde unter die Elbenkrieger eingereiht, die dort einen immerwährenden Kampf gegen Orks und gegen alle Knechte und Kreaturen Morgoths führten. Auf diese Weise wurden, wo er doch kaum dem Knabenalter entwachsen war, seine Kraft und sein Mut erprobt. Eingedenk des Unrechts, das man seinem Geschlecht angetan hatte, tat er sich bei wagemutigen Unternehmungen stets hervor und empfing viele Wunden von Speeren, Pfeilen oder den gekrümmten Klingen der Orks. Doch sein Schicksal hielt den Tod von ihm fern. Durch die Wälder aber lief die Kunde und drang weit über Doriaths Grenzen hinaus, daß der Drachenhelm wieder aufgetaucht sei. Viele wunderten sich darüber und sagten: »Kann der Geist Hadors oder Galdors des Langen von den Toten zurückgekehrt sein, oder ist Húrin aus Hithlum wahrhaftig den Fallgruben Angbands entflohen?«

Einer nur war zu dieser Zeit unter den Grenzwachen Thingols Túrin im Waffenhandwerk überlegen, und das war Beleg Cúthalion. Die beiden wurden Gefährten in jeder Gefahr, und sie drangen zusammen weit in die Tiefen der wilden Wälder vor.

So vergingen drei Jahre, und während dieser Zeit kam Túrin selten in Thingols Hallen. Er kümmerte sich nicht mehr um sein Äußeres und um seine Kleidung, sein Haar war zerzaust, und über seinem Panzer trug er einen grauen, wettergegerbten Umhang. Doch im dritten Sommer, als Túrin zwanzig Jahre alt war, traf es sich, daß ihn nach Ruhe verlangte, seine beschädigten Waffen eines Schmiedes bedurften und er deshalb eines Abends unerwartet nach Menegroth kam und in die Halle ging. Thingol war nicht anwesend, denn er und Melian ergingen sich im Wald, denn dort hielten sie sich im Hochsommer gern eine Zeitlang auf. Túrin strebte ahnungslos einem Sitzplatz zu, denn er war müde und in Gedanken verloren. Zum Unglück setzte er sich unter die Ältesten des Reiches an einen Tisch und auf einen Platz, auf dem gewöhnlich Saeros zu sitzen pflegte. Saeros, verspätet eintretend, glaubte, Túrin habe in der Absicht ihn zu kränken und im Übermut so gehandelt, und wurde wütend. Sein Zorn wurde noch dadurch gesteigert, als er feststellte, daß die dort Sitzenden Túrin deswegen nicht zurechtwiesen, sondern ihn in ihrer Mitte willkommen hießen.

Deshalb heuchelte er eine Weile Gleichmut, nahm einen anderen Platz ein und musterte Túrin über den Tisch hinweg. »Der Wächter der Mark beehrt uns selten mit seiner Gesellschaft«, sagte er, »und für den Vorzug, mit ihm sprechen zu dürfen, stelle ich ihm gern meinen angestammten Platz zur Verfügung.« In dieser Art sagte er manches zu Túrin, befragte ihn nach Neuigkeiten von den Grenzen und nach seinen Heldentaten in der Wildnis. Doch obwohl seine Worte ohne Falsch zu sein schienen, war der Spott in seiner Stimme nicht zu überhören. Danach wurde Túrin müde, er blickte in die Runde, und die Bitterkeit des Heimatlosen überkam ihn. Seine Gedanken wanderten weit weg vom Gelächter und all dem Licht in den Elben-Hallen zu Beleg, zu ihrem gemeinsamen Leben in den Wäldern und weiter zu Morwen und seinem Vaterhaus in Dor-lómin. Diese trüben Gedanken ließen ihn die Stirn runzeln, und er gab Saeros keine Antwort. Darauf, im Glauben, das Stirnrunzeln beziehe sich auf ihn, hielt Saeros seinen Zorn nicht länger zurück. Er zog einen goldenen Kamm hervor, warf ihn vor Túrin auf den Tisch und sagte: »Ohne Zweifel, Mann aus Hithlum, bist du in Eile an diesen Tisch gekommen, und das mag deinen zerfetzten Mantel entschuldigen. Doch besteht kein Grund, dein Haar so ungepflegt zu lassen wie ein Gestrüpp von Brombeerranken. Außerdem würdest du vielleicht besser verstehen, was man dir sagt, wenn deine Ohren unbedeckt wären.«

Túrin entgegnete nichts, doch er richtete seine Augen auf Saeros, und auf ihrem dunklen Grunde begann ein Funken zu glimmen. Saeros jedoch beachtete diese Warnung nicht, erwiderte Túrins Blick voll Hohn und sagte, daß es alle hören konnten: »Wenn die Männer von Hithlum so wild und grausam sind, welcher Art mögen wohl die Frauen in diesem Lande sein? Laufen sie wie Tiere umher, nur mit ihren Haaren bekleidet?«

Darauf ergriff Túrin einen Trinkbecher und schleuderte ihn Saeros ins Gesicht, so daß dieser böse verletzt zu Boden fiel. Túrin zog sein Schwert, und er wäre auf ihn losgegangen, wenn ihn nicht der Jäger Mablung, der neben ihm saß, zurückgehalten hätte. Saeros erhob sich, spie Blut auf den Tisch, und mühsam formte sein zerschlagener Mund die Worte: »Wie lange sollen wir diesen wilden Menschen aus den Wäldern beherbergen?[9] Wer vertritt hier heute abend das Recht. Schwer trifft das Gesetz des Königs jeden, der in dieser Halle seine Vasallen verletzt, und für den, der das Schwert zieht, ist Ächtung die geringste Strafe. Außerhalb der Halle könnte ich dir die gebührende Antwort erteilen, Mensch aus den Wäldern!«

Aber als Túrin das Blut auf dem Tisch sah, kehrte seine Beherrschung zurück, er befreite sich aus Mablungs Griff und verließ wortlos die Halle. Darauf sagte Mablung zu Saeros: »Welcher Teufel reitet dich heute abend? Du bist verantwortlich für diesen bösen Auftritt. Es kann sein, daß das königliche Gesetz befindet, daß ein zerschlagener Mund die verdiente Belohnung für deinen Spott gewesen ist.«

»Falls der Flegel Grund zur Klage hat, soll er sie vor das Gericht des Königs bringen«, antwortete Saeros. »Doch an diesem Ort aus einem solchen Anlaß das Schwert zu ziehen, ist nicht zu entschuldigen. Wenn der Mensch aus den Wäldern außerhalb der Halle das Schwert gegen mich zieht, werde ich ihn töten.«

»Das scheint mir nicht so gewiß«, sagte Mablung, »doch wenn einer von euch erschlagen werden sollte, wäre das eine schändliche Tat, die Angband mehr nützt als Doriath und die viel Böses nach sich ziehen wird. Mich dünkt, irgendein Schatten aus dem Norden hat sich heute abend auf uns gelegt. Gib acht, Saeros, Sohn Ithilbors, daß du in deinem Hochmut nicht zum Werkzeug Morgoths wirst. Und denke daran: Du bist einer der Eldar.«

»Ich vergesse es nicht«, erwiderte Saeros, doch mäßigte er seinen Zorn nicht, und im Laufe der Nacht, während er seine Wunde pflegte, wuchs sein Groll.

Am nächsten Morgen, als Túrin Menegroth verließ, um zu den nördlichen Marken zurückzukehren, lauerte Saeros ihm auf und stürmte schildbewehrt und mit gezogenem Schwert von hinten auf ihn los. Aber Túrin, in der Wildnis zur Wachsamkeit erzogen, erspähte ihn aus einem Augenwinkel, sprang beiseite, zog rasch sein Schwert und stellte sich dem Feind entgegen. »Morwen«, rief er, »jetzt soll dein Spötter für seinen Hohn bezahlen!« Er zerhieb Saeros' Schild, und dann gingen sie mit blitzenden Klingen aufeinander los. Doch Túrin war lange durch eine harte Schule gegangen, er war ebenso behende geworden wie jeder Elbe und kraftvoller dazu. So gewann er bald die Oberhand, und nachdem er Saeros' Schwertarm verwundet hatte, war dieser in seiner Gewalt. Darauf setzte er den Fuß auf das Schwert, das Saeros hatte fallen lassen, und sagte: »Saeros, du hast einen langen Lauf vor dir, und Kleider könnten dich dabei hindern. Deine Haare mögen dir genügen.« Und indem er ihn plötzlich zu Boden warf, entkleidete er ihn. Saeros spürte Túrins überlegene Kraft und fürchtete sich, doch Túrin ließ ihn aufstehen und rief: »Lauf! Lauf! Und wenn du nicht rennst, so schnell wie ein Hirsch, werde ich dich von hinten anspornen!« Saeros floh in die Wälder, wild um Hilfe rufend, doch Túrin folgte ihm wie ein Jagdhund. Mochte Saeros geradeaus rennen oder seitlich ausbrechen, immer war Túrins Schwert hinter ihm, um ihn anzutreiben.

Saeros' Schreie machten viele andere auf die Hetzjagd aufmerksam, und sie folgten ihr, doch nur die Schnellsten konnten es mit den beiden Läufern aufnehmen. Einer davon war Mablung. Dieser war sehr besorgt, und obwohl ihm Saeros' Spott bösartig erschienen war, glaubte er, daß »Niedertracht, die am Morgen erwacht, sich in Morgoths Freude verwandelt, wenn es Nacht wird«. Außerdem galt es als ein ernster Verstoß, jemandem aus Eigensinn Schande zuzufügen, ohne daß der Streit vor ein Gericht gebracht worden wäre. Zu dieser Zeit wußte niemand, daß Saeros Túrin zuerst und mit der Absicht, ihn zu töten, angegriffen hatte.

»Halt ein, Túrin!« schrie Mablung. »Alles ist ein Werk der Orks in den Wäldern!« Doch Túrin rief zurück: »Ork-Werke im Wald für Ork-Worte in der Halle!« und sprang erneut hinter Saeros her. Dieser, an jeder Hilfe verzweifelnd und im Glauben, der Tod sei ihm dicht auf den Fersen, rannte ungestüm weiter. Plötzlich kam er an eine Felskante, wo ein Zufluß des Esgalduin durch hohe Felsen in einen tiefen Spalt floß, der so breit war, daß ein Hirsch hätte hinübersetzen können. Von übergroßer Furcht getrieben, versuchte Saeros den Sprung, doch auf der anderen Seite des Spalts verlor er den festen Halt, aufschreiend fiel er zurück, und sein Körper wurde beim Aufprall auf einen großen Stein im Wasser zerschmettert.

So endete sein Leben in Doriath, und Mandos würde ihn lange bei sich behalten.

Túrin blickte auf den im Fluß liegenden Leichnam hinab und dachte: »Unglücklicher Narr! Von hier aus hätte ich ihn nach Menegroth zurückgehen lassen. Nun hat er mir eine Schuld aufgeladen, die ich nicht verdient habe.« Er wandte sich um und sah finster Mablung und dessen Gefährten entgegen, die nun herbeikamen und neben ihm an der Felskante standen. Nach einem Schweigen sagte Mablung: »Wohlan! Kehre mit uns zurück, Túrin, denn der König muß über diese Vorfälle Gericht halten.« Doch Túrin erwiderte: »Wäre der König gerecht, würde er mich freisprechen. Aber war nicht dieser hier einer seiner Ratgeber? Warum sollte ein gerechter König ein böswilliges Herz einem Freund vorziehen? Ich schwöre seinem Gesetz und seinem Urteil ab.«

»Deine Worte sind unklug«, sagte Mablung, obwohl er insgeheim Mitleid mit Túrin empfand. »Du sollst nicht davonlaufen. Ich bitte dich, mit mir zurückzukehren, als ein Freund. Wenn der König die Wahrheit erfährt, kannst du auf seine Verzeihung hoffen. Außerdem gibt es noch andere Zeugen.«

Aber Túrin war der Elben-Hallen überdrüssig, er fürchtete, man könne ihn zum Gefangenen machen, und er sagte zu Mablung: »Ich schlage dir deine Bitte ab. Um nichts in der Welt werde ich nach der Vergebung König Thingols streben. Ich werde dorthin gehen, wo sein Urteilsspruch mich nicht finden wird. Du hast nur zwei Möglichkeiten: Entweder du läßt mich unbehelligt gehen, oder du erschlägst mich, wenn eurem Gesetz dadurch Genüge getan ist. Um mich lebend in die Hände zu bekommen, seid ihr zu wenige.«

Seine Augen verrieten ihnen, daß er es ernst meinte, sie ließen ihn gehen, und Mablung sprach: »Ein Tod ist genug.«

»Ich habe ihn nicht gewollt«, sagte Túrin, »aber ich beklage ihn nicht. Möge Mandos ein gerechtes Urteil über Saeros sprechen. Sollte er jemals zu den Gefilden der Lebenden zurückkehren, möge er sich klüger zeigen. Lebt wohl!«

»Fahre dahin!« sagte Mablung. »Denn es ist dein Wille.

Aber wenn du weiterhin so handelst, erwarte ich nichts Gutes. Ein Schatten liegt auf deinem Herzen. Wenn wir uns wiedertreffen, möge er, so hoffe ich, nicht dunkler geworden sein.«

Darauf erwiderte Túrin nichts, sondern verließ sie und ging rasch davon. Niemand wußte, wohin.

Es wird erzählt, daß, als Túrin nicht zu den nördlichen Marken zurückkehrte und man nichts von ihm hörte, Beleg Langbogen selbst nach Menegroth kam, um ihn dort zu suchen. Das Herz wurde ihm schwer, als er von Túrins Taten und von seiner Flucht erfuhr. Bald danach kehrten Thingol und Melian nach Menegroth zurück, denn der Sommer neigte sich seinem Ende zu. Als man dem König berichtete, was geschehen war, setzte er sich auf seinen Thron in der großen Halle, und alle Fürsten und Ratgeber Doriaths waren um ihn versammelt.

Darauf wurde alles untersucht und vorgetragen, auch jene letzten Worte, die Túrin bei seinem Weggang gesprochen hatte. Schließlich seufzte Thingol und sprach: »Wohlan! Wie konnte sich ein solcher Schatten in mein Reich einschleichen? Ich habe Saeros für verläßlich und klug gehalten. Aber wenn er noch lebte, würde er meinen Zorn zu spüren bekommen, denn sein Spott war niederträchtig, und ich gebe ihm die Schuld an allem, was in der Halle vorgefallen ist. Bis dahin vergebe ich Túrin. Daß er aber Schande über Saeros brachte und ihn zu Tode hetzte, ist ein Unrecht, das schwerer wiegt als die Kränkung, die er erfuhr. Diese Tat kann ich nicht ungesühnt lassen. Sie offenbart ein hartes und hochmütiges Herz.« Darauf verfiel er in Schweigen, doch schließlich sprach er betrübt weiter: »Er ist ein undankbarer Pflegesohn und ein Mensch, der sich über den Rang erhebt, der ihm zugewiesen ist. Wie soll ich jemanden beherbergen, der meiner selbst und meinem Gesetz spottet, oder jemandem verzeihen, der nicht bereuen will? Deshalb verbanne ich Túrin, Húrins Sohn, aus dem Königreich Doriath. Sollte er Zutritt zu Doriath suchen, soll er zu mir geführt werden, damit ich über ihn richte. Und solange er nicht zu meinen Füßen um Vergebung nachsucht, ist er mein Sohn nicht mehr. Falls irgend jemand diesen Spruch für ungerecht hält, möge er sprechen.«

Schweigen breitete sich darauf in der Halle aus, und Thingol hob die Hand, um seinen Schuldspruch feierlich zu verkünden. Doch in diesem Augenblick betrat Beleg eilig die Halle und rief: »Herr, darf ich noch etwas sagen?«

»Du kommst spät«, sagte Thingol. »Warst du nicht mit den anderen zusammen hergebeten?«

»Gewiß, Herr«, antwortete Beleg, »aber ich verlor Zeit, weil ich jemanden suchte, den ich kannte. Jetzt bringe ich im letzten Augenblick einen Zeugen, der gehört werden sollte, bevor du dein Urteil endgültig sprichst.«

»Alle sind vorgeladen worden, die etwas auszusagen hatten«, sagte der König. »Was kann dieser Zeuge jetzt noch Gewichtigeres vorbringen als jene, die ich bereits gehört habe?«

»Urteile selbst, wenn du gehört hast«, sagte Beleg. »Gewähre mir diese Gunst, wenn ich deine Gnade jemals verdient habe.«

»Ich gewähre sie dir«, erwiderte Thingol. Darauf ging Beleg hinaus und führte an seiner Hand Nellas in den Saal, das Mädchen, das in den Wäldern lebte und nie nach Menegroth kam. Sie fürchtete sich angesichts der gewaltigen Säulenhalle, des steinernen Daches und der vielen Augenpaare, die auf sie gerichtet waren. Als Thingol sie zu sprechen aufforderte, sagte sie: »Herr, ich saß in einem Baum.« Doch dann ließ die Ehrfurcht vor dem König ihre Stimme versagen, und sie konnte nicht weitersprechen. Darüber mußte der König lächeln, und er sagte: »Das haben andere auch schon getan, aber sie haben nicht das Bedürfnis verspürt, mir davon zu berichten.«

Das Lächeln des Königs machte Nellas Mut, und sie erwiderte: »So ist es. Sogar Lúthien! Und an sie dachte ich an jenem Morgen, und an Beren dachte ich, den Menschen.«

Thingol sagte nichts dazu, hörte auf zu lächeln und wartete, daß sie fortfahren würde.

»Túrin erinnerte mich an Beren«, sagte sie schließlich. »Sie sind miteinander verwandt, sagte man mir, und solche, die genau hinsehen, können ihre Verwandtschaft erkennen.«

Thingol wurde ungeduldig. »Mag sein«, sagte er. »Aber Túrin, Húrins Sohn, ist mit Spott von mir gegangen, und du wirst ihn nie mehr sehen, um über seine Abstammung nachzudenken. Denn nun will ich mein Urteil sprechen.«

»Hoher König!« rief sie daraufhin. »Habe Nachsicht mit mir, und laß mich erst sprechen. Ich saß in einem Baum, um Túrin fortgehen zu sehen. Und ich sah Saeros, wie er mit Schwert und Schild aus dem Wald kam und auf den ahnungslosen Túrin lossprang.«

Bei diesen Worten ging ein Raunen durch die Halle, und der König erhob die Hand und sagte: »Die Neuigkeiten, die du mich hören läßt, sind ernster als zu erwarten war. Doch was du jetzt sagst, wäge genau ab, denn dies ist ein Gerichtshof.«

»Das hat Beleg mir gesagt«, erwiderte sie. »Und nur deshalb habe ich es gewagt herzukommen, damit Túrin nicht zu Unrecht verurteilt werde. Er ist rauh, aber er ist auch barmherzig. Die beiden kämpften, bis Túrin Saeros seines Schwertes und seines Schildes beraubte, doch er erschlug ihn nicht. Deshalb glaube ich nicht, daß er Saeros' Tod wollte. Falls man diesem Schande antat, so hatte er sie verdient.«

»Das Urteil ist meine Sache«, entgegnete Thingol. »Doch was du berichtet hast, soll dabei den Ausschlag geben.« Dann befragte er Nellas eindringlich und wandte sich schließlich an Mablung. »Ich kann nicht verstehen«, sagte er, »daß Túrin dir von alldem nichts gesagt hat.«

»Aber er tat's nicht«, antwortete Mablung. »Hätte er's getan, wären meine Worte anders ausgefallen, die ich ihm bei unserer Trennung sagte.«

»Auch mein Urteil wird jetzt anders lauten«, sagte Thingol. »Hört denn! Eine derartige Schuld, wie man sie Túrin anlasten kann, vergebe ich ihm jetzt, denn man tat ihm Unrecht, und er wurde herausgefordert. Und weil es in der Tat, wie er sagte, ein Mitglied meines Rates war, das ihn so schlecht behandelt hat, braucht er nicht um Verzeihung nachzusuchen, sondern ich will sie ihm übermitteln, wo immer man ihn auch findet. Und ich werde ihn mit allen Ehren wieder in meine Halle aufnehmen.«

Als aber das Urteil gesprochen war, begann Nellas plötzlich zu weinen. »Wo sollen wir ihn finden«, schluchzte sie. »Er hat unser Land verlassen, und die Welt ist groß.«

»Man wird ihn suchen«, sagte Thingol und erhob sich. Beleg führte Nellas aus Menegroth fort und sagte zu ihr: »Weine nicht, denn wenn Túrin lebt oder sich noch außerhalb der Grenzen aufhält, werde ich ihn finden, selbst wenn alle anderen keinen Erfolg haben.«

Am nächsten Tag kam Beleg zu Thingol und Melian, und der König sagte zu ihm: »Gib mir einen Rat, Beleg, denn ich bin betrübt. Ich habe Túrin als meinen Sohn angenommen, und er soll es bleiben, es sei denn, Húrin käme aus dem Schattenland zurück und beanspruchte sein Fleisch und Blut. Ich möchte nicht, daß jemand behauptet, Túrin sei durch einen ungerechten Spruch in die Wildnis getrieben worden. Mit Freuden würde ich ihn wieder hier willkommen heißen, denn ich liebte ihn sehr.«

Und Beleg antwortete: »Ich werde nach Túrin suchen, bis ich ihn finde, und ich werde ihn nach Menegroth zurückbringen, denn auch ich liebe ihn.« Damit ging er fort. Und unter vielen Gefahren suchte er kreuz und quer in Beleriand nach einer Spur Túrins, aber vergeblich. Darüber vergingen der Winter und das folgende Frühjahr.

Túrin bei den Geächteten

Nun wendet sich die Erzählung wieder Túrin zu. Dieser, im Glauben, er sei ein Geächteter, den der König verfolge, kehrte nicht zu Beleg in die nördlichen Marken von Doriath zurück, sondern wandte sich nach Westen. Heimlich verließ er das Land des Zauns und kam in die Waldgebiete südlich des Teiglin. Dort hatten vor der Nirnaeth viele Menschen in verstreuten Gehöften gewohnt. Zum größten Teil gehörten sie zu Haleths Volk, doch sie hatten keinen Herrn und lebten von der Jagd und von der Landwirtschaft. Sie mästeten Schweine, und in den Wäldern beackerten sie die Lichtungen, die sie mit Zäunen gegen das Wild schützten. Aber inzwischen waren die meisten von ihnen getötet worden oder nach Brethil geflohen; über der ganzen Gegend lastete die Furcht vor den Orks und vor den Geächteten. In jener Zeit des Untergangs irrten nämlich viele Menschen heimatlos umher: Überlebende der Schlacht und der Niederlagen, Flüchtlinge aus verwüsteten Landstrichen, und es waren auch einige darunter, die böseste Taten verübt hatten und deshalb in die Wildnis getrieben worden waren. Sie jagten und erbeuteten jegliche Nahrung, derer sie habhaft werden konnten, doch im Winter, wenn der Hunger sie plagte, fürchtete man sie wie die Wölfe. Diejenigen, die Haus und Hof noch immer verteidigten, nannten sie Gaurwaith, die Wolfsmänner. Ungefähr fünfzig dieser Männer hatten sich zu einer Bande zusammengeschlossen, die die Wälder jenseits der westlichen Marken Doriaths unsicher machte. Sie wurden kaum weniger gehaßt als die Orks, denn unter ihnen waren hartherzige Ausgestoßene, die Groll gegen ihre eigene Art in sich trugen. Der grausamste unter ihnen war ein Mann namens Andróg, der aus Dor-lómin fortgejagt worden war, weil er eine Frau erschlagen hatte; auch andere stammten von dort: Algund, der Älteste der Bande, der aus der Nirnaeth geflohen war; oder Forweg, wie er sich selbst nannte, der Anführer, ein großer, starker Mann mit hellem Haar und glitzernden unsteten Augen, der sich weit entfernt hatte von den ehrlichen Wegen der Edain aus Hadors Volk. Sie waren sehr wachsam, sandten, ob sie umherzogen oder lagerten, Kundschafter aus und stellten Wachen auf. Auf diese Weise wurden sie Túrin schnell gewahr, als er sich ihren Schlupfwinkeln näherte. Sie schlichen hinter ihm her, zogen einen Ring um ihn, und als er auf eine Lichtung in der Nähe eines Flusses trat, fand er sich plötzlich von Männern mit gespannten Bogen und gezückten Schwertern eingekreist.

Túrin blieb stehen, doch er zeigte keine Furcht. »Wer seid ihr?« fragte er. »Ich war der Meinung, nur Orks lauerten Menschen auf, doch ich sehe, daß ich mich geirrt habe.«

»Diesen Irrtum könntest du bereuen«, sagte Forweg, »denn dies sind unsere Schlupfwinkel, und wir erlauben anderen Menschen nicht, sie zu betreten. Wir nehmen ihr Leben als Pfand, damit sie sich freikaufen.«

Darüber lachte Túrin. »Von mir werdet ihr kein Lösegeld bekommen. Ich bin ein Ausgestoßener und Geächteter. Ihr könnt mich durchsuchen, wenn ich tot bin, aber es wird euch teuer zu stehen kommen, die Wahrheit meiner Worte nachzuprüfen!«

Dennoch schien ihm der Tod gewiß, denn viele Pfeile waren auf die Kerben gelegt und erwarteten den Befehl des Hauptmanns. Keinen der Feinde konnte er mit einem schnellen Sprung und gezücktem Schwert erreichen, doch am Flußufer sah Túrin vor seinen Füßen einige Steine. Plötzlich bückte er sich, und in diesem Augenblick ließ einer der Männer, durch Túrins Worte gereizt, den Pfeil von der Sehne schnellen. Doch er flog über Túrin hinweg, und aufspringend warf dieser mit großer Kraft und sicherer Hand einen Stein auf den Bogenschützen. Dieser fiel mit zertrümmertem Schädel zu Boden.

»Lebend könnte ich euch von größerem Nutzen sein und den Platz dieses unglücklichen Mannes einnehmen«, sagte Túrin, und sich an Forweg wendend fügte er hinzu: »Wenn du hier der Hauptmann bist, solltest du diesen Männern nicht erlauben, ohne Befehl zu schießen.«

»Ich habe es ihm nicht erlaubt«, antwortete Forweg, »aber er ist rasch genug dafür bestraft worden. Ich will dich an seiner Stelle aufnehmen, wenn du meine Befehle besser achtest.«

Darauf erhoben zwei der Geächteten ein Geschrei gegen ihren Anführer, von denen einer, Ulrad genannt, ein Freund des Getöteten war. »Eine merkwürdige Art, sich Zutritt zu einer Kameradschaft zu verschaffen«, sagte er, »indem man einen ihrer besten Männer tötet.«

»Ich bin herausgefordert worden«, gab Túrin zur Antwort, »aber kommt nur heran! Ich will es mit euch beiden aufnehmen, mit Waffen oder mit bloßen Händen. Dann werdet ihr sehen, daß ich geeignet bin, einen eurer besten Männer zu ersetzen.« Mit diesen Worten ging er kampfbereit auf sie zu, aber Ulrad zog sich zurück und wollte nicht kämpfen. Der zweite Mann warf seinen Bogen zu Boden und musterte Túrin von Kopf bis Fuß. Dieser Mann war Andróg aus Dor-lómin.

»Ich kann es mit dir nicht aufnehmen«, sagte er endlich kopfschüttelnd. »Ich denke, keiner von uns kann es. Für meinen Teil kannst du dich uns anschließen. Aber du hast etwas Rätselhaftes an dir. Du bist ein gefährlicher Mann. Wie heißt du?«

»Neithan, der Gekränkte, nenne ich mich«, sagte Túrin, und so wurde er später auch von den Geächteten genannt. Aber obwohl er ihnen erzählte, daß er eine Ungerechtigkeit erlitten hätte (und jedem, der dasselbe von sich behauptete, lieh er jederzeit bereitwillig sein Ohr), enthüllte er doch nichts weiter über sein Leben oder über seine Heimat. Doch es blieb ihnen nicht verborgen, daß er einem höheren Stand angehört hatte und von ihm herabgesunken war, und wenn er auch nichts als seine Waffen besaß, waren diese doch von Elbenschmieden gemacht. Bald gewann er ihre Achtung, denn er war stark und tapfer und fand sich in den Wäldern besser zurecht als sie. Sie vertrauten ihm, denn er war nicht habgierig und dachte kaum an sich selbst. Aber sie fürchteten ihn auch wegen seiner plötzlichen Wutausbrüche, die sie selten verstanden. Nach Doriath konnte er nicht zurückkehren, oder wollte es nicht, weil er stolz war; zu Nargothrond war nach dem Fall Felagunds niemandem der Zutritt erlaubt. Er mochte sich nicht dazu herablassen, zu dem niederen Volk Haleths nach Brethil zu gehen, und nach Dor-lómin wagte er sich nicht, denn es war völlig eingeschlossen, und ein einzelner Mann konnte in diesen Zeiten, wie er glaubte, nicht darauf hoffen, über die Pässe des Schattengebirges zu gelangen. Deshalb blieb Túrin bei den Geächteten, weil menschliche Gesellschaft die Mühsal des Lebens in den Wäldern leichter ertragen ließ. Weil er sein eigenes Leben führen wollte und er sich nicht an jedem ihrer Streifzüge beteiligen konnte, unternahm er wenig, um sie von bösen Taten abzuhalten. Doch manchmal erwachten Mitleid und Scham in ihm, und dann war er in seinem Zorn gefährlich. So lebte er bis zum Ende des Jahres, durchlitt Hunger und Not, bis die Zeit der Regung kam, der ein lieblicher Frühling folgte.

Wie schon erzählt wurde, gab es in den Wäldern südlich des Teiglin noch einige Gehöfte, auf denen zwar nur wenige, aber verwegene und wachsame Menschen lebten. Obwohl sie die Geächteten nicht im geringsten liebten und wenig Mitleid mit ihnen hatten, ließen sie ihnen im bitteren Winter dennoch Nahrung zukommen, indem sie diese an Orten niederlegten, die den Wolfsmännern bekannt waren. Auf diese Weise hofften sie Überfällen durch die Rotten der Hungernden zu entgehen. Aber von den Geächteten ernteten sie dafür weniger Dank als vom Wild und den Vögeln, und ihre Hunde und Zäune schützten sie besser. Jedes Gehöft verfügte nämlich über hohe Hecken, die das bebaute Land umgaben, jedes Haus hatte zudem Gräben und Palisaden, und von Haus zu Haus führten Pfade, über die die Menschen durch Hornsignale Hilfe und Unterstützung bei Gefahren herbeirufen konnten.

Mit dem Anbruch des Frühlings war es für die Wolfsmänner gefährlich, sich in der Nähe der Häuser der Waldmenschen herumzutreiben, die sich zusammentun und sie zu Tode hetzen konnten. Deshalb wunderte sich Túrin, daß Forweg seine Männer nicht in den Süden führte. Dort gab es nämlich keine Menschen mehr und deshalb mehr Nahrung und Kurzweil und keine Gefahr. Bald darauf vermißte er eines Tages Forweg und dessen Freund Andróg. Er fragte, wo sie sich aufhielten, doch seine Gefährten lachten.

»Unterwegs in eigenen Geschäften, glaube ich«, sagte Ulrad. »Sie werden bald zurück sein, und dann werden wir aufbrechen. In aller Eile vermutlich, denn wir können von Glück sagen, wenn ihnen der Bienenschwarm nicht auf den Fersen ist.«

Die Sonne schien, und die jungen Blätter waren grün. Der Anblick des verwahrlosten Lagers der Geächteten verdroß ihn, und Túrin wanderte allein tief in die Wälder. Gegen seinen Willen erinnerte er sich an das Verborgene Königreich, und ihm war, als höre er den Widerhall der Blumennamen Doriaths, gesprochen in einer alten, fast vergessenen Sprache. Doch plötzlich hörte er Schreie, und aus einem Haseldickicht rannte eine junge Frau hervor. Ihre Kleider waren von Dornen zerrissen, sie war in großer Angst, und strauchelnd fiel sie keuchend zu Boden. Sogleich sprang Túrin mit gezogenem Schwert in das Dickicht und hieb einen Mann nieder, der, die Frau verfolgend, durch die Zweige brach. Und im gleichen Augenblick, als er den Streich führte, sah er, daß dieser Mann Forweg war.

Aber als er noch dastand und verwundert auf das blutige Gras blickte, stürzte Andróg hinzu und blieb ebenso erstaunt stehen. »Eine böse Tat, Neithan«, sagte er und zog sein Schwert. Doch Túrin bezwang seinen Ärger und sagte ruhig zu Andróg: »Wo also sind die Orks? Hast du sie hinter dir gelassen, um der Frau zu helfen?«

»Orks?« fragte Andróg. »Narr! Nennst du dich nicht selbst einen Geächteten? Geächtete kennen kein Gesetz außer ihrem eigenen. Geh deine eigenen Wege, Neithan, und laß uns die unseren gehen.«

»Das will ich tun«, versetzte Túrin. »Aber heute haben sich unsere Wege gekreuzt. Du wirst diese Frau mir überlassen oder Forwegs Schicksal teilen.«

Andróg lachte. »Ich bin nicht darauf erpicht, mich allein mit dir zu messen. Aber unsere Kameraden könnten dir übelnehmen, daß du Forweg erschlagen hast.«

Die Frau stand auf und legte ihre Hand auf Túrins Arm. Sie sah auf das Blut, sie blickte Túrin an, und ihre Augen glänzten vor Freude. »Tötet ihn, Herr!« sagte sie. »Tötet auch ihn! Und dann kommt mit mir. Wenn ich meinem Vater Larnach ihre Köpfe bringe, wird er erfreut sein. Andere Männer hat er für zwei ›Wolfsköpfe‹ gut belohnt.«

Aber Túrin sagte zu Andróg: »Ist es weit bis zu ihrem Haus?«

»Ungefähr eine Meile«, antwortete dieser. »Ein umzäuntes Gehöft dort drüben. Sie trieb sich außerhalb herum.«

»Geh jetzt schnell«, sagte Túrin, sich wieder der Frau zuwendend. »Sage deinem Vater, er soll besser auf dich aufpassen. Aber die Köpfe meiner Kameraden werde ich ihm zu Gefallen nicht abschlagen noch irgend etwas anderes tun.«

Mit diesen Worten steckte er sein Schwert in die Scheide. »Komm!« sagte er zu Andróg. »Wenn du freilich deinen Hauptmann begraben willst, mußt du es selber tun. Aber beeile dich. Bald könnte sich großes Geschrei erheben. Bringe seine Waffen mit!« Dann ging er wortlos seines Weges. Andróg sah ihm nach und runzelte die Stirn, als grüble er über einem Rätsel.

Als Túrin zum Lager der Geächteten zurückkam, fand er sie unruhig und übel gelaunt, denn sie waren schon zu lange an einem Ort nahe den gut bewachten Gehöften gewesen, und sie murrten gegen Forweg. »Er spielt gefährliche Spiele auf unsere Kosten«, sagten sie. »Andere müssen für sein Vergnügen bezahlen.«

»Dann wählt einen neuen Hauptmann!« sagte Túrin, der vor ihnen stand. »Forweg kann euch nicht länger anführen, denn er ist tot.«

»Woher weißt du das?« fragte Ulrad. »Hast du beim selben Bienenstock Honig gesucht? Haben ihn die Bienen gestochen?«

»Nein«, erwiderte Túrin. »Ein Stich war genug. Ich habe ihn erschlagen. Aber Andróg habe ich verschont, und er wird bald hier sein.« Darauf erzählte er, was geschehen war, und tadelte alle Männer auf das Schärfste, die solche Taten begingen. Während er noch sprach, kam Andróg zurück und trug Forwegs Waffen. »Siehst du, Neithan!« rief er. »Es hat kein Geschrei gegeben. Vielleicht hofft sie, dich wiederzutreffen.«

»Wenn du deinen Scherz mit mir treibst«, sagte Túrin, »werde ich bedauern, daß ich ihr deinen Kopf verweigert habe. Jetzt erzähle deine Geschichte, und fasse dich kurz.«

Darauf erzählte Andróg wahrheitsgemäß, was vorgefallen war. »Ich möchte wissen«, sagte er, »was Neithan dort zu suchen hatte. Gewiß nicht das, was wir suchten. Als ich dazukam, hatte er Forweg schon erschlagen. Der Frau gefiel das wohl, sie bot an, mit ihm zu gehen, und bat um unsere Köpfe als Brautgeschenk. Doch er wollte sie nicht und schickte sie fort. Ich weiß nicht, warum er einen solchen Groll gegen den Hauptmann hatte. Er ließ mir den Kopf auf meinen Schultern, wofür ich dankbar bin, wenn ich es auch nicht ganz begreifen kann.«

»Ich bestreite hiermit, daß du zum Volk Hadors gehörst«, sagte Túrin, »du gehörst eher zu Uldor dem Verfluchten und solltest dich in Angband verdingen.« Dann wandte er sich an alle: »Aber jetzt hört mir zu! Ich stelle euch vor die Wahl, mich entweder an Forwegs Stelle zu eurem Anführer zu machen, oder mich ziehen zu lassen. Diese Kameradschaft soll jetzt unter meinem Befehl stehen, oder ich werde sie verlassen. Wenn ihr mich aber töten wollt, so fangt an! Ich werde gegen euch alle kämpfen, bis ich tot bin – oder ihr!«

Viele Männer griffen zu den Waffen, doch Andróg rief: »Nein! Der Kopf, den er verschont hat, ist nicht ohne Verstand. Wenn wir miteinander kämpfen, wird mehr als einer umsonst sterben, bevor wir den besten Mann unter uns getötet haben.« Dann lachte er. »So wie es war, als er zu uns kam, so ist es jetzt wieder. Er tötet, um Platz zu schaffen. Hat es sich vorher bewährt, wird es das auch jetzt tun. Er könnte uns ein besseres Los bescheren, und wir brauchten nicht mehr um die Kehrichthaufen anderer Menschen herumzuschnüffeln.«

Algund der Alte sagte: »Er ist der beste Mann unter uns. Es gab eine Zeit, in der wir dasselbe getan hätten, wären wir mutig genug gewesen, doch wir haben sie vergessen. Er könnte uns am Ende nach Hause führen.«

Bei diesen Worten keimte in Túrin der Gedanke auf, daß er diese kleine Bande nutzen könnte, um sich eine eigene, freie Herrschaft zu errichten. Doch er blickte Algund und Andróg an und sagte: »Nach Hause, sagt ihr? Riesenhaft und kalt steht das Schattengebirge davor. Hinter ihm haust das Volk Uldors, und dahinter stehen die Armeen Angbands. Wenn euch das nicht entmutigt, euch siebenundsiebzig Männer, dann könnte ich euch heimführen. Aber wie weit werden wir kommen, bevor wir sterben?«

Alle schwiegen. Dann sprach Túrin weiter. »Nehmt ihr mich zu eurem Anführer? Dann werde ich euch von den Häusern der Menschen wegführen in die tiefe Wildnis. Vielleicht wird uns dort ein neues Glück beschieden sein, oder auch nicht. Zumindest werden wir dort lernen, unsere eigene Rasse weniger zu hassen.«

Darauf sammelten sich alle, die zum Volk Hadors gehörten, um ihn und machten ihn zu ihrem Anführer. Die übrigen, die weniger guten Willens waren, fügten sich. Und ohne weiteren Verzug führte sie Túrin aus diesem Land fort.[10]

Viele Boten waren von Thingol ausgesandt worden, um Túrin innerhalb Doriaths oder in den Ländern nahe seinen Grenzen zu suchen. Doch im Jahr seiner Flucht suchten sie vergeblich, denn niemand wußte oder ahnte, daß er sich bei den Geächteten aufhielt, den Feinden der Menschen. Als der Winter anbrach, kehrten die Boten zum König zurück, ausgenommen Beleg. Nachdem alle anderen die Suche beendet hatten, setzte er sie noch immer auf eigene Faust fort.

Aber in Dimbar und entlang der Nordmarken Doriaths hatten die Dinge eine üble Wendung genommen. In den Gefechten dort sah man den Drachenhelm nicht mehr, und auch der Langbogen wurde vermißt. Die Knechte Morgoths wurden ermutigt, ständig wuchs die Zahl, und ihr Wagemut nahm zu. Der Winter kam und ging, und im Frühling erneuerten sie ihren Angriff: Dimbar wurde überrannt, und die Menschen in Brethil gerieten in Angst, denn außer im Süden trieb das Böse jetzt an allen ihren Grenzen sein Unwesen.

Es war jetzt fast ein Jahr seit Túrins Flucht vergangen, und noch immer war Beleg auf der Suche nach ihm, und seine Hoffnung wurde immer geringer. Auf seiner Wanderung stieß er nach Norden zu den Teiglin-Stegen vor. Dort vernahm er die schlechte Nachricht vom erneuten Eindringen der Orks aus Taur-nu-Fuin, kehrte um und gelangte zufällig zu den Siedlungen der Waldmenschen, kurz nachdem Túrin diese Gegend verlassen hatte. Dort hörte er eine merkwürdige Geschichte, die sich die Leute erzählten. Ein großgewachsener, herrischer Mann, ein Elbenkrieger, wie manche sagten, sei in den Wäldern aufgetaucht, habe einen der Gaurwaiths erschlagen und die Tochter Larnachs gerettet, die von den Wolfsmännern verfolgt worden sei. »Er war sehr stolz«, erzählte Larnachs Tochter Beleg, »mit hellen Augen, die mir kaum einen Blick gönnten. Doch er nannte die Wolfsmänner seine Kameraden und weigerte sich, einen zweiten Mann zu töten, der dabei war. Dieser nannte ihn Neithan.«

»Kannst du dieses Rätsel lösen?« fragte Larnach den Elben.

»Ich kann's, fürwahr«, sagte Beleg. »Der Mann, von dem ihr sprecht, ist jemand, den ich suche.« Doch mehr von Túrin erzählte er den Waldmenschen nicht. Doch warnte er sie vor dem Unheil, das sich im Norden zusammenbraute. »Bald werden die Orks raubend und plündernd in dieses Land einfallen, und ihre Zahl wird so groß sein, daß ihr ihnen nicht werdet widerstehen können«, sagte er zu ihnen. »In diesem Jahr ist es soweit: Ihr müßt entweder eure Freiheit aufgeben oder euer Leben. Geht nach Brethil, ehe es zu spät ist.«

Dann machte er sich eilig auf den Weg, suchte nach den Lagerplätzen der Geächteten und nach Spuren, aus denen er erkennen konnte, wohin sie gezogen waren. Zwar fand er bald Spuren, doch Túrin hatte bereits mehrere Tage Vorsprung und zog rasch weiter. Er fürchtete die Verfolgung der Waldmenschen, und er wandte alle Kunstgriffe an, die er kannte, um jemanden, der ihm folgte, zu täuschen und irrezuführen. Nur selten blieben sie länger als zwei Tage an einem Lagerplatz, und ob sie unterwegs waren oder rasteten, sie hinterließen nur wenige Spuren. So geschah es, daß sogar Beleg sie vergeblich jagte. Spuren, die er deuten konnte, oder Gerüchte, die er von Leuten hörte, die durch die Wildnis streiften, halfen ihm und ließen ihn oft dicht an die Geächteten herankommen. Doch immer war ihr Lager schon verlassen, wenn er es erreichte, denn sie hatten Tag und Nacht Wachen aufgestellt, und beim geringsten sich nähernden Geräusch waren sie auf und davon. »Potztausend!« rief er aus. »Allzu gut habe ich dieses Menschenkind die Kniffe gelehrt, sich in Wald und Feld zu bewegen! Man könnte fast glauben, es handle sich um eine Schar von Elben!« Doch die Geächteten ihrerseits wurden gewahr, daß ihnen ein unermüdlicher Verfolger auf den Fersen war, den sie zwar nicht zu Gesicht bekamen, den sie aber dennoch nicht abschütteln konnten; sie begannen sich unbehaglich zu fühlen.[11]

Nicht lange danach überschritten, wie Beleg befürchtet hatte, die Orks die Brithiach, und während ihnen Handir aus Brethil mit allen Streitkräften, die er aufbringen konnte, Widerstand leistete, drangen sie auf der Suche nach Beute über die Teiglin-Stege nach Süden vor. Viele der Waldmenschen waren Belegs Rat gefolgt und hatten ihre Frauen und Kinder nach Brethil gesandt, mit der Bitte, ihnen Zuflucht zu gewähren. Dieser Trupp und seine Eskorte passierte die Teiglin-Stege rechtzeitig und entkam. Die nachfolgenden bewaffneten Männer jedoch trafen auf die Orks und wurden besiegt. Einigen gelang es, sich durchzukämpfen und nach Brethil zu gelangen, doch viele andere wurden getötet oder gefangengenommen. Die Orks zogen weiter zu den Siedlungen, plünderten sie und setzten sie in Brand. Danach wandten sie sich plötzlich nach Westen und suchten die Straße, denn jetzt wollten sie so schnell wie möglich mit der Beute und den Gefangenen in den Norden zurückkehren.

Aber die Kundschafter der Geächteten hatten sie bald ausgemacht. Die Gefangenen erweckten kaum ihr Interesse, doch das geplünderte Gut der Waldmenschen stachelte ihre Habgier an. Túrin erschien es gefährlich, den Orks offen entgegenzutreten, bevor er nicht ihre Anzahl kannte. Aber die übrigen Geächteten wollten nicht auf ihn hören, denn für das Leben in der Wildnis ermangelten ihnen viele notwendige Dinge, und sie begannen bereits zu bedauern, daß sie ihn zum Anführer gemacht hatten. Deshalb brach Túrin mit einem Gefährten namens Orleg auf, um die Orks auszukundschaften. Er übertrug Andróg das Kommando und schärfte ihnen ein, während seiner Abwesenheit dicht zusammenzubleiben und sich gut versteckt zu halten.

Nun war zwar das Heer der Orks weit größer als der Trupp der Geächteten, doch es befand sich in einem Land, das Orks selten zu betreten gewagt hatten. Außerdem wußten sie, daß sich jenseits der Straße die Talath Dirnen, die Bewachte Ebene, erstreckte, auf der Kundschafter und Späher aus Nargothrond Wache hielten. Da sie die Gefahr fürchteten, waren sie sehr vorsichtig, und auf jeder Seite des marschierenden Heerwurms schlichen ihre Kundschafter durch die Bäume. So geschah es, daß Túrin und Orleg entdeckt wurden, denn sie wurden von drei Kundschaftern aufgestöbert, als sie in einem Versteck lagen. Und obwohl sie zwei davon erschlugen, entkam der dritte und schrie davonrennend: *Golug! Golug!* Mit diesem Namen bezeichneten sie die Noldor. Im Nu wimmelte es im Wald von Orks, die sich geräuschlos verteilten und das Gelände nach allen Richtungen durchkämmten. Als Túrin erkannte, daß sie kaum Hoffnung hatten, zu entkommen, entschloß er sich, sie zu täuschen und zumindest vom Lagerplatz seiner Männer wegzulokken. Aus dem *Golug*-Geschrei schloß er, daß sie die Kundschafter aus Nargothrond fürchteten, und deshalb floh er mit Orleg nach Westen. Die Verfolger waren ihnen dicht auf den Fersen, und obwohl sie alle Kniffe und Listen anwandten, wurden sie schließlich aus dem Wald herausgetrieben. Sogleich wurden sie erspäht, und beim Versuch, die Straße zu überqueren, wurde Orleg von einem Pfeil tödlich getroffen. Túrin jedoch rettete sein Elbenpanzer das Leben, und er entkam in die Wildnis jenseits der Straße. Durch seine Schnelligkeit und Geschicklichkeit entzog er sich den Feinden und floh tief in das Land, in dem er sich nicht auskannte. Die Orks, die fürchteten, die Elben von Nargothrond könnten auf sie aufmerksam werden, erschlugen daraufhin ihre Gefangenen und zogen eilig in nördlicher Richtung davon.

Als nunmehr drei Tage verstrichen waren und Túrin und Orleg dennoch nicht zurückkehrten, wollten einige der Geächteten die Höhle verlassen, in der sie sich versteckt hielten, doch Andróg sprach sich dagegen aus. Während sie noch darüber stritten, stand plötzlich eine graue Gestalt vor ihnen. Es war Beleg, der sie schließlich gefunden hatte. Er trat ein ohne Waffen in den Händen, die er ihnen geöffnet entgegenstreckte. Doch sie sprangen erschreckt auf, und Andróg, sich Beleg von hinten nähernd, warf eine Schlinge über ihn, so daß seine Arme gefesselt waren.

»Wenn ihr keine Gäste wünscht, solltet ihr besser Wache halten«, sagte Beleg. »Warum heißt ihr mich so willkommen? Ich komme als Freund, und ich suche einen Freund, den ihr Neithan nennt, wie ich hörte.«

»Er ist nicht da«, sagte Ulrad. »Wie kannst du diesen Namen kennen, wenn du uns nicht lange gefolgt bist?«

»Er hat uns lange ausgekundschaftet«, sagte Andróg. »Er ist der Schatten, der uns auf den Fersen war. Jetzt werden wir vielleicht seine wahren Absichten erfahren.« Dann befahl er, Beleg an einen Baum neben der Höhle zu binden, und als er an Händen und Füßen schmerzhaft gefesselt war, verhörten sie ihn. Doch auf alle ihre Fragen gab Beleg nur die eine Antwort: »Seit ich ihn zum ersten Mal in den Wäldern traf, bin ich ein Freund Neithans gewesen, und er war damals noch ein Kind. Ich suche ihn aus Freundschaft und um ihm gute Nachrichten zu bringen.«

»Laßt ihn uns töten und uns von seiner Schnüffelei befreien«, sagte Andróg zornig und warf, da er ein Bogenschütze war, begehrliche Blicke auf Belegs großen Bogen. Aber einige weniger Verdorbene wandten sich dagegen, und Algund sagte zu ihm: »Der Hauptmann könnte doch noch zurückkehren, und dann wirst du es bereuen, wenn er erfährt, daß er durch dich plötzlich einen Freund verloren hat, der ihm gute Nachrichten bringen wollte.«

»Ich glaube der Geschichte dieses Elben nicht«, sagte Andróg. »Er ist ein Spion des Königs von Doriath. Aber wenn er wirklich irgendwelche Nachrichten hat, soll er sie uns mitteilen. Dann werden wir darüber entscheiden, ob sie wichtig genug sind, um ihn leben zu lassen.«

»Ich werde auf euren Hauptmann warten«, sagte Beleg.

»Du wirst so lange hier stehenbleiben, bis du sprichst«, entgegnete Andróg. Auf seinen Befehl ließen sie ihn an den Baum gebunden und ohne Nahrung und Wasser stehen, während sie selbst in der Nähe saßen und aßen und tranken. Doch Beleg sagte kein Wort mehr.

Als auf diese Weise zwei Tage und zwei Nächte vergangen waren, wurden sie ärgerlich, bekamen Angst und gerieten in Aufbruchsstimmung; die meisten waren jetzt dazu bereit, den Elben zu töten. Als die Nacht hereinbrach, waren alle um ihn versammelt, und Ulrad brachte eine Fackel herbei, die er an dem kleinen Feuer, das am Höhleneingang brannte, entzündet hatte. Doch in diesem Augenblick kehrte Túrin zurück. Nach seiner Gewohnheit war er geräuschlos gekommen, stand im Schatten außerhalb des Kreises der Männer und erblickte im Schein der Fackel Belegs abgezehrtes Gesicht.

Er stand wie vom Donner gerührt, und wie wenn Eis plötzlich schmilzt, schossen ihm Tränen in die Augen, die er lange nicht mehr vergossen hatte. Er sprang hervor und eilte auf den Baum zu. »Beleg! Beleg!« schrie er. »Wie bist du hierher gekommen? Und warum bist du gefesselt?« Im Nu durchschnitt er die Fesseln seines Freundes, und Beleg fiel nach vorn in seine Arme.

Als Túrin hörte, was die Männer erzählten, überkamen ihn Zorn und Schmerz, doch zuerst kümmerte er sich um Beleg. Während er ihn mit all seiner Geschicklichkeit pflegte, überdachte er sein Leben in den Wäldern, und er wurde zornig über sich selbst. Oft waren nämlich Fremde getötet worden, wenn sie nahe der Lager der Geächteten ergriffen wurden, oder man hatte ihnen aufgelauert und sie überfallen, ohne daß er es verhindert hätte. Oft hatte er selbst böse Worte über König Thingol und die Grau-Elben gesagt, und er trug seinen Teil der Schuld daran, daß man sie als Feinde behandelte. Von Bitterkeit übermannt, wandte er sich an die Männer: »Ihr wart grausam«, sagte er, »grundlos grausam. Niemals bis heute haben wir einen Gefangenen gefoltert. Doch das Leben, wie wir es führen, hat uns dahin gebracht, uns zu verhalten wie Orks. Gesetzlos und sinnlos sind alle unsere Handlungen gewesen, sie haben uns nur selbst genützt und den Haß in unseren Herzen genährt.«

Aber Andróg sagte darauf: »An wen sonst sollen wir denken, außer an uns selbst? Wen sollen wir lieben, wenn uns alle hassen?«

»Zumindest werde ich meine Hand nicht mehr gegen Elben und Menschen erheben«, sagte Túrin. »Angband hat Helfershelfer genug. Wenn andere dieses Versprechen nicht ebenfalls geben wollen, werde ich allein weiterziehen.«

Darauf öffnete Beleg die Augen und hob den Kopf. »Nicht allein!« sagte er. »Jetzt kann ich endlich meine Nachricht überbringen. Du bist kein Geächteter, und Neithan ist kein zutreffender Name. Ein Jahr lang bist du gesucht worden, um dir deine Ehre wiederzugeben und dich heimzuholen in den Dienst des Königs. Man vermißt den Drachenhelm schon lange.«

Aber Túrin zeigte keine Freude über diese Neuigkeit und saß lange schweigend da, denn bei Belegs Worten überfiel ihn erneut Düsterkeit. »Lasse diese Nacht vorübergehen«, sagte er endlich. »Dann werde ich meine Entscheidung treffen. Wie auch immer sie ausfällt, morgen müssen wir dieses Lager verlassen. Nicht alle, die nach uns suchen, sind uns wohlgesinnt.«

»Nein, niemand ist es«, fügte Andróg hinzu und warf einen bösen Blick auf Beleg.

Am Morgen nahm Beleg, dessen Schmerzen schnell abgeklungen waren, Túrin beiseite und sprach mit ihm in der alten Elbensprache.

»Ich habe bei dir mehr Freude über meine Nachricht erwartet«, sagte er. »Jetzt willst du sicherlich nach Doriath zurückkehren?« Und er suchte auf jede mögliche Weise Túrin zur Heimkehr zu bewegen, doch je mehr er in ihn drang, desto mehr zauderte Túrin. Nichtsdestoweniger befragte er Beleg eingehend nach Thingols Urteil. Darauf berichtete ihm Beleg alles, was er wußte. Schließlich sagte Túrin: »Dann hat sich Mablung als der Freund erwiesen, der er einst zu sein schien?«

»Eher als ein Freund der Wahrheit«, entgegnete Beleg. »Und das war am Ende das Beste. Aber warum, Túrin, hast du ihm nicht erzählt, daß Saeros dich überfallen hat? Alles hätte einen anderen Verlauf genommen.« Mit einem Seitenblick auf die Männer, die in der Nähe des Höhleneingangs herumlungerten, fügte er hinzu: »Und du hättest deinen Helm weiterhin in Ehren tragen können und wärst nicht so tief gesunken.«

»Kann sein, wenn du es ein Absinken nennst«, erwiderte Túrin. »Kann sein. Aber so ging es nun einmal, und die Worte blieben mir im Halse stecken. Ohne daß er mich fragte, war in Mablungs Augen ein Vorwurf wegen einer Tat, die ich nicht begangen hatte. Wie der Elbenkönig sagte: Mein Menschenherz war stolz. Und stolz ist es noch immer, Beleg Cúthalion. Es kann noch nicht ertragen, nach Menegroth heimzukehren und dort die mitleidigen und entschuldigenden Blicke zu spüren, wie man sie einem unartigen Kind zuwirft, das sich gebessert hat. Ich bin kein Knabe mehr, sondern ein Mann gemäß meiner Art. Das Schicksal hat mich hart gemacht.«

Diese Worte betrübten Beleg.

»Was also willst du tun?« fragte er.

»Frei leben«, gab Túrin zur Antwort. »Eben dieses wünschte mir Mablung, als wir uns trennten. Ich denke, die Gnade Thingols wird nicht so weit reichen, um diese Gefährten meines Falls mit einzuschließen. Ich aber will mich jetzt nicht von ihnen trennen, falls sie bei mir bleiben wollen. Ich habe sie auf meine Weise gern, ein wenig sogar die Verworfensten unter ihnen. Sie sind Menschen wie ich, und in jedem von ihnen schlummert etwas Gutes, das wachsen kann. Ich glaube, daß sie bei mir bleiben wollen.«

»Du siehst sie mit anderen Augen als ich«, sagte Beleg. »Wenn du versuchst, sie vom Bösen abzubringen, werden sie dich enttäuschen; vor allem einer von ihnen.«

»Wie kann ein Elbe über Menschen urteilen?« fragte Túrin.

»So wie er über alle Taten urteilt, wer sie auch immer begangen hat«, erwiderte Beleg, doch mehr sagte er nicht und schwieg über Andrógs Bösartigkeit, der er seine üble Behandlung in erster Linie verdankte. Da er Túrins Gemütszustand durchschaute, fürchtete er, dieser werde ihm nicht glauben. Er fürchtete auch, ihre alte Freundschaft zu verletzen und Túrin auf seinen bösen Weg zurückzutreiben.

»Ein freies Leben, sagtest du, Túrin, mein Freund«, fuhr er fort. »Was verstehst du darunter?«

»Über meine eigenen Männer zu befehlen und auf meine Weise Krieg zu führen«, gab Túrin zur Antwort. »Aber zumindest was den Krieg betrifft, hat meine Meinung sich geändert: Ich bereue jeden Schwertstreich, außer denen, die gegen den Feind der Elben und Menschen geführt wurden. Aber vor allem anderen wollte ich, du wärst an meiner Seite. Bleib bei mir!«

»Wenn ich bei dir bliebe, würde ich der Freundschaft gehorchen und nicht der Klugheit«, sagte Beleg. »Mein Herz sagt mir, daß es besser wäre, wir kehrten nach Doriath zurück.«

»Trotzdem, ich werde nicht dorthin gehen«, sagte Túrin.

Darauf bemühte Beleg sich noch einmal, ihn zu überreden, in den Dienst König Thingols zurückzukehren. Er sprach davon, wie sehr man seiner Kraft und seines Mutes in den Nordmarken Doriaths bedürfe, berichtete vom neuerlichen Einfall der Orks, die aus Taur-nu-Fuin über den Paß von Anach nach Dimbar hinuntergekommen seien. Aber alle seine Worte waren vergeblich, so daß er schließlich sagte: »Du hast dich selbst einen harten Mann genannt, Túrin. In der Tat: Du bist hart und verstockt. Jetzt bin ich an der Reihe: Wenn du den Langbogen wirklich an deiner Seite haben willst, suche ihn in Dimbar, denn dorthin werde ich zurückkehren.«

Darauf verfiel Túrin in Schweigen, kämpfte mit seinem Stolz, der ihm die Rückkehr verbot, und ließ die Jahre an sich vorüberziehen, die hinter ihm lagen. Mitten aus dem Grübeln heraus sagte er plötzlich zu Beleg: »Dem Elbenmädchen, das du erwähnt hast, habe ich wegen seiner rechtzeitigen Aussage viel zu verdanken, doch ich kann mich nicht an sie erinnern. Warum hat sie mich beobachtet?«

Beleg blickte ihn befremdet an: »Warum wohl?« sagte er. »Túrin, hast du während der ganzen Zeit mit deinem Herzen und der Hälfte deines Gedächtnisses weit weg gelebt? Du bist mit Nellas durch die Wälder Doriaths gestreift, als du ein Knabe warst!«

»Das ist lange her«, erwiderte Túrin. »Auch meine Kindheit, wie mir nun scheint, liegt weit zurück, und ein Schleier bedeckt sie, ausgenommen die Erinnerung an mein Vaterhaus in Dor-lómin. Aber warum hätte ich mit einem Elbenmädchen umherziehen sollen?«

»Vielleicht um zu lernen, was sie dir beibringen konnte«, sagte Beleg. »Nun denn, Kind der Menschen, es gibt in Mittelerde noch anderes Leid als das deine und Wunden, die nicht von Waffen herrühren. Wahrlich, ich beginne zu glauben, daß Elben und Menschen sich nicht begegnen oder sich miteinander abgeben sollten.«

Túrin schwieg, doch lange betrachtete er Belegs Gesicht, als sei darin die Lösung seiner rätselhaften Worte zu lesen. Nellas aus Doriath jedoch sah ihn niemals wieder, und seine Gestalt verflüchtigte sich vor ihr.[12]

Nachdem Beleg fortgegangen war (dies war im zweiten Sommer nach Túrins Flucht aus Doriath),[13] kamen für die Geächteten schlechte Zeiten. Der Jahreszeit unangemessen begann es zu regnen, und in größerer Zahl als zuvor kamen Orks aus dem Norden und entlang der alten Südstraße herbei und sorgten für Unruhe an den Westgrenzen Doriaths. Es gab dort wenig Sicherheit und Ruhe, und die Geächteten waren viel öfter Gejagte als Jäger.

Eines Nachts, als sie halb schlummernd und ohne Feuer in der Dunkelheit lagen, überdachte Túrin sein Leben, und es schien ihm, als könne er ihm eine Wendung zum Besseren geben. »Ich muß irgendeine sichere Zuflucht finden«, dachte er, »und Vorbereitungen gegen Winter und Hunger treffen«; und am nächsten Tag führte er seine Männer weit fort, weiter als sie sich bisher vom Teiglin und den Marken Doriaths entfernt hatten. Nachdem sie drei Tage lang gewandert waren, machten sie am westlichen Rand der Wälder im Tal des Sirion halt. Dort, wo das Land zu den Moorgebieten aufzusteigen begann, war es trockener und kahler.

Bald danach, als das graue Licht eines regnerischen Tages verblaßte, geschah es, daß Túrin und seine Männer in einem Dickicht von Hulstbäumen Schutz suchten; dahinter erstreckte sich eine baumlose Fläche, auf der viele große Steine in ungeordneten Haufen beisammenlagen. Es war still, nur der Regen tropfte von den Blättern. Plötzlich stieß eine der Wachen einen Ruf aus, und aufspringend sahen sie drei grauvermummte Gestalten, die sich verstohlen zwischen den Steinen zu schaffen machten. Jede war mit einem großen Sack beladen, bewegte sich aber dennoch schnell.

Túrin schrie ihnen zu, stehenzubleiben, und seine Männer rannten wie Jagdhunde auf sie los; aber sie setzten ihren Weg fort, und obwohl Andróg Pfeile auf sie abschoß, verschwanden sie in der Dämmerung. Einer blieb zurück, weil er ein schlechter Läufer oder schwerer beladen war, und wurde rasch gepackt und niedergeworfen. Obwohl er um sich schlug und biß wie ein Tier, hielten viele kräftige Hände ihn am Boden fest. Doch Túrin kam hinzu und schalt seine Männer. »Was habt ihr da?« fragte er. »Warum so grob? Er ist alt und schmächtig. Was ist gefährlich an ihm?«

»Er beißt«, sagte Andróg und zeigte seine blutende Hand. »Es ist ein Ork oder einer aus ihrer Sippe. Tötet ihn!«

»Er verdient nichts Besseres«, sagte ein anderer, der den Sack geöffnet hatte, »denn er hat unsere Hoffnungen enttäuscht: nichts als Wurzeln und kleine Steine.«

»Nein«, sagte Túrin, »seht den Bart. Ich glaube, es ist nur ein Zwerg. Laßt ihn aufstehen und sprechen.«

Auf diese Weise geriet Mîm in die Geschichte von den Kindern Húrins. Mühsam richtete er sich auf, kniete zu Túrins Füßen und bat um sein Leben. »Ich bin alt«, sagte er, »und arm. Ich bin nur ein Zwerg, wie du gesagt hast, und kein Ork. Mein Name ist Mîm. Lasse mich nicht grundlos töten, Herr, wie die Orks es tun würden.«

Túrin empfand Mitleid mit ihm, doch er sagte: »Arm scheinst du zu sein, Mîm, obgleich mich dies bei einem Zwerg wundert. Doch ich denke, wir sind noch ärmer: heimatlose Menschen ohne Freunde. Wenn ich dir sagte, daß wir niemanden aus Mitleid verschonen, wenn wir in großer Not sind, was würdest du uns anbieten, um dich freizukaufen?«

»Ich weiß nicht, was du verlangst, Herr«, sagte Mîm vorsichtig.

»Im Augenblick wenig genug!« sagte Túrin und sah ihn verbittert an, während ihm der Regen in die Augen lief. »Einen sicheren Platz zum Schlafen außerhalb der nassen Wälder. Ohne Zweifel nennst du einen solchen Platz dein eigen?«

»Ich habe einen solchen Platz«, erwiderte Mîm, »aber ich kann ihn als Auslöse nicht hergeben. Ich bin zu alt, um unter offenem Himmel zu leben.«

»Du brauchst dich um dein Alter nicht zu sorgen«, sagte Andróg und trat vor, in der unverwundeten Hand ein Messer. »Ich kann dir diese Sorge abnehmen.«

»Herr!« schrie Mîm darauf in großer Angst. »Wenn ich mein Leben verliere, verliert ihr auch euren Unterschlupf, denn ohne mich werdet ihr ihn nicht finden. Ich kann ihn euch nicht überlassen, aber ich will ihn mit euch teilen. Es ist jetzt mehr Platz darin als früher, denn viele haben uns für immer verlassen.« Und er begann zu weinen.

»Dein Leben sei dir geschenkt, Mîm«, sagte Túrin.

»Zumindest bis wir zu seinem Schlupfwinkel kommen«, sagte Andróg.

Doch Túrin wandte sich an ihn und sagte: »Wenn uns Mîm ohne Betrug zu seiner Wohnung bringt und diese für uns geeignet ist, dann hat er sein Leben freigekauft. Und er soll von keinem Mann getötet werden, der zu mir gehört. Das schwöre ich.«

Darauf umklammerte Mîm Túrins Knie und sagte: »Mîm wird dein Freund sein, Herr. Zuerst dachte ich, du seist ein Elbe, wegen deiner Sprache und deiner Stimme. Aber wenn du ein Mensch bist, ist es besser. Mîm liebt die Elben nicht.«

»Wo ist deine Wohnung?« fragte Andróg. »Sie muß wirklich vortrefflich sein, wenn Andróg sie schon mit einem Zwerg teilen muß. Andróg mag nämlich keine Zwerge. Von dieser Rasse aus dem Osten sind meinem Volk nur wenige gute Geschichten zu Ohren gekommen.«

»Urteile über mein Heim, wenn du es siehst«, erwiderte Mîm. »Aber auf dem Weg dorthin werdet ihr Licht brauchen, ihr Stolper-Menschen. Ich werde rechtzeitig zurück sein und euch führen.«

»Nein, nein!« sagte Andróg. »Das wirst du nicht erlauben, nicht wahr, Hauptmann? Du würdest den alten Halunken niemals wiedersehen.«

»Es wird dunkel«, sagte Túrin. »Er soll uns ein Pfand dalassen. Sollen wir deinen Sack und seinen Inhalt hierbehalten, Mîm?«

Aber als er dies hörte, fiel der Zwerg mit kummervoller Miene erneut auf die Knie.

»Wenn Mîm vorhätte, nicht zurückzukommen, würde er dann wegen eines Sackes mit alten Wurzeln zurückkommen?« sagte er. »Ich werde zurückkommen. Laß mich gehen!«

»Das werde ich nicht tun«, antwortete Túrin. »Wenn du dich von deinem Sack nicht trennen willst, mußt du bei ihm bleiben. Eine Nacht unter Blättern wird vielleicht dein Mitleid mit uns wecken.« Doch Túrin und auch andere Männer bemerkten, daß für den Zwerg der Inhalt des Sackes wertvoller war, als er es auf den ersten Blick zu sein schien.

Sie führten den alten Zwerg zu ihrem armseligen Lager, und während er ging, murmelte er in einer fremdartigen, rauhen Sprache vor sich hin, die ein uralter Haß mißtönend zu machen schien. Als sie ihm jedoch die Beine fesselten, verstummte er plötzlich. Diejenigen, welche Wache hielten, sahen ihn die ganze Nacht wie einen Stein still und stumm dahocken. Nur seine schlaflosen Augen glitzerten, wenn er sie durch die Dunkelheit schweifen ließ.

Bevor es Tag wurde, hörte der Regen auf, und Wind regte sich in den Bäumen. Die Morgendämmerung war heller als an vielen anderen Tagen, und eine leichte Brise aus dem Süden machte den Himmel um die aufgehende Sonne weit, hell und klar. Mîm saß noch immer unbeweglich da, als sei er tot, denn jetzt waren seine schweren Lider geschlossen, und das Morgenlicht enthüllte, wie zusammengeschrumpft und altersschwach er war. Túrin stand vor ihm und blickte auf ihn herab. »Jetzt haben wir Licht genug«, sagte er.

Mîm öffnete die Augen, deutete auf seine Fesseln, und als er von ihnen befreit war, sagte er: »Merkt euch, ihr Narren! Legt einem Zwerg keine Fesseln an! Er wird es nicht verzeihen. Ich wünsche mir den Tod nicht, aber mein Herz ist voll Zorn über das, was ihr mir angetan habt. Ich bereue mein Versprechen.«

»Aber ich nicht«, sagte Túrin. »Du wirst mich zu deiner Wohnung führen. Bis wir dort sind, wollen wir nicht vom Tod sprechen. Dies ist *mein* Wille.« Er blickte dem Zwerg unverwandt in die Augen, und dieser konnte den Blick nicht ertragen. In der Tat konnten nur wenige der gesammelten Willenskraft oder dem Zorn in Túrins Augen standhalten; nach kurzer Zeit wandte Mîm seinen Kopf zur Seite und erhob sich. »Folgt mir, Herr!« sagte er.

»Gut!« sagte Túrin. »Doch ich will jetzt noch eines

hinzufügen: Ich verstehe deinen Stolz. Vielleicht mußt du sterben, aber du sollst nicht wieder gefesselt werden.«

Darauf führte sie Mîm zu dem Platz zurück, an dem er gefangengenommen worden war, und er deutete nach Westen. »Dort liegt meine Heimat!« sagte er. »Ihr habt sie oft gesehen, schätze ich, denn sie ist groß genug. Wir nannten sie Scharbhund, bevor die Elben alle Namen änderten.« Da sahen sie, daß er auf den Amon Rûdh deutete, den Kahlen Berg, dessen nackte Kuppe sich über der meilenweiten Wildnis erhob.

»Wir haben ihn gesehen«, sagte Andróg, »doch niemals aus der Nähe. Wie kann es dort einen sicheren Unterschlupf geben, oder Wasser und all die anderen Dinge, die wir brauchen? Ich dachte es mir, daß Betrug im Spiel sei. Wie sollen sich Männer auf der Kuppe eines Hügels verstecken?«

»Ein weiter Ausblick kann sicherer sein als umherzuschleichen«, sagte Túrin. »Amon Rûdh liegt in weiter Ferne. Wohlan, Mîm, ich werde kommen und sehen, was du uns zu zeigen hast. Wie lange werden wir Stolper-Menschen brauchen, um dorthin zu gelangen?«

»Den ganzen Tag bis zur Abenddämmerung«, erwiderte Mîm.

Der Trupp setzte sich in westlicher Richtung in Bewegung, und Túrin ging an der Spitze, Mîm an seiner Seite. Als sie die Wälder verließen, bewegten sie sich vorsichtig, doch das Land ringsum war leer und ruhig. Sie stiegen über die herumliegenden Steine und begannen den Aufstieg, denn Amon Rûdh lag am östlichen Rand der Hochmoore, die sich zwischen den Tälern von Sirion und Narog erhoben, und sein Gipfel ragte mehr als tausend Fuß über dem steinigen Heideland zu seinen Füßen empor. An seiner östlichen Flanke stieg der zerklüftete Boden zwischen Gruppen von felsenverwurzelten Birken, Ebereschen und uralten Dornenbäumen allmählich zu den hohen Kämmen hinauf. Auf den niedrigen Hängen des Amon Rûdh wuchsen Dickichte von *aeglos*; doch seine steile graue Kuppe war bis auf das rote *seregon*,[14] das den Stein überzog, kahl.

Als der Nachmittag zu Ende ging, kamen die Geächteten dicht an den Fuß des Berges heran. Sie näherten sich ihm von Norden her, denn so hatte Mîm sie geführt, und das Licht der sinkenden Sonne fiel auf den Berggipfel, wo das *seregon* in voller Blüte stand.

»Seht! Es ist Blut auf dem Gipfel«, sagte Andróg.

»Noch nicht«, gab Túrin zur Antwort.

Die Sonne sank, und das Licht in den Mulden wurde schwächer. Der Berg ragte nun vor und über ihnen auf, und sie fragten sich, welchen Nutzen ein Führer bei einem so unübersehbaren Ziel haben konnte. Aber als Mîm sie weiterführte und sie die letzten steilen Hänge zu erklettern begannen, begriffen sie, daß er, alter Gewohnheit oder geheimen Markierungen folgend, einen bestimmten Pfad benutzte. Dieser wand sich jetzt hin und her, und wenn sie zur Seite blickten, sahen sie, daß sich zu beiden Seiten dunkle Täler und Grate auftaten oder der Hang in Wüsten großer Steine auslief, die mit Abstürzen und Gruben durchsetzt waren, die unter Brombeerranken und Dorngestrüpp verborgen waren. Hier hätten sie sich ohne einen Führer tagelang abmühen und umherklettern müssen, um überhaupt einen Weg zu finden.

Schließlich stieg der Untergrund steiler an, wurde aber glatter. Sie tauchten in die Schatten uralter Ebereschen und traten in die Schneisen langbeiniger *aeglos* wie in eine mit süßem Duft geschwängerte Düsternis.[15] Plötzlich stand eine Felswand vor ihnen, glatt und kerzengerade, die hoch in die Dämmerung über ihnen hinaufragte.

»Ist dies die Tür zu deinem Haus?« fragte Túrin. »Zwerge lieben Stein, sagt man«, sagte er und trat dicht an Mîm heran, damit dieser ihnen nicht noch zu guter Letzt einen Streich spielte.

»Nicht die Tür des Hauses, sondern das Tor zu seinem Hof«, antwortete Mîm. Dann wandte er sich nach rechts, ging am Fuß des Berges entlang und blieb nach zwanzig Schritten plötzlich stehen. Túrin sah, daß durch geschickte Hände oder durch die Natur eine Spalte in der Felswand so geformt war, daß zwei Felsschichten sich übereinanderschoben, zwischen denen eine Öffnung nach links verlief. Ihr Eingang war mit lang wuchernden Pflanzen verhängt, die über ihm in Felsenrissen wurzelten, doch drinnen war ein steiler, steiniger Pfad, der nach oben in die Dunkelheit führte. Wasser tropfte herab, und es war feuchtkalt. Einer nach dem anderen betraten sie den Gang. An seinem oberen Ende bog der Pfad nach rechts, führte wieder nach Süden und brachte sie durch ein Dornengestrüpp auf eine grüne, ebene Fläche hinaus, über die der Pfad in die Schatten weiterlief. Sie hatten Mîms Haus erreicht, Bar-en-Nibin-noeg,[16] von dem nur in uralten Geschichten aus Doriath und Nargothrond die Rede ging, und das niemals ein Mensch gesehen hatte. Doch die Nacht war hereingebrochen, der Himmel im Osten von Sternen erleuchtet, und sie konnten noch nicht erkennen, wie dieser merkwürdige Ort beschaffen war.

Der Amon Rûdh trug gleichsam eine Krone: eine gewaltige Steinmasse, geformt wie eine steile Kappe mit einer kahlen, abgeflachten Oberseite. Auf ihrer nördlichen Seite ragte eine ebene, fast rechteckige Felsplatte heraus, die von unten nicht zu sehen war, denn hinter ihr erhob sich die Hügelkrone wie eine Mauer, und von ihrem Rand stürzten nach Westen und Osten nackte Klippen hinab. Nur von Norden her, auf dem Weg, den sie benutzt hatten, war dieser Ort von Wegekundigen bequem zu erreichen.[17] Ein Pfad verließ die Felsspalte und führte nach kurzer Zeit in einen kleinen Hain von Zwergbirken, die am Rand eines klaren Weihers wuchsen, der in ein steinernes Becken gefaßt war. Er wurde durch eine Quelle gespeist, die am Fuß der rückwärtigen Felswand entsprang, durch eine Rinne floß und sich wie ein weißer Faden über den westlichen Rand der Felsplatte ergoß. Hinter dem Schirm der Bäume nahe der Quelle, zwischen zwei mächtigen Felsvorsprüngen, befand sich eine Höhle. Sie ähnelte eher einer flachen Grotte mit einer niedrigen, sanften Wölbung. Doch weiter im Inneren war sie in den langen Jahren, die die Kleinzwerge, unbehelligt von den Grau-Elben der Wälder, hier verbracht hatten, durch ihre behutsamen Hände vertieft und weit in das Berginnere vorgetrieben worden.

Durch die tiefe Dämmerung führte Mîm sie am Weiher vorbei, in dem sich jetzt die matt schimmernden Sterne zwischen den Schatten der Birkenzweige spiegelten. Am

Eingang der Höhle wandte er sich um und verbeugte sich vor Túrin. »Tritt ein«, sagte er, »in Bar-en-Danwedh, in das Haus der Auslöse, denn diesen Namen soll es tragen.«

»Möge es so sein«, sagte Túrin. »Ich will als erster einen Blick hineinwerfen.« Dann trat er mit Mîm ein, und die übrigen, die ihn furchtlos sahen, folgten nach, sogar Andróg, der dem Zwerg am meisten mißtraute. Sogleich umgab sie pechschwarze Finsternis, doch Mîm klatschte in die Hände, und hinter einer Biegung leuchtete ein schwacher Lichtschein auf: Aus einem Gang an der Rückseite der Grotte kam ein zweiter Zwerg hervor, der eine kleine Fackel trug.

»Ha! Ich habe ihn verfehlt, wie ich befürchtet habe«, sagte Andróg. Mîm wechselte mit dem anderen Zwerg schnelle Worte in ihrer eigenen rauhen Sprache; er schien über das, was er hörte, betrübt oder erzürnt, und pfeilschnell stürzte er in den Gang und verschwand. Andróg brannte darauf, weiterzugehen. »Sofort angreifen!« sagte er. »Ein ganzer Haufen von ihnen könnte dort sein, doch sie sind klein.«

»Nur drei, schätze ich«, sagte Túrin und setzte sich an die Spitze, während sich hinter ihm die anderen mit den Händen an den rauhen Wänden des Ganges vorwärtstasteten. Der Verlauf des Ganges wies viele scharfe Biegungen auf, doch schließlich schimmerte ein dünnes Licht vor ihnen auf; sie kamen in eine kleine, aber hohe Halle, von Lampen schwach erhellt, die an dünnen Ketten aus dem Schatten der Gewölbekuppel herabhingen. Mîm war nicht zu sehen, doch sie hörten seine Stimme, welcher Túrin folgte, bis er vor der Tür eines Gemaches an der rückwärtigen Wand der Halle stand. Er blickte hinein und sah Mîm, der am Boden kniete. Neben ihm stand schweigend der Zwerg mit der Fackel, doch an der entfernten Wand lag auf einer Liegestatt aus Stein ein dritter Zwerg. »Khîm, Khîm, Khîm!« jammerte der alte Zwerg und raufte sich den Bart.

»Nicht alle deine Pfeile gingen fehl«, sagte Túrin zu Andróg. »Doch dieser Treffer kann böse Folgen haben. Du gehst zu leichtfertig mit deinen Pfeilen um, doch du wirst nicht lange genug leben, um klug zu werden.« Dann trat er leise ein, stellte sich hinter Mîm und sagte zu ihm: »Was fehlt ihm, Mîm? Ich kenne mich ein wenig in der Heilkunst aus. Kann ich dir helfen?«

Mîm wandte den Kopf, und seine Augen waren rot unterlaufen. »Nein«, antwortete er, »es sei denn, du könntest die Zeit zurückdrehen und die grausamen Hände deiner Männer abschlagen. Dies ist mein Sohn, durchbohrt von einem Pfeil. Nun erreichen ihn keine Worte mehr. Er starb bei Sonnenuntergang. Eure Fesseln hinderten mich daran, ihn zu heilen.«

Wieder quoll Mitleid, lange unter Stein begraben, in Túrins Herz auf, wie Wasser, das durch einen Fels dringt. »Wahrlich!« sagte er. »Wenn ich könnte, würde ich den Pfeil zurückrufen. Jetzt trägt Bar-en-Danwedh, das Haus der Auslöse, seinen Namen zu Recht. Denn ob wir hier wohnen oder nicht, ich werde mich in deiner Schuld fühlen. Und sollte ich jemals zu Reichtum gelangen, werde ich dir eine Auslöse in schwerem Gold für deinen Sohn zahlen, auch wenn es dein Herz nicht mehr froh machen wird.«

Darauf erhob sich Mîm und blickte Túrin lange an. »Ich habe es vernommen«, sagte er. »Du sprichst wie ein Zwergenfürst von einst, und das wundert mich. Deshalb will ich meine eigene Auslöse zahlen: Ihr mögt, wenn ihr wollt, hier wohnen. Aber dies füge ich hinzu: Derjenige, der diesen Pfeil abgeschossen hat, soll seinen Bogen und seine Pfeile zerbrechen und sie zu den Füßen meines Sohnes niederlegen; und er soll niemals wieder Pfeil und Bogen zur Hand nehmen. Tut er es dennoch, soll er durch sie sterben. Diesen Fluch lege ich auf ihn.«

Andróg packte die Furcht, als er von diesem Fluch hörte, und trotz heftigen Widerwillens zerbrach er Pfeile und Bogen und legte sie zu Füßen des toten Zwerges nieder. Als er aber aus dem Gemach trat, warf er einen bösen Blick auf Mîm und murmelte: »Der Fluch eines Zwerges, sagt man, gilt auf ewig, aber auch der eines Menschen kann sein Ziel erreichen. Möge er mit dem Pfeil in der Kehle sterben!«[18]

In jener Nacht lagen sie in der Halle, und wegen der Klagen von Mîm und Ibun, seinem anderen Sohn, schliefen sie unruhig. Sie konnten sich nicht erinnern, wann es aufgehört hatte, aber als sie schließlich erwachten, waren die Zwerge verschwunden, und das Gemach war mit einem Stein verschlossen. Der Tag war wiederum schön, und in der Morgensonne wuschen sich die Geächteten im Weiher und bereiteten sich ein Mahl aus ihren letzten Vorräten.

Während sie aßen, trat Mîm vor sie und verbeugte sich vor Túrin. »Er ist bestattet, und alles ist getan«, sagte er. »Er liegt bei seinen Vätern. Wenden wir uns nun dem Leben zu, das uns geblieben ist, obwohl die Tage, die vor uns liegen, kurz sein können. Hat Mîms Haus dir gefallen? Ist die Auslöse bezahlt und angenommen?«

»Sie ist es«, antwortete Túrin.

»Sodann bleibt es euch überlassen, eure Wohnung nach euren Wünschen einzurichten. Ausgenommen sei das Gemach, das verschlossen ist: Niemand außer mir soll es öffnen.«

»Wir verstehen dich«, sagte Túrin. »Was unser Leben hier betrifft, sind wir in Sicherheit, oder zumindest scheint es so. Aber wir brauchen Lebensmittel und andere Dinge. Wie werden wir hinausgelangen und, was noch wichtiger ist, wie kommen wir zurück?«

Zu ihrem Mißvergnügen hörten sie Mîm tief in der Kehle lachen. »Fürchtet ihr, einer Spinne in die Mitte ihres Netzes gefolgt zu sein?« fragte er. »Mîm verspeist keine Menschen! Und eine Spinne kann schlecht mit dreißig Wespen auf einmal fertig werden. Seht, ihr seid bewaffnet, und ich stehe waffenlos vor euch. Nein, ihr und ich, wir müssen alles miteinander teilen: Haus, Nahrung, Feuer und vielleicht noch andere nützliche Dinge. Das Haus, denke ich, werdet ihr zu eurem eigenen Vorteil beschützen und geheimhalten, auch wenn ihr die Wege kennen werdet, die hinein und hinaus führen. Mit der Zeit werdet ihr über sie Bescheid wissen. Doch in der Zwischenzeit muß Mîm euer Führer sein oder Ibun, sein Sohn.«

Damit war Túrin einverstanden, er dankte Mîm, und die meisten seiner Männer waren froh, denn im Schein der Morgensonne und mitten im Hochsommer erschien ihnen das Haus des Zwerges als ein schöner Ort, um dort zu wohnen. Allein Andróg war unzufrieden. »Je eher wir selbst über unser Kommen und Gehen bestimmen, desto besser«, sagte er. »Niemals zuvor haben wir einen Gefangenen, der uns übel gesinnt war, zu unseren Unternehmungen mitgenommen und wieder zurückgebracht.«

An diesem Tag ruhten sie aus, reinigten ihre Waffen und setzten ihre Ausrüstung instand; freilich besaßen sie nur noch Lebensmittel für einen oder zwei Tage, und Mîm ergänzte ihre Vorräte. Er überließ ihnen drei große Kochtöpfe und Brennmaterial und brachte auch den Inhalt des Sackes herbei. »Wertloses Zeug«, sagte er. »Das Stehlen nicht wert. Nur wilde Wurzeln.«

Doch als sie gekocht waren, erwiesen sie sich als eine nahrhafte Speise, die fast wie Brot schmeckte. Die Geächteten waren sehr froh darüber, denn Brot hatten sie lange entbehrt, wenn sie es nicht gerade hatten stehlen können. Mîm sagte: »Wilde Elben kennen diese Wurzeln nicht, Grau-Elben haben sie nicht gefunden, und die Stolzen jenseits des Meeres lassen sich zum Graben nicht herab.«

»Wie heißen sie?« fragte Túrin.

Mîm sah ihn von der Seite an. »Sie haben keinen Namen«, sagte er, »außer in der Zwergensprache, in die wir niemanden einweihen. Und wir zeigen den Menschen nicht, wie man sie findet, denn die Menschen sind habgierig und verschwenderisch und würden nicht eher Ruhe geben, bis alle Pflanzen ausgerottet wären, während sie jetzt an ihnen vorbeigehen, wenn sie durch die Wildnis stolpern. Mehr wirst du von mir nicht erfahren. Doch solange eure Worte ohne Falsch sind und ihr weder stehlt noch spioniert, sollt ihr ausreichend an meiner Beute teilhaben.« Dann stieß er erneut ein kehliges Lachen hervor. »Sie sind von großem Wert«, fuhr er fort. »Wertvoller als Gold in der Hungerzeit des Winters, weil man sie aufspeichern kann, wie es Eichhörnchen mit Nüssen tun; wir waren bereits dabei, von den ersten reifen Wurzeln einen Vorrat anzulegen. Doch ihr seid Narren, wenn ihr glaubt, daß ich mich nicht von einer kleinen Ausbeute trennen wollte, selbst als es um mein Leben ging.«

»Ich hab's vernommen«, sagte Ulrad, der in den Sack geschaut hatte, als Mîm ergriffen worden war. »Doch du wolltest dich nicht von ihr trennen, und deshalb erstaunen mich deine Worte jetzt um so mehr.«

Mîm drehte sich herum und sah ihn finster an. »Du bist einer der Narren, die man im Frühling nicht beklagt, wenn sie im Winter zugrunde gegangen sind«, sagte er. »Ich hatte mein Wort gegeben, also mußte ich zurückkommen, ob ich wollte oder nicht, mit oder ohne Sack, was immer ein gesetzloser und treuloser Mann darüber denken mag. Aber ich mag es nicht, wenn ich durch Gewalt oder Trug meines Eigentums beraubt werde, und sei es nur ein Schuhriemen. Wie könnte ich vergessen, daß du unter jenen warst, deren Hände mich in Fesseln legten und die mich so daran hinderten, noch einmal mit meinem Sohn zu sprechen! Immer, wenn ich das Brot der Erde aus meinem Vorrat austeile, sollst du leer ausgehen, und wenn du es doch ißt, sollst du es nur der Freigebigkeit der Kameraden zu verdanken haben und nicht der meinen!«

Mit diesen Worten ging Mîm fort, Ulrad jedoch, den Mîms Zorn in Furcht versetzt hatte, sagte hinter seinem Rücken: »Große Worte. Nichtsdestotrotz hatte der alte Schurke andere Dinge in seinem Sack, ähnlich geformt wie Wurzeln, aber härter und schwerer. Vielleicht gibt es außer dem Erdenbrot andere Dinge in der Wildnis, die die Elben nicht gefunden haben, und von denen die Menschen nichts wissen sollen.«[19]

»Das ist möglich«, sagte Túrin. »Trotzdem hat der Zwerg zumindest in einem Punkt die Wahrheit gesprochen, als er dich nämlich einen Narren nannte. Warum mußt du aussprechen, was du denkst? Wenn dir schöne Worte schon nicht über die Lippen wollen, so dient Schweigen unseren Absichten besser.«

Der Tag verlief friedlich, und keiner der Geächteten hatte das Verlangen, das Versteck zu verlassen. Túrin erging sich ausgiebig auf dem grünen Rasen der Felsplatte, indem er von einem zum anderen Ende hin und zurückschritt. Er schaute nach Osten, Westen und Norden hinaus und war erstaunt, wie weit der Blick in der klaren Luft reichte. Im Norden erkannte er den Wald von Brethil und den Amon Obel, der grün in seiner Mitte anstieg, und dorthin wurden seine Augen wieder und wieder gezogen, er wußte nicht, warum; sein Herz zog es nämlich eher in den Nordwesten, wo er, viele Meilen entfernt an den Rändern des Himmels, das Schattengebirge zu erkennen glaubte, die Berge seiner Heimat. Abends jedoch sah Túrin nach Westen in die untergehende Sonne, wie sie rot im Dunst über den fernen Küsten versank, und das Tal des Narog dazwischen lag tief in Schatten. So begann der Aufenthalt Túrins, Húrins Sohn, in den Hallen Mîms, in Bar-en-Danwedh, dem Haus der Auslöse.

(Zum Verlauf der Geschichte von Túrins Ankunft im Bar-en-Danwedh bis zum Fall Nargothronds, siehe ›Das Silmarillion‹, Seite 227–240 und Anhang zu ›Narn i Hîn Húrin‹, Seite 147.)

Die Rückkehr Túrins nach Dor-lómin

Schließlich kam Túrin, erschöpft von der Eile und von der Länge des Weges (denn er war vierzig Meilen und mehr gereist, ohne zu rasten), zugleich mit dem ersten Eis des Winters zu den Weihern von Ivrin, die ihn schon einmal geheilt hatten. Doch jetzt waren sie nur noch ein gefrorener Sumpf, und er konnte dort nicht mehr trinken.

Von dort gelangte er zu den Pässen, die nach Dor-lómin führten,[20] bitterkalter Schnee kam aus dem Norden, und die Wege waren vereist und gefährlich. Obwohl dreiundzwanzig Jahre vergangen waren, seit er diesen Pfad gegangen war, hatte er sich ihm tief eingeprägt, so groß war der Schmerz bei jedem Schritt gewesen, mit dem er sich von Morwen entfernt hatte. So kehrte er schließlich in das Land seiner Kindheit zurück. Es war öde und kahl, und die wenigen Menschen waren unwirsch und sprachen die rauhe Sprache der Ostlinge; die alte Sprache war die von Sklaven und Feinden geworden.

Deshalb war Túrin auf der Hut, bewegte sich unauffällig, vermummte sich und kam schließlich zu dem Haus, das er suchte. Es stand leer und dunkel, und nichts Lebendiges war in seiner Nähe. Morwen war fort, und

Brodda, der Eindringling (der Aerin, Húrins Verwandte, gezwungen hatte, sein Weib zu werden), hatte ihr Haus geplündert und alles geraubt, was ihr an Gütern und Dienerschaft geblieben war. Broddas Haus stand dem alten Hause Húrins am nächsten; dorthin kam Túrin, von der Reise erschöpft und von Schmerz verzehrt, und bat um Obdach. Es wurde ihm gewährt, denn einige der freundlichen Sitten von einst hatte Aerin sich noch bewahrt. Man wies ihm einen Platz am Feuer unter den Dienern und einigen Landstreichern an, die beinahe ebenso düster und zerschunden aussahen wie Túrin; und er fragte sie nach Neuigkeiten aus dem Land.

Da verfiel die Gesellschaft in Schweigen, einige wandten sich ab und blickten den Fremdling mißtrauisch an. Aber ein alter Landstreicher mit einer Krücke sagte: »Wenn du unbedingt die alte Sprache sprechen mußt, Meister, sprich leiser und frage nicht nach Neuigkeiten. Willst du wie ein Gauner geschlagen oder als Spion gehängt werden? Deinen Blicken nach könntest du nämlich beides sein.« Er rückte näher und sprach leise in Túrins Ohr: »Sie könnten aber auch bedeuten, daß du zu dem freundlichen Volk von einst gehörst, das in den goldenen Tagen mit Hador kam, bevor Wolfshaar auf den Köpfen sproß. Einige aus diesem Volk sind hier, wenn sie jetzt auch zu Bettlern und Sklaven gemacht worden sind, und ohne Frau Aerin hätten sie weder dieses Feuer noch dieses Brot. Woher kommst du, und welche Auskünfte begehrst du?«

»Es gab eine Frau namens Morwen«, erwiderte Túrin, »und vor langer Zeit habe ich in ihrem Haus gelebt. Nach langer Wanderschaft bin ich hierher gekommen, um freundliche Aufnahme zu finden, doch weder ihr Feuer noch ihre Hausbewohner sind jetzt hier.«

»Und sind auch während der langen Jahre vorher nicht hiergewesen«, sagte der alte Mann. »Seit dem todbringenden Krieg war in jenem Haus das Feuer kärglich und die Zahl der Menschen klein; die Herrin gehörte nämlich zum alten Volk und war, was du sicherlich weißt, die Witwe unseres Herrn Húrin, Hadors Sohn. Dennoch wagte man nicht, sie anzurühren, denn man fürchtete sie. Sie war stolz und schön wie eine Königin, bevor der

Kummer sie zugrunde richtete. Sie nannten sie Hexenweib und wichen ihr aus, und dieses Wort bedeutet in der neuen Sprache nichts anderes als Elbenfreundin. Doch man raubte sie aus. Sie und ihre Tochter hätten oft Hunger gelitten, wenn nicht Frau Aerin gewesen wäre. Man sagte, sie unterstütze sie heimlich und wurde dafür oft von Brodda, diesem Schuft, geprügelt, den sie in ihrer Bedrängnis geheiratet hatte.«

»Und dieses lange Jahr und später?« fragte Túrin. »Sind sie tot oder versklavt? Oder haben die Orks sie erschlagen?«

»Man weiß es nicht mit Sicherheit«, erwiderte der alte Mann. »Aber sie ist mit ihrer Tochter fortgegangen, und dieser Brodda hat ihr Haus geplündert und alles geraubt, was noch übrig war. Nicht einmal ein Hund wurde verschmäht, und ihr kleines Gesinde wurde versklavt, außer einigen, die betteln gingen wie ich. Ich habe ihr viele Jahre gedient, und zuvor dem großen Meister Sador Einfuß: Hätte es nicht vor langer Zeit in den Wäldern eine verfluchte Axt gegeben, läge ich jetzt im Großen Grab. Ich erinnere mich gut an den Tag, an dem Húrins Sohn fortgeschickt wurde, wie er weinte; und seine Mutter auch, nachdem er gegangen war. Man sagte, er ging ins Verborgene Königreich.«

Nach diesen Worten verstummte der alte Mann und blickte Túrin unsicher an. »Ich bin ein alter Mann, und ich schwätze viel«, sagte er. »Nimm nicht ernst, was ich sage! Aber wenn es auch Freude macht, in der alten Sprache mit jemandem zu reden, der sie so rein spricht wie in vergangenen Tagen, so sind doch die Zeiten schlecht, und man muß auf der Hut sein. Nicht alle, die die reine Sprache sprechen, sind auch reinen Herzens.«

»Wahrlich«, sagte Túrin. »Mein Herz ist düster. Wenn du aber fürchtest, ich sei ein Spion aus dem Norden oder Osten, dann besitzt du weniger Klugheit, als du sie vor langer Zeit hattest, Sador Labadal.«

Der alte Mann starrte ihn entgeistert an. Dann sagte er mit zitternder Stimme: »Komm nach draußen! Es ist dort kälter, aber sicherer. Für die Halle eines Ostlings sprichst du zu laut und ich zu viel.«

Als sie auf den Hof getreten waren, umklammerte Sador Túrins Mantel. »Vor langer Zeit habt Ihr in jenem Haus gewohnt, sagt Ihr? Fürst Túrin, Sohn Húrins, warum seid Ihr zurückgekommen? Endlich öffnen sich mir Augen und Ohren. Ihr habt die Stimme Eures Vaters. Doch der junge Túrin gab mir als einziger den Namen Labadal, und er hatte dabei nichts Böses im Sinn, denn in jenen Tagen waren wir fröhliche Freunde. Was sucht er jetzt hier? Wir Übriggebliebenen sind wenige, wir sind alt und ohne Waffen. Jene im Großen Grab sind glücklicher.«

»Ich bin nicht mit dem Gedanken an Kampf hergekommen«, sagte Túrin, »obwohl deine Worte ihn jetzt in mir geweckt haben, Labadal. Aber das muß warten. Ich bin gekommen, um Frau Morwen und Nienor zu suchen. Was kannst du mir über sie sagen?«

»Wenig, Herr«, sagte Sador. »Sie gingen heimlich weg. Unter uns flüsterte man sich zu, Fürst Túrin habe sie gerufen. Wir zweifelten nämlich nicht daran, daß er mit den Jahren mächtig geworden war, ein König oder ein Fürst in irgendeinem Land des Südens. Doch es scheint, daß es nicht so ist.«

»Es ist nicht so«, entgegnete Túrin. »Zwar war ich in einem Land des Südens ein Fürst, doch jetzt bin ich ein Landstreicher. Aber gerufen habe ich sie nicht.«

»Dann weiß ich nicht, was ich Euch sagen soll«, sagte Sador. »Doch zweifle ich nicht, daß Frau Aerin es wissen wird. Sie kannte alle Pläne Eurer Mutter.«

»Wie kann ich zu ihr gelangen?«

»Das weiß ich nicht. Es würde ihr viel Leid eintragen, wenn man sie dabei ertappen würde, wie sie zwischen Tür und Angel mit einem wandernden Vagabunden flüstert, der dem mit Füßen getretenen Volk angehört; sogar eine Botschaft könnte sie nicht aus der Halle locken. Und ein Bettler, wie Ihr einer seid, wird nicht weit in die Halle und zur vornehmen Tafel vordringen, denn vorher werden die Ostlinge ihn packen, verprügeln oder noch schlimmer mit ihm verfahren.«

Da rief Túrin in hellem Zorn: »Ich soll Broddas Halle nicht betreten dürfen, und sie werden mich prügeln? Komm und sieh selbst!«

Darauf ging er in die Halle, warf seine Vermummung

ab, und indem er alles beiseite stieß, was sich ihm in den Weg stellte, schritt er auf die Tafel zu, an welcher der Herr des Hauses, sein Weib und vornehme Ostlinge saßen. Da rannten einige herzu, um ihn zu packen, doch er schleuderte sie zu Boden und rief: »Gebietet niemand in diesem Haus, oder ist es eine Festung der Orks? Wo ist der Hausherr?«

Darauf erhob sich Brodda zornig. »Ich gebiete in diesem Haus«, sagte er.

Doch bevor er fortfahren konnte, sagte Túrin: »Dann hast du die Ritterlichkeit nicht gelernt, die vor deiner Zeit in diesem Lande zu Hause war. Ist es jetzt bei Männern Sitte geworden, zuzulassen, daß Lakaien die Verwandten der Ehefrauen mißhandeln? Ich bin ein solcher Verwandter, und ich habe ein Anliegen an Frau Aerin. Darf ich ungehindert nähertreten, oder soll ich kommen, wie es mir behagt?«

»Tritt näher«, sagte Brodda stirnrunzelnd, doch Aerin erbleichte.

Darauf schritt Túrin an die vornehme Tafel, stand davor und verbeugte sich. »Ich bitte um Vergebung, Frau Aerin«, sagte er, »daß ich auf diese Weise bei Euch eindringe, doch mein Anliegen ist dringend und hat mich von weit hergeführt. Ich suche Morwen, Herrin von Dor-lómin, und Nienor, ihre Tochter. Doch ihr Haus ist leer und ausgeplündert. Was könnt Ihr mir darüber sagen?«

»Nichts«, sagte Aerin in großer Furcht, denn Brodda beobachtete sie scharf. »Nichts, außer, daß sie verschwunden ist.«

»Das glaube ich nicht«, sagte Túrin.

Da sprang Brodda vor, und sein Gesicht war rot vor Zorn und Trunkenheit. »Kein Wort mehr!« schrie er. »Soll mein Weib vor meinen Augen der Lüge geziehen werden, von einem Bettler, der die Sprache der Sklaven spricht? Hier gibt es keine Herrin von Dor-lómin. Was aber Morwen betrifft, so gehört sie zum Sklavenvolk und ist geflohen, wie es Sklaven tun. Tue das gleiche, und tue es schnell, oder ich werde dich an einem Baum aufhängen lassen!«

Da sprang Túrin auf ihn los, zog sein schwarzes

Schwert, packte ihn bei den Haaren und zwang seinen Kopf in den Nacken. »Niemand soll sich rühren«, sagte er, »oder dieser Kopf wird seine Schultern verlassen! Frau Aerin, ich würde Euch ein zweites Mal um Vergebung bitten, wenn ich glaubte, daß dieser Lump Euch jemals etwas anderes als Schlechtes angetan hat. Doch jetzt sprecht, und weist mich nicht zurück! Bin ich nicht Túrin, Fürst von Dor-lómin? Soll ich es Euch befehlen?«

»Gebietet über mich«, antwortete sie.

»Wer plünderte Morwens Haus?«

»Brodda«, sagte sie.

»Wann floh sie und wohin?«

»Vor einem Jahr und drei Monaten. Herr Brodda und andere Ostlinge aus dieser Gegend unterdrückten sie aufs schlimmste. Vor langer Zeit war sie aufgefordert worden, in das Verborgene Königreich zu kommen, und schließlich ging sie fort. Die dazwischenliegenden Länder waren nämlich eine Zeitlang vom Bösen frei, dank der Tapferkeit des Schwarzen Schwertes aus dem südlichen Land, wie man sagte; doch das ist jetzt vorbei. Sie hoffte, ihren Sohn dort zu finden, der sie erwartete. Doch wenn Ihr Túrin seid, dann, fürchte ich, ist alles schiefgegangen.«

Da lachte Túrin bitter. »Schiefgegangen?« schrie er. »Ja, immer ging alles schief: so schief wie Morgoth gewachsen ist!« Und plötzlich schüttelte ihn schwarze Wut, denn ihm wurden die Augen geöffnet, die Fesseln von Glaurungs Bann fielen von ihm ab, und er erkannte die Lügen, mit denen er getäuscht worden war. »Bin ich hergekommen, durch Arglist getäuscht, um hier entehrt zu sterben, ich, der ich zumindest mutig vor den Toren Nargothronds hätte sterben können?« Und es war ihm, als höre er aus der Nacht rings um die Halle die Rufe Finduilas'.

»Ich werde hier nicht als erster sterben!« rief er. Er ergriff Brodda, und mit der Kraft, die ihm Qual und Zorn verliehen, hob er ihn in die Höhe und schüttelte ihn wie einen Hund. »Morwen aus dem Sklavenvolk, hast du gesagt? Du Sohn gemeiner Feiglinge, Dieb, Sklave von Sklaven!« Mit diesen Worten schleuderte er Brodda mit dem Kopf voran über seinen eigenen Tisch, so daß er genau in das Gesicht eines Ostlings flog, der aufstand, um Túrin anzugreifen.

Bei diesem Sturz brach Brodda sich das Genick; und Túrin sprang hinterdrein und erschlug drei weitere Männer, die sich duckten, weil sie waffenlos waren. Die Halle geriet in Aufruhr. Die Ostlinge, die dort saßen, wollten auf Túrin losgehen, doch viele Männer des alten Volkes sammelten sich um ihn: Lange waren sie zahme Knechte gewesen, doch jetzt erhoben sie sich schreiend zum Aufstand. Im Nu tobte in der Halle ein heftiger Kampf; obwohl die Sklaven den Dolchen und Schwertern nichts entgegenzusetzen hatten als Fleischmesser und ähnliche Dinge, die sie erhaschen konnten, gab es auf beiden Seiten viele Tote, ehe noch Túrin mitten in das Getümmel sprang und die letzten Ostlinge erschlug, die in der Halle übriggeblieben waren.

Dann lehnte er sich an eine Säule, schöpfte Atem, und das Feuer seines Zorns wurde zu Asche. Aber Sador, der Alte, kroch zu ihm und umklammerte seine Knie, denn er war tödlich verwundet. »Dreimal sieben Jahre und mehr! Lange haben wir auf diese Stunde gewartet«, sagte er. »Aber jetzt geht, Herr, geht! Geht und kehrt nicht zurück, es sei denn mit einer großen Streitmacht. Sie werden das Land gegen Euch aufhetzen. Viele sind aus der Halle geflohen. Geht, oder Ihr werdet hier sterben. Lebt wohl!« Dann sank er zu Boden und starb.

»Der Tod verleiht seinen Worten Wahrheit«, sagte Aerin. »Ihr habt erfahren, was Ihr wissen wolltet. Jetzt geht rasch! Aber geht zuerst zu Morwen und tröstet sie, sonst wird es mir schwerfallen, all die Zerstörung, die Ihr hier angerichtet habt, zu verzeihen. Wenn mein Leben auch schlecht war, so habt Ihr mir durch Eure Gewalt den Tod gebracht. Die Ostlinge werden für diese Nacht an allen, die dabei waren, Rache nehmen, Eure Taten sind unbesonnen, Sohn Húrins, als wäret Ihr noch das Kind, das ich kannte.«

»Und dein Herz ist furchtsam, Aerin, Tochter Indors, so wie einst, als ich dich Tante nannte, und ein garstiger Hund dich erschreckte«, erwiderte Túrin. »Du warst für eine freundlichere Welt bestimmt. Aber nun komm fort von hier! Ich werde dich zu Morwen bringen.«

»Der Schnee liegt auf dem Land, doch höher noch auf meinem Haupt«, gab sie zur Antwort. »In der Wildnis mit Euch würde ich ebenso schnell sterben wie hier durch die grausamen Ostlinge. Ihr könnt nicht wiedergutmachen, was Ihr getan habt. Geht! Hierzubleiben würde alles noch schlimmer machen und Morwen sinnlos berauben. Geht, ich bitte Euch!«

Darauf verbeugte sich Túrin tief vor ihr, wandte sich um und verließ Broddas Halle; doch die Aufrührer, die noch bei Kräften waren, folgten ihm. Sie flohen auf die Berge zu, denn einige unter ihnen kannten die Pfade der Wildnis, und sie waren glücklich über den Schnee, der hinter ihnen fiel und ihre Spuren auslöschte. So entkamen sie, wenn man sie auch mit vielen Männern, Hunden und wiehernden Pferden alsbald verfolgte, nach Süden in die Berge. Als sie von dort zurückblickten, sahen sie weit in der Ferne des Landes, das sie verlassen hatten, einen roten Lichtschein.

»Sie haben die Halle in Brand gesetzt«, sagte Túrin. »Zu welchem Zweck?«

»Die Ostlinge? Nein, Herr, Aerin hat es getan, glaube ich«, sagte einer namens Asgon. »Mancher Mann der Waffen mißdeutet Geduld und Ruhe. Sie hat uns zu ihrem eigenen Schaden viel Gutes getan. Ihr Herz war nicht furchtsam, und zum Schluß hatte die Geduld ein Ende.«

Jetzt blieben einige der abgehärtetsten Männer, die dem Winter standhalten konnten, bei Túrin, und sie führten ihn über unbekannte Pfade zu einer Zuflucht in den Bergen, die Ausgestoßenen und Landstreichern bekannt war, und wo sich ein Vorrat an Lebensmitteln befand. Dort warteten sie, bis es zu schneien aufhörte; dann gaben sie ihm Wegzehrung und führten ihn zu einem kaum begangenen Paß, der nach Süden in das Tal des Sirion führte, wohin der Schnee nicht gekommen war. Dort, wo der Pfad hinunterführte, schieden sie voneinander.

»Nun lebt wohl, Herr von Dor-lómin«, sagte Asgon. »Aber vergeßt uns nicht. Wir sind jetzt Männer, die man jagt, und wegen Eures Kommens wird das Wolfsvolk noch grausamer sein. Deshalb geht und kehrt zurück, wenn Ihr stark genug seid, um uns zu befreien. Lebt wohl!«

Nun stieg Túrin zum Sirion hinab, und sein Herz war zerrissen. Hatte er früher die bittere Wahl zwischen zwei Entscheidungen gehabt, so wollte ihm nunmehr scheinen, es seien drei geworden und sein unterdrücktes Volk riefe ihn, dessen Leiden er noch vermehrt hatte. Er hatte nur den einen Trost, daß Morwen und Nienor vor langem nach Doriath gelangt waren und daß es die Tapferkeit des Schwarzen Schwertes von Nargothrond gewesen war, die ihren Weg sicher gemacht hatte. Und in Gedanken sagte er zu sich selbst: »Wo sonst hätte ich sie besser unterbringen können, wäre ich wirklich früher gekommen? Wenn der Gürtel Melians zerbrochen wird, dann ist alles zu Ende. Nein, es bleibt am besten, wie es ist, denn durch meinen Jähzorn und meine unbesonnenen Taten werfe ich einen Schatten, wo immer ich wohne. Mag Melian sie behüten! Und ich will sie für eine Weile im schattenlosen Frieden lassen.«

Doch jetzt suchte Túrin zu spät nach Finduilas, die Wälder durchstreifend unterhalb des Ered Wethrin, wild und scheu wie ein Tier. Er lauerte an allen Straßen, die nach Norden zum Sirion-Paß führten. Es war zu spät, denn alle Spuren waren durch Regen und Schnee verwischt. Aber so geschah es, daß Túrin, als er den Teiglin abwärts zog, auf einige Männer vom Volk Haleths aus dem Wald von Brethil stieß. Durch den Krieg war es zu einem kleinen Häufchen zusammengeschmolzen, das zum größten Teil tief im Wald verborgen hinter einem Palisadenzaun auf dem Amon Obel wohnte. Dieser Ort wurde Ephel Brandir genannt; denn Brandir, der Sohn Handirs, war nun ihr Fürst, seit sein Vater erschlagen worden war. Brandir war ein friedliebender Mann, der seit einem Unglücksfall in seiner Kindheit lahmte. Überdies war er von sanftem Gemüt, liebte Holz mehr als Metall, und die Kenntnis der Dinge, die in der Erde wuchsen, zog er anderem Wissen vor.

Aber einige der Waldmenschen jagten noch immer die Orks an ihren Grenzen. Und so geschah es, daß Túrin den Lärm eines Handgemenges hörte, als er dorthin kam. Er eilte hinzu, und vorsichtig durch die Bäume näherschleichend, sah er eine kleine Gruppe von Männern, die von Orks umringt war. Sie wehrten sich verzweifelt mit dem Rücken gegen eine Baumgruppe, die für sich allein auf einer Lichtung stand. Doch die Orks waren in der Überzahl, und die Waldmenschen hatten kaum Hoffnung, zu entfliehen, wenn nicht Hilfe kam. Deshalb vollführte Túrin trampelnd und polternd im Unterholz einen großen Lärm und rief dann, als führe er viele Männer an, mit lauter Stimme: »Ha! Dort sind sie! Folgt mir alle! Heraus jetzt und zugeschlagen!«

Darauf wandten sich die Orks bestürzt um, und dann sprang Túrin hervor, tat so, als winke er Männern zu, die ihm folgten, und die Schneide Gurthangs flackerte in seiner Hand wie eine Flamme. Diese Klinge war den Orks allzugut bekannt, und noch bevor er mitten zwischen sie sprang, zerstreuten sie sich und flohen. Dann eilten die Waldmenschen zu seiner Unterstützung herbei, gemeinsam jagten sie die Feinde in den Fluß, und nur wenige von ihnen gelangten ans andere Ufer.

Schließlich machten sie am Flußufer halt, und Dorlas, Anführer der Waldmenschen, sagte: »Du jagst sehr schnell, Herr, doch deine Männer lassen sich Zeit, dir zu folgen.«

»Nein«, erwiderte Túrin. »Wir handeln alle zusammen wie ein Mann, und so werden wir nicht voneinander getrennt.«

Da lachten die Männer aus Brethil und sagten: »Nun, ein solcher Mann wiegt viele Männer auf. Wir schulden dir großen Dank. Aber wer bist du, und was tust du hier?«

»Ich tue nichts, außer daß ich meinem Handwerk nachgehe, Orks zu erschlagen«, sagte Túrin. »Und ich wohne dort, wohin mein Handwerk mich führt. Ich bin der Wilde Mann aus den Wäldern.«

»Dann komm mit und wohne bei uns«, sagten sie, »denn wir wohnen in den Wäldern, und wir brauchen solche Handwerker. Du würdest willkommen sein.«

Túrin blickte sie sonderbar an und sagte: »Sind denn noch Menschen übrig, die es dulden, daß ich ihre Türen verdunkle? Aber, Freunde, ich habe noch ein ernstes Anliegen: Ich muß Finduilas finden, Orodreths Tochter aus

Nargothrond, oder wenigstens Neuigkeiten über sie erfahren. Ach, viele Wochen sind vergangen, seit sie aus Nargothrond weggeführt wurde, aber ich suche sie noch immer.«

Darauf blickten sie ihn voll Mitleid an, und Dorlas sagte: »Suche nicht länger. Ein Ork-Heer kam nämlich von Nargothrond zu den Teiglin-Stegen, was uns schon lange bekannt war. Wegen der großen Zahl von Gefangenen, die mitgeführt wurden, marschierte es sehr langsam. Da dachten wir, unseren kleinen Teil zum Krieg beizutragen; mit allen Bogenschützen, die wir aufbieten konnten, lauerten wir den Orks auf und hofften, einige Gefangene zu retten. Aber, ach! Sobald sie angegriffen wurden, erschlugen die abscheulichen Orks zuerst die Frauen unter ihren Gefangenen. Und die Tochter Orodreths spießten sie mit einem Speer an einen Baum.«

Túrin stand da wie jemand, der tödlich getroffen ist. »Woher weißt du das?« fragte er.

»Weil sie zu mir sprach, bevor sie starb«, sagte Dorlas. »Sie sah uns an, als ob sie jemanden suche, den sie erwartete, und sie sagte: ›Sagt es dem Mormegil, daß Finduilas hier ist.‹ Mehr sagte sie nicht. Doch wegen ihrer letzten Worte betteten wir sie dort zur Ruhe, wo sie starb. Sie liegt in einem Grab unweit des Teiglin. Es ist nun ein Monat seitdem vergangen.«

»Bringt mich dorthin«, sagte Túrin, und sie führten ihn zu einem kleinen Hügel an den Teiglin-Stegen. Dort legte er sich nieder, und ein Dunkel befiel ihn, daß sie dachten, er sei tot. Doch Dorlas blickte auf den daliegenden Túrin nieder, wandte sich dann an seine Männer und sagte: »Zu spät! Welch jämmerliches Mißgeschick. Denn seht: Hier liegt der Mormegil selbst, der große Hauptmann von Nargothrond. Wir hätten ihn an seinem Schwert erkennen müssen, wie die Orks es taten.« Der Ruhm des Schwarzen Schwertes aus dem Süden hatte sich nämlich überall verbreitet, sogar in den Tiefen der Wälder.

Darum hoben sie ihn jetzt ehrerbietig auf und trugen ihn nach Ephel Brandir. Und Brandir, der ihnen entgegenkam, wunderte sich über die Bahre, die sie trugen. Dann zog er den Überwurf beiseite, blickte in Túrins Gesicht, und ein dunkler Schatten fiel ihm aufs Herz.

»Oh, grausame Männer Haleths!« rief er. »Warum habt ihr den Tod von diesem Mann ferngehalten. Was ihr mit großer Mühe hierhergebracht habt, ist das letzte Verderben unseres Volkes.«

Doch die Waldmenschen sagten: »Nein, es ist der Mormegil aus Nargothrond[21], ein gewaltiger Ork-Töter, und wenn er am Leben bleibt, wird er uns eine große Hilfe sein. Und wenn es auch nicht so wäre, hätten wir einen vom Leid niedergestreckten Mann wie ein Stück Aas am Wege liegenlassen sollen?«

»Gewiß nicht«, antwortete Brandir. »Das Schicksal wollte es nicht so.« Und er nahm Túrin in sein Haus und pflegte ihn sorgsam

Aber als Túrin endlich dieses Dunkel abschüttelte, war der Frühling zurückgekehrt, und er erwachte und sah die Sonne auf den grünen Knospen. Da regte sich auch der Lebensmut des Hauses Hador in ihm, er stand auf und sprach zu sich selbst: »Alle meine Taten und vergangenen Tage waren dunkel und böse. Aber es ist ein neuer Tag angebrochen. Hier will ich in Frieden leben und mich von meinem Namen und von meiner Sippe lossagen. Und so will ich meinen Schatten hinter mir lassen und ihn zumindest nicht auf jene legen, die ich liebe.«

Darum nahm er einen neuen Namen an und nannte sich selbst Turambar, was in der Sprache der Hoch-Elben »Meister des Schicksals« bedeutet. Und er lebte bei den Waldmenschen, wurde von ihnen geliebt, und er verpflichtete sie, seinen alten Namen zu vergessen und ihn als jemanden zu betrachten, der in Brethil geboren war. Doch wenn er seinen Namen auch geändert hatte, so konnte er sein reizbares Gemüt dennoch nicht völlig bezähmen und seinen Gram nie ganz verwinden, den er gegen die Knechte Morgoths hegte. Und er fuhr fort, mit wenigen Gleichgesinnten die Orks zu jagen, obwohl Brandir dies nicht behagte. Dieser hoffte nämlich, sein Volk durch Stille und Heimlichkeit besser vor dem Verderben zu schützen.

»Den Mormegil gibt es nicht mehr«, sagte er, »doch trage Sorge, daß die Tapferkeit Turambars nicht eine ähnliche Strafe für Brethil heraufbeschwört!«

Deshalb legte Turambar sein Schwert beiseite, nahm es

nicht mehr in den Kampf mit und benutzte nunmehr Bogen und Speer. Doch er wollte es nicht leiden, daß die Orks die Teiglin-Stege benutzten oder dem Grab Finduilas' zu nahe kamen. Der Ort wurde Haudh-en-Elleth genannt, Grabhügel des Elbenmädchens. Bald lernten die Orks diesen Ort fürchten, und sie mieden ihn. Und Dorlas sagte zu Turambar: »Du hast den Namen abgelegt, doch du bist noch immer das Schwarze Schwert; und gibt es nicht Gerüchte, die sagen, hinter diesem Namen verberge sich in Wirklichkeit der Sohn Húrins aus Dor-lómin, Fürst aus dem Hause Hador?«

Turambar erwiderte: »Ich habe davon gehört. Doch ich bitte dich, nicht öffentlich davon zu sprechen, wenn du mein Freund bist.«

Die Reise Morwens und Nienors nach Nargothrond

Als der Grausame Winter sich zurückzog, kamen neue Nachrichten aus Nargothrond nach Doriath. Einige Menschen waren nämlich aus der geplünderten Stadt entkommen, hatten den Winter in der Wildnis überlebt und kamen schließlich zu Thingol, um ihn um Zuflucht zu bitten. Die Grenzwächter brachten sie zum König. Und die einen sagten, die Feinde seien allesamt nach Norden abgezogen, andere dagegen sagten, Glaurung hause noch in Felagunds Hallen; und die einen sagten, der Mormegil sei tot, andre wiederum, er sei unter einen Bann des Drachen gefallen und stehe noch dort wie versteinert. Alle aber erklärten, daß vor dem Ende in Nargothrond bekannt war, das Schwarze Schwert sei niemand anderer als Túrin, der Sohn Húrins aus Dor-lómin.

Da waren Morwens und Nienors Kummer groß, und Morwen sagte: »Solche Ungewißheit ist allein Morgoths Werk! Sollen wir die Wahrheit nicht erfahren und keine Gewißheit über das Schicksal erhalten, das uns erwartet?«

Nun hatte Thingol selbst großes Verlangen, mehr über das Schicksal Nargothronds zu erfahren, und bereits erwogen, einige Männer heimlich dorthin zu schicken. Er aber glaubte, daß Túrin wirklich tot oder rettungslos verloren war, und der Gedanke an die Stunde, in der Morwen die Wahrheit erfahren würde, war ihm verhaßt. Deshalb sagte er zu ihr: »Dies ist ein gefährliches Unternehmen, Herrin von Dor-lómin, das man wohl erwägen muß. Eine solche Ungewißheit könnte wahrhaftig von Morgoth geplant sein, um uns zur Unbesonnenheit zu verleiten.«

Doch Morwen war erregt und rief: »Unbesonnenheit, Herr! Wenn mein Sohn hungrig in den Wäldern umherirrte, wenn er in Fesseln geschlagen wäre, wenn sein Körper unbestattet daläge, dann würde ich unbesonnen sein. Ich würde keine Stunde verlieren und mich auf die Suche nach ihm machen.«

»Herrin von Dor-lómin«, erwiderte Thingol, »dies würde der Sohn Húrins sicherlich nicht wünschen. Er würde finden, daß du hier besser aufgehoben bist als in irgendeinem anderen verbliebenen Land: in der Obhut Melians. Um Húrins und Túrins willen werde ich dich in der dunklen Gefahr dieser Tage nicht draußen umherwandern lassen.«

»Du hast Túrin nicht vor der Gefahr bewahrt, mich aber willst du von ihm fernhalten«, rief Morwen. »In der Obhut Melians! Ja, als eine Gefangene des Gürtels. Lange habe ich gezögert, bevor ich ihn betrat, und jetzt bereue ich es.«

»Genug, Herrin von Dor-lómin«, sagte Thingol. »Wenn du so sprichst, so sollst du eines wissen: Der Gürtel ist offen. Aus freiem Willen bist du hierher gekommen, und es steht dir frei, zu bleiben oder zu gehen.«

Darauf sagte Melian, die bisher geschwiegen hatte: »Gehe nicht von hier fort, Morwen. Du hast ein wahres Wort gesagt: Diese Ungewißheit stammt von Morgoth. Wenn du gehst, vollstreckst du seinen Willen.«

»Furcht vor Morgoth wird mich nicht hindern, wenn mein Fleisch und Blut mich ruft«, antwortete Morwen. »Doch wenn du um mich fürchtest, Herr, dann überlasse mir einige deiner Leute.«

»Über dich gebiete ich nicht«, sagte Thingol. »Aber meine Männer unterstehen allein meinem Befehl. Ich werde sie nach meinem eigenen Gutdünken aussenden.«

Darauf sagte Morwen nichts mehr und ging hinweg. Thingol war es schwer ums Herz, denn ihm schien, als sei Morwens Gemüt von Todesahnungen überschattet. Er fragte Melian, ob sie Morwen nicht durch ihre Macht zurückhalten könne.

»Gegen Böses, das sich nähert, vermag ich etwas auszurichten«, gab sie zur Antwort, »aber nichts gegen solche, die um jeden Preis fortgehen wollen. Dies ist deine Aufgabe. Wenn sie hierbleiben soll, mußt du sie mit Gewalt zurückhalten. Doch vielleicht kannst du auf diese Weise ihren Starrsinn besiegen.«

Morwen ging nun zu Nienor und sagte: »Lebe wohl, Tochter Húrins, ich gehe, um meinen Sohn zu suchen oder Gewißheit über sein Schicksal zu erlangen, weil niemand hier etwas tun, sondern abwarten will, bis es zu spät ist. Warte hier auf mich, bis ich – vielleicht – zurückkehre.«

Da wollte sie Nienor, von Furcht und Kummer gepackt, zurückhalten, aber Morwen gab keine Antwort, ging in ihre Kammer, und als der Morgen graute, war sie fortgegangen.

Nun hatte Thingol befohlen, daß niemand sie aufhalten oder ihr auf irgendeine Weise nachstellen sollte. Aber sobald sie fort war, stellte er eine Abteilung seiner verwegensten und geschicktesten Männer zusammen und berief Mablung zu ihrem Führer.

»Folgt ihr nun rasch«, sagte er, »doch achtet darauf, daß sie euch nicht bemerkt. Wenn sie sich aber in der Wildnis befindet und ihr Gefahr droht, gebt euch zu erkennen. Wenn sie nicht umkehren will, beschützt sie, so gut ihr könnt. Doch ich möchte, daß einige von euch so weit wie möglich vordringen und nach bestem Vermögen alles auskundschaften.«

So geschah es also, daß Thingol eine größere Truppe aussandte, als er anfangs beabsichtigt hatte, und darunter waren zehn Reiter mit Ersatzpferden. Die Männer folgten Morwen, und sie ging durch Region nach Süden und gelangte oberhalb der Dämmerseen an die Ufer des Sirion. Dort machte sie halt, denn der Sirion war breit und reißend, und sie kannte den Weg nicht. Deshalb mußten die Wächter sich notgedrungen zu erkennen geben; und Morwen sagte: »Will Thingol mich aufhalten? Oder schickt er mir spät noch die Hilfe, die er mir verweigerte?«

»Beides«, antwortete Mablung. »Du willst nicht zurückkehren?«

»Nein!« sagte sie.

»Dann muß ich dir helfen«, sagte Mablung, »wenn auch gegen meinen Willen. Der Sirion ist breit und tief, und es ist gefährlich für Mensch und Tier, ihn zu durchschwimmen.«

»Dann bringe mich hinüber, auf welche Weise das Elben-Volk ihn auch immer zu überqueren pflegt«, sagte Morwen, »sonst werde ich versuchen, ihn zu durchschwimmen.«

Deshalb führte Mablung sie zu den Dämmerseen. Dort waren zwischen den Wasserläufen und dem Ried des östlichen Ufers Boote und Wachmannschaften versteckt, denn auf diesem Wege verkehrten Boten zwischen Thingol und seinen Verwandten in Nargothrond.[22] Sie warteten nun, bis die sternenhelle Nacht sich neigte, und setzten in den weißen Nebeln vor der Morgendämmerung über den Fluß. Und gerade als die Sonne rot über den Blauen Bergen aufging, ein kräftiger Morgenwind blies und die Nebel zerstreute, stiegen die Bootswachen zum westlichen Ufer hinauf und verließen den Gürtel Melians. Es waren großgewachsene Elben aus Doriath, und sie trugen Mäntel über ihren Panzern. Morwen beobachtete sie vom Boot aus, während sie schweigend an ihnen vorbeizogen, und plötzlich stieß sie einen Schrei aus und deutete auf den letzten Mann des Trupps, der an ihr vorbeiging.

»Woher ist er gekommen?« fragte sie. »Zuerst sah ich dreimal zehn. Und jetzt steigen dreimal zehn und einer ans Ufer!«

Da drehten sich die anderen Wachen um und sahen, daß die Sonne auf goldfarbenem Haar glänzte, denn der letzte Mann war Nienor, deren Kapuze der Wind zurückgeschlagen hatte. So wurde offenbar, daß sie dem Trupp gefolgt war und sich ihm in der Dunkelheit angeschlossen hatte, bevor er den Fluß überquerte. Die Männer waren entsetzt, und Morwen nicht weniger. »Kehre zurück! Kehre zurück! Ich befehle es dir!« rief sie.

»Wenn Húrins Weib gegen jeden guten Rat allein fortgehen kann und dem Ruf ihrer Sippe folgt«, sagte Nienor, »dann kann es auch Húrins Tochter. Trauer, so hast du mich genannt, doch ich will nicht allein um Vater, Mutter und Bruder trauern; denn von allen diesen habe ich nur dich gekannt, und dich liebe ich mehr als die anderen. Und nichts, was du nicht fürchtest, will ich fürchten.«

Tatsächlich waren in ihrem Gesicht und in ihrer Haltung kaum Furcht zu erkennen. Sie erschien groß und kräftig, denn die Nachfahren Hadors waren großgewachsen; da sie zudem Elbenkleidung trug, konnte sie es mit den Wächtern wohl aufnehmen und war nur wenig kleiner als der größte unter ihnen.

»Was hattest du vor?« fragte Morwen.

»Dorthin zu gehen, wo du hingehst«, antwortete Nienor. »Ich stelle dich freilich vor die Wahl: Entweder du führst mich zurück in die sichere Hut Melians, weil es nicht klug ist, ihren Rat zu mißachten, oder, wenn du es nicht tust, sollst du wissen, daß ich wie du die Gefahr suchen werde.« In Wahrheit war Nienor nämlich vor allem in der Hoffnung gekommen, Furcht und Mutterliebe könnten Morwen zur Umkehr bewegen. Und in der Tat war Morwen in ihrem Entschluß schwankend geworden.

»Es ist eine Sache, einen Rat zu mißachten«, sagte sie. »Es ist eine andere, einem Befehl deiner Mutter zuwiderzuhandeln. Kehre jetzt zurück!«

»Nein«, entgegnete Nienor. »Es ist lange her, daß ich ein Kind war. Ich habe meinen eigenen Willen und Verstand, obwohl sie sich bis jetzt nicht mit den deinigen gekreuzt haben. Ich gehe mit dir. Lieber nach Doriath, aus Achtung vor denen, die dort herrschen; doch wenn nicht, dann gehe ich nach Westen. Wahrlich, wenn einer von uns beiden weitergehen sollte, käme es eher mir zu, denn ich bin im vollen Besitz meiner Kraft.«

Da erkannte Morwen in Nienors grauen Augen die Standhaftigkeit Húrins. Sie war unschlüssig, doch sie konnte ihren Stolz nicht überwinden und es nicht über sich bringen (ungeachtet der freundlichen Worte), auf diese Weise von ihrer Tochter zurückgeführt zu werden, als sei sie alt und schwach.

»Ich gehe weiter, wie ich es mir vorgenommen habe«, sagte sie. »Komme also mit, aber gegen meinen Willen.«

Darauf sagte Mablung zu seinen Männern: »Wahrlich, es ist der Mangel an nüchterner Überlegung, nicht der an Mut, durch den Húrins Familie anderen so viel Kummer bereitet. Mit Túrin ist es das gleiche, doch nicht mit seinen Vorvätern. Jetzt aber sind sie alle todgeweiht, und das gefällt mir nicht. Diesen Auftrag des Königs fürchte ich mehr als die Jagd auf den Wolf. Was ist zu tun?«

Aber Morwen, die ans Ufer gelangt und nun nähergekommen war, hörte seine letzten Worte. »Tue, was der König dir aufgetragen hat«, sagte sie. »Forsche nach Nachrichten aus Nargothrond und von Túrin. Zu diesem Zweck sind wir alle zusammengekommen.«

»Dennoch ist es ein langer und gefährlicher Weg«, sagte Mablung. »Wenn ihr weiterwollt, setzt euch beide zu Pferde, haltet euch zwischen den Reitern, und entfernt euch keinen Fußbreit von ihnen.«

So geschah es, daß sie sich bei Tagesanbruch aufmachten, langsam aus dem Lande des Rieds und der niedrigen Weiden hinausritten und zu den grauen Wäldern kamen, die einen großen Teil der südlichen Ebene vor Nargothrond bedeckten. Den ganzen Tag lang ritten sie stracks nach Westen, sahen nichts als entvölkerte Räume und hörten keinen Laut, denn die Lande waren verstummt; und Mablung schien es, als sei eine Furcht über ihnen allgegenwärtig. Den gleichen Weg hatte Jahre zuvor Beren zurückgelegt, und damals waren die Wälder voll von den verborgenen Augen der Jäger. Jetzt aber waren alle Menschen aus Narog verschwunden, und die Orks streiften noch nicht so weit südlich umher. In dieser Nacht lagerten sie ohne Feuer und Licht in dem grauen Wald.

Während der folgenden beiden Tage setzten sie ihren Weg fort, und am Abend des dritten Tages seit ihrem Aufbruch vom Sirion hatten sie die Ebene durchquert und waren nahe an das östliche Ufer des Narog herangekommen. Dann überkam Mablung eine so starke Unruhe, daß er Morwen bat, nicht weiterzureiten. Jedoch sie lachte und sagte: »Du wirst bald froh sein, uns los zu sein, das ist mehr als wahrscheinlich. Aber eine kleine Weile mußt du uns noch ertragen. Wir sind nun zu weit geritten, um aus Furcht umzukehren.«

Da schrie Mablung: »Todgeweiht und tollkühn seid ihr beide! Ihr seid keine Hilfe, sondern hindert uns daran, Nachrichten zu sammeln. Hört mich also: Ich habe den Auftrag, euch nicht mit Gewalt festzuhalten, doch ich bin auch gehalten, euch nach Möglichkeit zu beschützen. In dieser Lage kann ich nur eines von beiden tun: Ich werde euch beschützen. Morgen werde ich euch auf den Amon Ethir führen, den Hügel der Späher, der in der Nähe ist. Dort werdet ihr unter Bewachung bleiben und keinen Schritt tun, solange ich hier befehle.«

Amon Ethir war eine Erhebung, hoch wie ein Hügel, den Felagund einst unter großen Mühen in der Ebene vor den Toren hatte aufwerfen lassen, und er lag eine Meile vom Ostufer des Narog entfernt. Er war mit Bäumen bewachsen, ausgenommen sein höchster Punkt. Von dort hatte man jederzeit einen weiten Ausblick nach allen Richtungen, auf die Straßen, die zur großen Brücke von Nargothrond führten, und auf das Land ringsumher. Zu diesem Hügel kamen sie am späten Morgen und erstiegen ihn von Osten her. Mablung, der nach dem Hoch-Faroth hinübersah, der sich braun und kahl über dem Fluß erhob,[23] erkannte mit seinem Elbenblick auf den steilen westlichen Uferbänken die Terrassen Nargothronds und als kleine schwarze Öffnung in der Bergwand die gähnenden Tore Felagunds. Doch er hörte kein Geräusch und konnte weder irgendeinen Feind erblicken noch ein Anzeichen für die Anwesenheit des Drachen; er sah nur die verbrannten Tore, gegen die Glaurung am Tage der Plünderung sein Feuer geblasen hatte. Alles lag stumm unter bleichem Sonnenlicht.

Darum befahl nun Mablung, wie er es angekündigt hatte, seinen zehn Reitern, Morwen und Nienor auf der Spitze des Hügels in Gewahrsam zu halten und sich nicht vom Fleck zu rühren, bis er zurückkehre, außer es ergebe sich eine große Gefahr. Trete diese ein, sollten die Reiter Morwen und Nienor in ihre Mitte nehmen und so schnell wie möglich ostwärts nach Doriath fliehen; einen Reiter sollten sie vorausschicken, der die Nachricht überbringen und Hilfe holen sollte.

Dann nahm Mablung den anderen Teil seines Trupps zu sich, und sie kletterten vom Hügel herab, und als sie in die Felder auf der Westseite kamen, wo es wenige Bäume gab, zerstreuten sie sich; kühn und verstohlen suchte sich jeder seinen eigenen Weg zu den Ufern des Narog. Mablung selbst schlug den mittleren Weg ein, ging auf die Brücke zu, kam an ihr diesseitiges Ende und sah, daß sie völlig zerstört war. Regenfälle im fernen Norden hatten den Fluß anschwellen lassen; er raste wild durch sein tief eingeschnittenes Bett dahin und schäumte und brauste zwischen den herabgefallenen Steinen.

Aber dort lag Glaurung, mitten im Schatten des großen Durchgangs, der von den zerstörten Toren in das Innere führte; er hatte die Späher längst bemerkt, obwohl es in Mittelerde nur wenige andere Augen gab, die sie ausgemacht haben würden. Aber seine grausamen Augen sahen schärfer als die der Adler und übertrafen den Fernblick der Elben. Und so wußte er auch, daß einige zurückgeblieben waren und sich auf dem kahlen Gipfel des Amon Ethir aufhielten.

Gerade als Mablung zwischen den Felsen kriechend nach einer Möglichkeit suchte, den Fluß auf den herabgefallenen Steinen der Brücke zu überqueren, kam Glaurung plötzlich hervor, mächtig Feuer speiend, und kroch in den Fluß hinein. Das Wasser begann auf der Stelle zu zischen, ungeheure Dämpfe stiegen auf, und Mablung und seine Gefährten, die in der Nähe lauerten, wurden in dichten Dunst und üblen Gestank gehüllt; und die meisten hielten es für das Beste, zum Hügel der Späher zu fliehen. Als aber Glaurung den Narog überquerte, wich Mablung seitlich aus, legte sich unter einen Felsen und blieb zurück; er glaubte nämlich, seinen Auftrag dennoch erfüllen zu müssen. Er wußte jetzt mit Sicherheit, daß Glaurung sich in Nargothrond aufhielt, doch er hatte überdies den Auftrag, nach Möglichkeit auch die Wahrheit über Húrins Sohn in Erfahrung zu bringen. Deshalb beschloß er tapferen Herzens, sobald Glaurung verschwunden war, den Fluß zu überqueren und die Hallen Felagunds zu durchstöbern. Er war nämlich im Glauben, daß alles, was möglich war, für die Sicherheit Morwens und Nienors getan worden war: Man würde Glaurungs Auftauchen bemerkt haben, und in diesem Augenblick würden sich die Reiter so schnell sie nur konnten auf den Weg nach Doriath machen.

Darum ließ Mablung Glaurung an sich vorbeikriechen: ein gewaltiger Umriß im Nebel, der sich schnell bewegte, denn Glaurung war zwar ein riesiger Wurm, aber dennoch behende. Dann überquerte Mablung unter großer Gefahr den Narog; jedoch die Wachen auf dem Amon Ethir bemerkten das Auftauchen des Drachen und waren entsetzt. Sogleich geboten sie Morwen und Nienor ohne Widerrede aufzusitzen, und machten sich bereit, nach Osten zu fliehen. Doch gerade als sie vom Hügel herab in die Ebene kamen, blies ihnen ein übler Wind die dichten Dünste entgegen, die einen Gestank mit sich trugen, den kein Pferd ertragen konnte. Die Pferde, vom Nebel blind gemacht und vom Gestank des Drachen in rasenden Schrecken versetzt, waren bald nicht mehr zu halten und rasten ungebärdig hin und her. Die Wachen wurden zersprengt, gegen Bäume geschmettert, wobei sie sich schwer verletzten, oder sie suchten einander vergeblich. Das Wiehern der Pferde und die Schreie der Reiter drangen an Glaurungs Ohren, und er freute sich darüber.

Einer der Elben-Reiter, der sich im Nebel mit seinem Pferd abmühte, sah Frau Morwen in seiner Nähe vorbeihuschen: ein graues Gespenst auf einem tobenden Pferd; doch sie verschwand im Nebel, nach Nienor rufend, und sie sahen sie niemals wieder.

Als der blinde Schrecken über die Reiter kam, ging Nienors Pferd durch, strauchelte, und sie wurde abgeworfen. Sie fiel weich in das Gras und blieb unverletzt; doch als sie wieder auf die Füße kam, war sie allein, verloren im Nebel, ohne Pferd und ohne Gefährten. Ihr Mut war ungebrochen, und es schien ihr nutzlos, diesem oder jenem Schrei zu folgen, denn überall im Umkreis waren Schreie, die aber immer schwächer wurden. In dieser Lage schien es ihr besser, die Rückkehr zum Hügel zu versuchen, denn Mablung würde zweifellos dorthin kommen, bevor er fortging, und sei es nur, um sich zu vergewissern, daß keiner seiner Gefährten zurückgeblieben war.

Sie schlug deshalb die Richtung ein, in der sie den Hügel vermutete, der in der Tat in der Nähe war und zu dem der aufsteigende Boden unter ihren Füßen sie hinführte. Langsam erstieg sie den Pfad, der von Osten hinaufführte. Während des Aufstieges wurde der Nebel lichter, bis sie schließlich auf dem kahlen Gipfel ins Sonnenlicht trat. Sie schritt vorwärts und blickte nach Westen. Und dort, unmittelbar vor ihr, war der gewaltige Kopf Glaurungs, der gerade von der anderen Seite heraufgekrochen war; und bevor sie es sich versah, blickten ihre Augen in die seinen, die furchtbar waren, erfüllt vom grausamen Geist seines Meisters Morgoth.

Doch Nienor wehrte sich heftig gegen seinen Blick, denn ihr Wille war stark, aber er legte seine Macht auf sie.

»Was suchst du hier?« fragte er. Und wie unter einem Zwang antwortete sie: »Ich suche nur einen gewissen Túrin, der sich hier eine Zeitlang aufhielt. Aber vermutlich ist er tot.«

»Ich weiß nicht«, sagte Glaurung. »Er wurde hier zurückgelassen, um die Frauen und Schwächlinge zu verteidigen. Aber als ich kam, ließ er sie im Stich und floh. Ein Großmaul, aber ein Feigling, wie es scheint. Warum suchst du einen solchen Mann?«

»Du lügst«, sagte Nienor. »Die Kinder Húrins sind zumindest keine Feiglinge. Wir fürchten dich nicht.«

Da lachte Glaurung, denn auf diese Weise hatte sich Húrins Tochter seiner Bosheit zu erkennen gegeben. »Dann seid ihr Narren, du und dein Bruder«, sagte er. »Und deine Prahlerei soll vergeblich sein, denn ich bin Glaurung!«

Dann zwang er sie, in seine Augen zu blicken, und ihre Willenskraft schwand dahin. Und ihr war, als werde die Sonne schwächer und ringsum alles düster; allmählich überkam sie ein großes Dunkel, und in diesem Dunkel war Leere: Sie wußte nichts, hörte nichts und erinnerte sich an nichts.

Lange erkundete Mablung die Hallen Nargothronds, so gut er es bei der Dunkelheit und dem Gestank vermochte; aber er fand kein lebendiges Wesen dort: Nichts rührte sich inmitten der Knochen, und niemand antwortete auf seine Rufe. Niedergedrückt durch den grauenhaften Anblick des Ortes und aus Furcht, Glaurung könne zurückkehren, gelangte er schließlich wieder zu den Toren zurück. Im Westen sank die Sonne, und die Schatten der Faroth im Hintergrund lagen schwarz auf den Terrassen und dem tosenden Fluß in der Tiefe. Doch in der Ferne, unterhalb des Amon Ethir, glaubte er die widerwärtige Gestalt des Drachen erkennen zu können. Da Eile und Furcht ihn trieben, war die Rückkehr über den Narog schwieriger und gefährlicher, und kaum hatte er das Ostufer erreicht und war in ein Versteck gekrochen, als Glaurung nahte. Doch jetzt kam er langsam und verstohlen, denn die Feuer in seinem Innern waren heruntergebrannt: Seine große Kraft hatte ihn verlassen, und es verlangte ihn nach Ruhe und Schlaf in der Dunkelheit. So wand er sich durch das Wasser und schlich wie eine ungeheure aschgraue Schlange zu den Toren hinauf, und sein Bauch überzog den Boden mit Schleim.

Doch bevor er hineinglitt, wandte er sich um, blickte nach Osten zurück, und es entrang sich ihm das Gelächter Morgoths, schwach, aber entsetzlich wie ein bösartiges Echo aus den schwarzen Tiefen in weiter Ferne. Und dem Lachen folgte diese kalte und leise Stimme: »Da liegst du wie ein Maulwurf unter dem Ufer, Mablung, du Mächtiger! Du hast Thingols Aufträge schlecht ausgeführt. Eile nun zum Hügel zurück und sieh, was aus deinen Schützlingen geworden ist.«

Dann zog Glaurung sich in sein Versteck zurück, die Sonne ging unter, und ein grauer Abend legte sich frostig auf das Land. Mablung aber hastete zum Amon Ethir zurück, und als er zum Gipfel hinaufkletterte, gingen im Osten die Sterne auf. Oben sah er gegen die Sterne eine dunkle, reglose Gestalt stehen, als sei sie ein Bildnis aus Stein. So verharrte Nienor, und sie hörte nichts von dem, was er sagte, und sie gab ihm keine Antwort. Aber als er sie schließlich bei der Hand nahm, bewegte sie sich und ließ es zu, daß er sie wegführte; und solange er sie hielt, folgte sie, ließ er sie aber los, stand sie still.

Da waren Mablungs Kummer und Verwirrung groß,

doch er hatte keine andere Wahl, als Nienor auf diese Weise, ohne Hilfe und Begleitung, auf den langen Weg nach Osten zu führen. So gingen sie denn fort, schreitend wie Träumende, hinaus auf die nachtüberschattete Ebene. Und als der Morgen dämmerte, strauchelte Nienor, fiel und lag stumm da; und verzweifelt saß Mablung neben ihr.

»Ich habe diesen Auftrag nicht ohne Grund gefürchtet«, sagte er. »Er wird auch mein letzter sein, wie es scheint. Gemeinsam mit diesem unglücklichen Kind der Menschen werde ich in der Wildnis zugrundegehen, und in Doriath wird man meines Namens im Zorn gedenken, falls man wirklich jemals Nachricht von unserem Schicksal erhalten wird. Alle übrigen sind ohne Zweifel erschlagen; Nienor ist als einzige verschont geblieben, aber nicht aus Barmherzigkeit.«

So wurden sie von drei Männern des Kundschaftertrupps gefunden; diese waren, als Glaurung sich näherte, vom Narog geflohen, und als nach langem Umherirren der Nebel sich gelichtet hatte, zum Hügel zurückgekehrt. Als sie ihn verlassen fanden, hatten sie begonnen, den Weg nach Hause zu suchen. Da schöpfte Mablung neue Hoffnung, und jetzt gingen sie zusammen weiter, ihren Weg einmal nach Norden, dann nach Osten lenkend, denn es gab keine Straße, die von Süden her zurück nach Doriath führte; überdies war es den Bootswachen seit dem Fall Nargothronds untersagt, jemanden überzusetzen, ausgenommen solche, die aus dem Landesinneren kamen.

Ihre Reise ging langsam vonstatten, denn es war, als führten sie ein ermüdetes Kind mit sich. Doch je weiter sie sich von Nargothrond entfernten und sich Doriath näherten, so kehrten auch Nienors Kräfte nach und nach zurück, und sie marschierte folgsam, an der Hand geführt, Stunde um Stunde. Doch ihre weit offenen Augen nahmen nichts wahr, ihre Ohren hörten keine Worte, und über ihre Lippen kam kein Wort.

Und dann kamen sie nach vielen Tagen endlich in die Nähe der Westgrenze Doriaths, ein wenig südlich des Teiglin. Sie hatten nämlich vor, die Zäune von Thingols kleinem Land jenseits des Sirion zu passieren und so die bewachte Brücke nahe der Einmündung des Esgalduin zu erreichen. Dort machten sie eine Weile halt. Sie betteten Nienor auf ein Lager aus Gras, und sie schloß die Augen, wie sie es bisher noch nicht getan hatte, und schien zu schlafen. Dann ruhten auch die Elben, und wegen ihrer völligen Erschöpfung waren sie unachtsam. So wurden sie unerwartet von einer Bande jagender Orks überfallen, die nun in dieser Gegend umherstreiften und sich nahe an die Zäune Doriaths heranwagten. Mitten im Kampfgetümmel sprang Nienor plötzlich von ihrem Lager auf wie jemand, der durch einen nächtlichen Lärm aus dem Schlaf gerissen wird; und mit einem Schrei stob sie fort in den Wald. Darauf drehten sich die Orks um und verfolgten sie, und die Elben jagten sie ihrerseits. Aber mit Nienor ging eine seltsame Veränderung vor: Jetzt lief sie allen davon, flog wie ein Reh zwischen den Bäumen dahin, so schnell, daß ihr Haar im Luftzug wehte. Mablung und seine Gefährten holten die Orks rasch ein, erschlugen sie alle und rannten weiter. Doch inzwischen war Nienor wie ein Gespenst verschwunden, und obgleich sie viele Tage suchten, bekamen sie sie weder zu Gesicht noch fanden sie eine Spur von ihr.

Da kehrte Mablung schließlich nach Doriath zurück und verbeugte sich vor Thingol, Kummer und Scham im Herzen. »Sucht Euch einen neuen Anführer für Eure Jäger, Herr«, sagte er zum König, »denn ich bin entehrt.«

Doch Melian sagte: »Das stimmt nicht, Mablung. Du hast alles getan, was du konntest, und keiner unter den Dienern des Königs hätte so viel getan. Aber durch ein böses Geschick mußtest du dich mit einer Macht messen, die zu groß für dich war: Zu groß, wahrlich, für alle, die jetzt in Mittelerde wohnen.«

»Ich habe dich ausgeschickt, um Nachrichten einzuholen, und das hast du getan«, sagte Thingol. »Es ist nicht deine Schuld, wenn jene, die von ihnen am meisten berührt werden, sie jetzt nicht mehr hören können. Wahrlich, bitter ist dieses Ende von Húrins Sippe, aber dir kann man es nicht zur Last legen.«

Nunmehr war nicht nur Nienor wie von Sinnen in die Wildnis gerannt, sondern auch Morwen war verschwunden. Weder zu dieser Zeit noch später kam irgendeine verläßliche Nachricht von ihrem Schicksal nach Doriath oder Dor-lómin. Dennoch gab Mablung keine Ruhe, und er brach mit einem kleinen Trupp in die Wildnis auf. Und drei Jahre lang wanderten sie weit umher, von den Ered Wethrin bis gar zu den Mündungen des Sirion, und suchten nach Zeichen oder Nachrichten von den Verschwundenen.

Nienor in Brethil

Was aber Nienor betraf, so rannte sie weiter in den Wald hinein und hörte hinter sich die Rufe der Verfolger. Sie riß sich die Kleider herunter, warf sie während der Flucht fort, bis sie ganz nackt war. Und sie lief noch den ganzen Tag wie ein Tier, das gejagt wird bis ihm das Herz versagt und das nicht wagt, innezuhalten und Atem zu schöpfen. Aber gegen Abend verging plötzlich ihre Tollheit. Einen Augenblick blieb sie wie verwundert stehen, und dann fiel sie aufs äußerste erschöpft, wie vom Schlag getroffen, ohnmächtig in ein Farndickicht. Und dort, zwischen den vorjährigen Farnwedeln und den frischen Trieben des Frühjahrs, lag sie, ohne sich um ihre Umwelt zu kümmern.

Am Morgen erwachte sie und begrüßte das Licht wie jemand, der zum ersten Mal ins Leben gerufen wird; alle Dinge, die sie sah, erschienen ihr neu und fremd, und sie hatte keine Namen für sie. Denn hinter ihr lag eine leere Finsternis, und keine Erinnerung durchdrang sie an etwas, das sie gekannt hatte, und nicht das Echo eines einzigen Wortes. Sie erinnerte sich nur an einen Schatten von Furcht, und darum war sie auf der Hut und hielt immer nach Verstecken Ausschau: Wenn irgendein Geräusch oder Schatten sie erschreckte, kletterte sie auf einen Baum oder schlüpfte ins Dickicht, hurtig wie ein Eichhörnchen oder ein Fuchs; und von dort spähte sie lange Zeit durch die Blätter, ehe sie ihren Weg fortsetzte.

Indem sie so den Weg verfolgte, den sie zuerst eingeschlagen hatte, kam sie zum Teiglin, wo sie ihren Durst stillte. Aber sie fand nichts Eßbares und wußte auch nicht, wo sie etwas finden sollte; sie war hungrig, und sie fror. Weil ihr die Bäume auf der anderen Seite des Flusses dichter und dunkler vorkamen (das waren sie tatsächlich, denn sie bildeten die Säume des Waldes von Brethil), überquerte sie ihn schließlich, kam auf eine grüne Anhöhe und warf sich auf den Boden: Sie war am Ende ihrer Kraft, und es schien ihr, als hole das Dunkel sie wieder ein, das hinter ihr lag, und die Sonne verdunkele sich.

Doch in Wahrheit war es ein schwarzer Sturm, der aus dem Süden heraufzog, mit Blitzen geladen und regenschwer; und sie lag dort zusammengekauert auf der Anhöhe, und der dunkle Regen prasselte auf ihren nackten Körper.

Es geschah nun zufällig, daß einige der Waldmenschen von Brethil, um diese Zeit von einem Zug gegen Orks heimkehrend, vorbeikamen und über die Teiglin-Stege zu einer nahegelegenen Schutzhütte hasteten. Und es leuchtete ein gewaltiger Blitz auf, so daß der Haudh-en-Elleth wie eine weiße Flamme strahlte. Da wich Turambar, der die Männer anführte, zurück, bedeckte seine Augen und zitterte. Ihm war nämlich, als sehe er die geisterhafte Gestalt eines toten Mädchens auf dem Grabhügel Finduilas' liegen.

Aber einer der Männer rannte zur Anhöhe und rief ihm zu: »Hierher, Herr! Hier liegt eine junge Frau, und sie lebt!« Turambar kam hinzu, hob sie hoch, und das Wasser rann aus ihren durchweichten Haaren, doch sie hielt die Augen geschlossen, zitterte und wehrte sich nicht. Über ihre Nacktheit verwundert, warf Turambar seinen Umhang über sie und trug sie zur Jagdhütte in den Wäldern. Dort entzündeten sie ein Feuer, wickelten sie in Decken, und sie öffnete ihre Augen und blickte die Männer an. Und als ihr Blick auf Turambar fiel, trat ein Glanz auf ihr Gesicht, und sie streckte eine Hand nach ihm aus. Es war ihr, als habe sie endlich etwas gefunden, das sie in der Dunkelheit gesucht hatte, und sie war getröstet. Turambar nahm ihre Hand, lächelte und sagte: »Nun, junge Frau, willst du uns nicht deinen Namen sagen, den deiner Sippe, und uns erzählen, was dir Böses zugestoßen ist?«

Da schüttelte sie den Kopf und sagte nichts, sondern begann zu weinen. Sie bedrängten sie nicht weiter, bis sie sich, ausgehungert wie sie war, an den Speisen, die sie ihr geben konnten, gesättigt hatte. Dann seufzte sie, legte ihre Hand wieder in Turambars Hand, und er sagte: »Bei uns bist du sicher. Hier magst du den Rest der Nacht ruhen, und am Morgen werden wir dich zu unseren Wohnungen oben im Hochwald bringen. Aber wir würden gern deinen Namen wissen und aus welcher Familie du stammst, damit wir sie finden und ihr Nachricht von dir geben können. Willst du nicht zu uns sprechen?«

Aber wiederum gab sie keine Antwort und weinte.

»Sei unbesorgt«, sagte Turambar. »Vielleicht ist die Geschichte zu schlimm, um sie jetzt zu erzählen. Doch einen Namen will ich dir geben, und so nenne ich dich Níniel, das Tränenmädchen.« Und bei diesem Namen sah sie auf, schüttelte den Kopf, wiederholte aber den Namen. Dies war das erste Wort, das sie nach ihrer Dunkelheit sprach, und es blieb für immer ihr Name unter den Waldmenschen.

Am Morgen trugen sie Níniel nach Ephel Brandir, und der Weg stieg steil zum Amon Obel hinauf, bis sie an die Stelle kamen, wo sie den herabstürzenden Celebros überqueren mußten. Dort hatte man eine hölzerne Brücke gebaut, und unter ihr floß der Strom über die Rundung eines ausgewaschenen Steins, fiel über viele schäumende Stufen tief nach unten in ein felsiges Becken, und die ganze Luft war mit Dunst wie von einem feinen Regen erfüllt. Am oberen Ende der Fälle, wo Birken wuchsen, war eine weite Rasenfläche; von dort hatte man einen weiten Blick bis zu den ungefähr zwei Meilen entfernten Schluchten des Teiglin. Die Luft war dort kühl, und sommers rasteten hier die Reisenden und tranken von dem kalten Wasser. Dimrost, die Regentreppe, wurden diese Fälle genannt, aber seit diesem Tag nannte man sie Nen Girith, das Schauderwasser; Turambar und seine Gefährten machten nämlich dort halt, und sobald Níniel an diesen Platz kam, wurde ihr kalt, und sie schauderte, und man konnte sie weder wärmen noch ihr sonst helfen.[24] Deshalb beeilten sie sich auf ihrem Weg, doch bevor sie nach Ephel Brandir kamen, war Níniel bereits an einem Fieber erkrankt.

Lange lag sie krank darnieder, und Brandir wandte seine

ganze Kunst auf, ihr zu helfen, und die Frauen der Waldmenschen wachten Tag und Nacht bei ihr. Doch nur wenn Turambar in der Nähe blieb, ruhte sie friedlich oder schlief ohne zu stöhnen ein. Eines aber bemerkten alle, die bei ihr wachten: während der ganzen Zeit, da sie im Fieber lag und oft arge Qualen litt, murmelte sie niemals ein Wort, weder in der Sprache der Elben noch der Menschen. Und als ihre Gesundheit allmählich zurückkehrte, sie aufstehen konnte und wieder zu essen anfing, da mußten die Frauen von Brethil Níniel wie einem Kind Wort für Wort das Sprechen lehren. Doch sie lernte schnell und hatte Freude daran, wie jemand, der große und kleine Schätze wiederfindet, die er verlegt hatte. Als sie endlich genug gelernt hatte, um sich mit ihren Freunden zu verständigen, sagte sie: »Wie heißt dieser Gegenstand? In meiner Dunkelheit habe ich seinen Namen nämlich vergessen.« Als sie wieder umhergehen konnte, suchte Níniel Brandir in seinem Haus auf, denn sie war sehr begierig, die Namen aller Lebewesen kennenzulernen, und in diesen Dingen kannte er sich gut aus; und sie gingen zusammen im Garten und auf den Waldlichtungen spazieren.

Da begann Brandir sie lieb zu gewinnen; und als sie zu Kräften kam, stützte sie ihn, den Lahmen, und nannte ihn ihren Bruder. Ihr Herz aber hatte sie an Turambar verloren, und nur wenn er nahte, lächelte sie, und nur wenn er scherzte, lachte sie.

An einem goldumrandeten Herbstabend saßen sie beisammen, die Sonne ließ den Berghang und die Häuser Ephel Brandirs aufglühen, und eine tiefe Stille herrschte. Da sagte Níniel zu Turambar: »Ich habe nun nach dem Namen aller Lebewesen gefragt, nur nach dem deinen nicht. Wie nennt man dich?«

»Turambar«, antwortete er.

Da hielt sie inne, als lausche sie auf ein Echo; doch sie sagte: »Und was bedeutet das, oder ist es nichts weiter als ein Name?«

»Es bedeutet Meister des Dunklen Schattens«, sagte er. »Denn auch ich, Níniel, hatte meine Dunkelheit, in der manches verschwunden ist, das mir lieb war. Aber jetzt habe ich es überwunden, denke ich.«

»Und bist du auch davor geflohen und gerannt, bis du in diese lieblichen Wälder kamst?« fragte sie. »Und wann bist du entkommen, Turambar?«

»Ja«, sagte er. »Ich bin viele Jahre lang geflohen. Und ich entrann, als du kamst. Denn es war dunkel, bevor du kamst, Níniel, aber seitdem ist es immer hell gewesen. Und es scheint mir, daß endlich zu mir gekommen ist, was ich so lange vergeblich gesucht habe.«

Als er in der Abenddämmerung zu seinem Haus zurückging, sagte er zu sich selbst: »Haudh-en-Elleth! Sie kam von der grünen Anhöhe. Wenn dies ein Zeichen ist – wie soll ich es deuten?«

Nun neigte sich das goldene Jahr, ging in einen milden Winter über, dem ein weiteres strahlendes Jahr folgte. In Brethil war Frieden, die Waldmenschen selbst verhielten sich ruhig, verließen ihre Gegend nicht und empfingen keine Nachrichten aus den Ländern ringsum. Denn die Orks, die zu dieser Zeit nach dem Süden in Glaurungs dunkles Reich kamen oder als Späher an die Grenzen Doriaths gesandt wurden, mieden die Teiglin-Stege und hielten sich weit im Westen jenseits des Flusses auf.

Und nunmehr war Níniel gänzlich geheilt, und sie war blühend und kräftig geworden, und Turambar hielt sich nicht länger zurück und bat sie, seine Frau zu werden. Níniel war darüber froh, als aber Brandir davon erfuhr, wurde das Herz ihm schwer, und er sagte zu ihr: »Übereile nichts! Halte mich nicht für unfreundlich, wenn ich dir rate, zu warten.«

»Nichts, was du tust, geschieht aus böser Absicht«, erwiderte sie. »Aber warum gibst du mir dann einen solchen Rat, kluger Bruder?«

»Kluger Bruder?« fragte er. »Eher lahmer Bruder, ungeliebt und nicht liebenswert. Und ich weiß kaum, warum. Aber auf diesem Mann liegt ein Schatten, und ich habe Furcht.«

»Es hat einen Schatten gegeben«, sagte Níniel. »Er hat es mir erzählt. Aber er ist ihm entronnen, genau wie ich. Und ist er der Liebe nicht wert? Wenn er sich jetzt auch friedlich verhält, war er nicht einst der größte Hauptmann, vor dem all unsere Feinde flohen, wenn sie ihn sahen?«

»Wer hat dir das erzählt?« fragte Brandir.

»Dorlas«, erwiderte sie. »Hat er nicht die Wahrheit gesagt?«

»Es ist in der Tat wahr«, sagte Brandir, doch er war mißgestimmt, denn Dorlas war der Anführer jener Gruppe, die Krieg mit den Orks wollte. Dennoch suchte er weiter nach Gründen, um Níniel zum Aufschub zu bewegen, und er sagte: »Es ist die Wahrheit, freilich nicht die ganze, denn er war der Hauptmann von Nargothrond und vorher aus dem Norden gekommen, und er war (wie man sagt) der Sohn Húrins aus Dor-lómin, aus dem kriegerischen Hause Hador.« Brandir, der den Schatten sah, der sich bei diesem Namen auf ihr Gesicht legte, mißdeutete ihre Miene und sprach weiter: »Wahrlich, Níniel, bedenke wohl, daß ein solcher Mann wahrscheinlich in Kürze zum Kriegshandwerk zurückkehren muß, vielleicht weit von diesem Land entfernt. Und wenn dies eintritt, wie willst du es ertragen? Sei auf der Hut, denn ich sehe voraus, wenn Turambar wieder in die Schlacht zieht, daß nicht er, sondern der Schatten die Oberhand behalten wird.«

»Ich würde es nicht ertragen«, entgegnete sie, »doch unverheiratet ebensowenig wie verheiratet. Und seine Frau könnte ihn vielleicht davon abhalten und die Schatten verscheuchen.« Trotzdem war sie über Brandirs Worte betrübt, und sie bat Turambar, noch eine Zeitlang zu warten. Und er wunderte sich darüber und war niedergeschlagen, doch als er von ihr erfuhr, daß Brandir ihr dazu geraten hatte, nahm er es übel auf.

Aber als der nächste Frühling kam, sagte er zu Níniel: »Die Zeit vergeht. Wir haben gewartet, und länger will ich nun nicht warten. Tu, was dein Herz dir befiehlt, Níniel, Liebste, doch bedenke: Ich muß wählen. Ich werde zum Krieg in den Wäldern zurückkehren, oder ich werde dich heiraten und niemals mehr in den Krieg ziehen, außer um dich zu verteidigen, wenn irgendein Bösewicht dein Heim angreift.«

Da war Níniel wirklich glücklich, sie gelobte ihm Treue, und am Tag der Sommersonnenwende wurden sie miteinander vermählt. Die Waldmenschen veranstalteten ein großes Fest und schenkten ihnen ein schönes Haus, das sie für die Eheleute auf dem Amon Obel erbaut hatten. Dort wohnten sie und waren glücklich, aber Brandir war betrübt, und der Schatten, der auf seinem Herzen lag, wurde dunkler.

Die Ankunft Glaurungs

Nun wuchsen die Kraft und die Bosheit Glaurungs schnell, er wurde fett, sammelte Orks um sich, herrschte als ein Drachenkönig, und alles, was zum Reich von Nargothrond gehört hatte, wurde von ihm unterworfen. Und bevor dieses Jahr zu Ende ging, das dritte Jahr von Turambars Aufenthalt bei den Waldmenschen, begann Glaurung deren Land anzugreifen, das eine Zeitlang Frieden gehabt hatte; in der Tat war es Glaurung und seinem Meister sehr wohl bekannt, daß in Brethil noch ein Überrest freier Menschen wohnte, die letzten Angehörigen der Drei Häuser, die der Macht des Nordens trotzten. Und dies wollten sie nicht hinnehmen, denn es war Morgoths Ziel, ganz Beleriand zu unterjochen, jeglichen Winkel des Landes zu durchstöbern, damit in keinem Loch oder Versteck noch ein einziger lebe, der nicht sein Sklave war. Deshalb war es kaum von Bedeutung, ob Glaurung erriet, wo Turambar sich versteckt hielt, oder ob (wie manche glaubten) er wirklich zu jener Zeit aus dem Gesichtskreis des Bösen, das ihn verfolgte, geschlüpft war. Denn am Ende mußten sich Brandirs Pläne als vergeblich erweisen, und für Turambar selbst konnte es schließlich nur zwei Möglichkeiten geben: tatenlos abzuwarten, bis man ihn fand und wie eine Ratte aufscheuchte, oder umgehend den Kampf zu suchen und sich offen zu zeigen.

Aber als erstmals Nachrichten vom Kommen der Orks nach Ephel Brandir gebracht wurden, zog er nicht hinaus und fügte sich den flehentlichen Bitten Níniels. Denn sie sagte: »Unsre Häuser sind noch nicht angegriffen worden, und dies hast du zur Bedingung gemacht. Man sagt, daß die Orks nicht zahlreich sind. Und Dorlas hat mir erzählt, daß, bevor du kamst, solche Vorstöße häufig vorkamen und die Waldmenschen sie abwehren konnten.«

Aber die Waldmenschen wurden geschlagen, denn diese Orks gehörten einer grausamen Rasse an, waren wild und wagemutig; und sie kamen in der Tat mit der Absicht, in den Wald von Brethil einzufallen, und nicht wie zuvor, um mit anderen Aufträgen seine Randgebiete zu durchziehen oder in kleinen Trupps zu jagen. Darum wurden Dorlas und seine Männer unter Verlusten zurückgetrieben, die Orks kamen über den Teiglin und drangen tief in die Wälder vor. Dorlas kam zu Turambar, zeigte ihm seine Wunden und sagte: »Sieh, Herr, jetzt ist nach einem falschen Frieden für uns die Zeit der Not gekommen, genau wie ich es vorausgesagt habe. Hast du nicht darum gebeten, als Angehöriger unseres Volkes betrachtet zu werden und nicht als ein Fremdling? Unsere Wohnungen werden nicht unentdeckt bleiben, wenn die Orks tiefer in unser Land eindringen.«

Aus diesem Grunde erhob sich Turambar, nahm wieder sein Schwert Gurthang zur Hand und zog in den Kampf; und als die Waldmenschen davon erfuhren, schöpften sie großen Mut, sammelten sich um ihn, bis er über eine Streitmacht von vielen hundert Männern verfügte. Dann jagten sie durch den Wald, erschlugen alle Orks, die sich dort herumtrieben, und hängten sie an die Bäume in der Nähe der Teiglin-Stege. Und als ein neues Heer gegen sie vorrückte, lockten sie es in eine Falle, und die Orks, überrascht durch die Zahl der Waldmenschen und durch die Rückkehr des Schwarzen Schwerts erschreckt, wurden vertrieben, und eine große Anzahl von ihnen wurde erschlagen. Darauf errichteten die Waldmenschen große Scheiterhaufen und verbrannten die Leichname von Morgoths Kriegern zuhauf; der Rauch der Vergeltung stieg schwarz in den Himmel, und der Wind trug ihn nach Westen fort. Die wenigen überlebenden Orks kehrten mit diesen Nachrichten nach Nargothrond zurück.

Darüber wurde Glaurung ernstlich wütend; doch eine Weile verhielt er sich ruhig und dachte über das nach, was er gehört hatte. So ging der Winter in Frieden vorbei, und die Männer sagten: »Gewaltig ist das Schwarze Schwert aus Brethil, denn alle unsere Feinde sind besiegt.« Níniel war zufrieden und freute sich über Turambars Ruhm. Er aber saß tief in Gedanken da und sagte bei sich: »Die Würfel sind gefallen. Jetzt kommt die Prüfung, in der ich mich mit meinem Stolz bewähren oder völlig versagen werde. Ich werde nicht fliehen. Turambar will ich nunmehr bleiben, und durch meinen eigenen Willen und durch meinen Mut will ich mein Verhängnis überwinden – oder fallen. Aber ob ich falle oder steige, wenigstens will ich Glaurung töten.«

Dennoch war er unruhig, und er schickte wagemutige Männer als Kundschafter weit ins Land hinaus. Obwohl ihn niemand damit beauftragt hatte, handhabte er die Dinge jetzt nämlich nach seinem Willen, als sei er Herr über Brethil; und niemand beachtete Brandir.

Der Frühling kam voller Hoffnung, und die Menschen sangen bei der Arbeit. Doch in diesem Frühling wurde Níniel schwanger, sie wurde blaß und kraftlos, und alle ihre Fröhlichkeit schwand dahin. Und bald trafen von den Männern, die in das Land jenseits des Teiglin gezogen waren, merkwürdige Nachrichten ein: Weit draußen in den Wäldern, auf der Ebene vor Nargothrond, brenne ein riesiges Feuer, und die Männer fragten sich, was dies wohl sein könnte.

Kurz darauf kamen weitere Berichte: daß die Feuer immer weiter nach Norden vordrangen und daß in Wirklichkeit Glaurung ihr Urheber war. Er hatte nämlich Nargothrond verlassen und war wieder mit einem Auftrag unterwegs. Darauf sagten die Törichten und Hoffnungsvollen: »Sein Heer ist zerstört, und er ist jetzt endlich klug geworden und geht dorthin zurück, wo er hergekommen ist.« Andere sagten: »Laßt uns hoffen, daß er an uns vorüberzieht.« Doch Turambar hegte solche Hoffnung nicht und wußte, daß Glaurung kam, um ihn zu suchen. Deshalb grübelte er Tag und Nacht darüber, welchen Entschluß er fassen sollte, doch um Níniels willen verbarg er seine Gedanken. Darüber wurde es allmählich Sommer.

Es kam ein Tag, an dem zwei Männer schreckerfüllt nach Ephel Brandir zurückkehrten, denn sie hatten den Großen Wurm gesehen. »Es ist die Wahrheit, Herr«, sagten sie zu Turambar, »er kommt nun nahe an den Teiglin heran und behält seine Richtung bei. Er liegt inmitten eines großen Brandes, und rings um ihn rauchen die Bäume. Sein Gestank ist kaum zu ertragen. Und von Nargothrond her zieht er meilenweit eine stinkende Schneise, die in einer geraden Linie verläuft und geradewegs auf uns zuführt. Was ist zu tun?«

»Wenig«, antwortete Turambar, »aber über dieses Wenige habe ich schon nachgedacht. Die Nachrichten, die ihr bringt, flößen mir eher Hoffnung als Furcht ein. Wenn er nämlich wirklich geradeaus weiterkriecht, wie ihr sagt, und nicht abweicht, dann habe ich einen Plan für entschlossene Männer.« Die Männer wunderten sich, denn zu dieser Stunde sagte er nichts weiter, aber sein standhaftes Auftreten ließ sie neuen Mut schöpfen.[25]

Der Verlauf des Teiglin war nun folgender: Schnell wie der Narog floß er von den Ered Wethrin herab, doch zunächst zwischen niedrigen Ufern, bis er hinter den Stegen durch weitere Zuflüsse Kraft gewann und sich am Fuß der Hochländer, auf denen sich der Wald von Brethil erhob, seinen Weg durch den Felssockel grub. Danach strömte er durch tiefe Schluchten, deren gewaltige Seitenwände wie Steinmauern aufragten, und an deren Grund das eingeschlossene Wasser mit großer Gewalt lärmend dahinströmte. Und gerade auf dem Weg Glaurungs lag nun eine dieser Schluchten, keineswegs die tiefste, aber die schmalste, genau nördlich von der Einmündung des Celebros. Darum sandte Turambar drei wagemutige Männer aus, die vom Rand der Schlucht die Bewegungen des Drachen beobachten sollten; er selbst jedoch wollte zum hohen Wasserfall Nen Girith reiten, wo Nachrichten ihn rasch erreichen konnten und von wo er weit die Lande überschauen konnte.

Doch zuerst rief er die Waldmenschen in Ephel Brandir zusammen und sprach zu ihnen: »Männer von Brethil, eine tödliche Gefahr ist über uns gekommen, und nur große Kühnheit wird sie abwenden. Doch hierbei würde ein großes Aufgebot wenig nützen; wir müssen eine List anwenden und hoffen, daß wir Glück haben. Wenn wir mit unserer gesamten Streitmacht gegen den Drachen anrücken wie gegen ein Heer von Orks, würden wir uns bloß dem Tod ausliefern und unsere Frauen und Kinder wehrlos zurücklassen. Deshalb sage ich, daß ihr hierbleiben und euch auf die Flucht vorbereiten sollt. Denn wenn Glaurung kommt, müßt ihr diesen Ort aufgeben und euch in alle Richtungen zerstreuen: So könnten einige entkommen und überleben. Wenn es ihm irgend möglich ist, wird er nämlich mit Sicherheit zu unserer Feste und Wohnstätte kommen, und er wird sie vernichten und alle Menschen, die er zu Gesicht bekommt. Doch anschließend wird er nicht hierbleiben. In Nargothrond liegt sein ganzer Schatz, dort sind die tiefen Hallen, in denen er sicher ruhen und wachsen kann.«

Da waren die Männer entsetzt und völlig niedergeschlagen, denn sie vertrauten auf Turambar und hatten hoffnungsvollere Worte erwartet. Aber er sagte weiter: »Nun, dies ist der schlechteste Fall. Und er wird nicht eintreten, wenn mein Plan gut und das Glück uns hold ist. Ich glaube nämlich nicht daran, daß dieser Drache unbesiegbar ist, obwohl im Laufe der Jahre seine Stärke und seine Bösartigkeit gewachsen sind. Ich weiß etwas über ihn. Seine Macht beruht eher auf dem bösen Geist, der in ihm wohnt, als auf seiner reinen Körperkraft, so groß diese auch sei. Vernehmt nun diese Geschichte, die mir einige Männer erzählten, die im Jahre der Nirnaeth fochten, als ich und die meisten meiner Zuhörer Kinder waren. Auf jenem Schlachtfeld widerstanden ihm die Zwerge, und Azaghâl aus Belegost verletzte ihn durch einen tiefen Stich so sehr, daß Glaurung zurück nach Angband floh. Doch ich habe hier einen Dorn, der schärfer und länger ist als Azaghâls Messer.«

Und Turambar zog Gurthang aus der Scheide und führte damit einen Stoß über seinen Kopf aus; denen, die zusahen, schien es, als springe aus Turambars Hand eine Flamme viele Fuß hoch in die Luft. Da stießen sie einen lauten Schrei aus: »Der Schwarze Dorn von Brethil!«

»Der Schwarze Dorn von Brethil«, wiederholte Turambar, »möge er ihn wohl fürchten. Denn wisset: Es ist das Verhängnis dieses Drachen (und all seiner Brut, sagt man), daß, so mächtig sein Hornpanzer auch immer sein mag und härter als Eisen, er auf seiner Unterseite den Bauch einer Schlange besitzt. Darum, Männer von Brethil, ich gehe jetzt, um den Bauch Glaurungs zu suchen, auf welche Art auch immer. Wer will mit mir kommen? Ich brauche nur wenige starke Arme und noch stärkere Herzen.«

Da trat Dorlas vor und sagte: »Ich will mit dir gehen, Herr; denn ich würde es immer vorziehen, dem Feind entgegenzugehen, als auf ihn zu warten!«

Doch keine weiteren Männer hatten es so eilig, dem Ruf zu folgen, denn die Furcht vor Glaurung lag auf allen; überdies hatte die Erzählung der Kundschafter, die ihn gesehen hatten, die Runde gemacht und war dabei noch ausgeschmückt worden. Da rief Dorlas aus: »Hört, Männer von Brethil, es liegt nun klar zutage, daß die Pläne Brandirs vergeblich waren, um in unserer Zeit das Böse zu bekämpfen. Man entgeht ihm nicht, indem man sich versteckt. Will niemand von euch den Platz des Sohnes von Handir einnehmen, damit nicht Schande über das Haus Haleth komme?« So wurde Brandir, der in der Tat den erhöhten Sitz des Oberhauptes dieser Versammlung einnahm, aber unbeachtet blieb, dem Spott preisgegeben; und sein Herz füllte sich mit Bitterkeit, denn Turambar wies Dorlas nicht zurecht. Doch einzig Hunthor, ein Verwandter Brandirs, stand auf und sagte: »Es war böswillig, Dorlas, so zu sprechen und unseren Herrn zu beschämen, dessen Glieder durch einen bösen Zufall nicht ausführen können, was sein Herz verlangt. Gib acht, daß nicht durch irgendeine Wendung sich an dir das Gegenteil erweist! Und wie kann jemand behaupten, diese Pläne seien vergeblich, wenn sie niemals ausgeführt wurden? Du, sein Lehnsmann, hast sie immer für nichts geachtet. Ich sage dir: Glaurung kommt jetzt zu uns, wie er zuvor nach Nargothrond gekommen ist, weil unsere Taten uns verraten haben, wie Brandir es befürchtete. Aber weil dieses Elend nun näherrückt, werde ich, mit deiner Erlaubnis, Sohn Handirs, und mit Rücksicht auf Haleths Haus mit euch gehen.«

Da sagte Turambar: »Drei sind genug! Euch beide nehme ich mit. Jedoch, Brandir, ich spotte deiner nicht. Sieh! Wir müssen in aller Eile aufbrechen, und unsere Aufgabe erfordert starke Glieder. Ich meine, dein Platz ist bei deinem Volk. Denn du bist klug und kannst Menschen gesund machen.« Aber diese Worte, obwohl freundlich gesprochen, verbitterten Brandir nur noch mehr, und er sagte zu Hunthor: »Gehe denn, aber nicht mit meiner Erlaubnis. Denn es liegt ein Schatten auf diesem Mann, und er wird euch zu einem bösen Ende führen.«

Jetzt hatte es Turambar mit dem Aufbruch sehr eilig; als er aber zu Níniel kam, um ihr Lebewohl zu sagen, klammerte sie sich an ihn und weinte bitterlich. »Geh nicht fort, Turambar, ich bitte dich«, sagte sie. »Fordere den Schatten nicht heraus, vor dem du geflohen bist. Nein, nein, fliehe weiter und nimm mich mit dir, weit weg von hier!«

»Níniel, Liebste«, sagte er, »wir können nicht weiterhin fliehen, du und ich. Wir sind in diesem Land umzingelt. Und selbst wenn ich fortginge und diese Menschen im Stich ließe, die uns geholfen haben, ich könnte dich doch nur in die häuserlose Wildnis führen, die deinen Tod und den unseres Kindes bedeuten würde. Hundert Meilen liegen zwischen uns und irgendeinem Land, das vom Schatten noch nicht erreicht wird. Doch fasse dir ein Herz, Níniel, denn ich sage dir: Weder werden du noch ich von diesem Drachen getötet werden, noch von irgendeinem anderen Feind aus dem Norden.« Da hörte Níniel zu weinen auf und verfiel in Schweigen, doch beim Abschiedskuß waren ihre Lippen kalt.

Dann gingen Turambar, Dorlas und Hunthor fort, und sie begaben sich eilig zum Nen Girith, und als sie dort anlangten, stand die Sonne tief im Westen, und die Schatten waren lang; die letzten beiden der Kundschafter erwarteten sie.

»Du kommst nicht zu früh, Herr«, sagten sie, »denn der Drache ist herangekommen und hatte, als wir fortgingen, den Rand der Teiglin-Schlucht schon erreicht und starrte voll Haß ins Wasser. Er bewegt sich bei Nacht vorwärts, und morgen vor Tagesanbruch können wir an einen Angriff denken.«

Turambar blickte über die Wasserfälle des Celebros, sah die Sonne sinken und von den Uferrändern des Flusses schwarze Rauchspiralen aufsteigen. »Es ist keine Zeit zu verlieren«, sagte er, »doch diese Nachrichten sind günstig. Ich fürchtete nämlich, er würde in der Gegend herumschnüffeln; wenn er nach Norden ziehen würde und zu den Stegen und zur alten Straße in die Niederungen käme, dann wären unsere Hoffnungen zunichte. Aber jetzt treiben ihn sein rasender Zorn und seine Boshaftigkeit Hals über Kopf vorwärts.« Doch als er diese Worte eben ausgesprochen hatte, wunderte er sich und wurde nachdenklich: Konnte es sein, daß ein so bösartiges und grausames Wesen die Teiglin-Stege ebenso mied wie die Orks es taten? Haudh-en-Elleth! Lag nicht Finduilas noch immer zwischen ihm und seinem Schicksal?

Dann wandte er sich an seine Gefährten und sagte: »Folgende Aufgabe liegt vor uns: Wir müssen noch ein wenig warten, denn in diesem Fall zu früh zu handeln, wäre ebenso schlimm wie zu spät zu handeln. Wenn es dämmert, müssen wir in aller Heimlichkeit zum Teiglin hinabkriechen. Aber nehmt euch in acht! Glaurungs Ohren sind ebenso scharf wie seine Augen – und sie sind tödlich. Wenn wir den Fluß unbemerkt erreichen, müssen wir in die Schlucht hinunterklettern, den Fluß überqueren und so auf den Weg gelangen, den er einschlagen wird, wenn er weiterzieht.«

»Aber wie will er das bewerkstelligen?« fragte Dorlas. »Er mag ja geschmeidig sein, aber er ist ein großer Drache, und wie soll er die eine Klippe hinunter und die andere wieder hinaufklettern, wenn doch der vordere Teil schon wieder hochklettern muß, während der hintere noch hinabsteigt? Und wenn ihm dies gelingt, was nützt es uns, wenn wir uns unten im reißenden Wasser befinden?«

»Vielleicht gelingt es ihm«, antwortete Turambar, »und wenn er es wirklich tut, wird es uns schlecht ergehen. Aber das, was wir von ihm wissen, und der Ort, an dem er jetzt liegt, geben mir die Hoffnung, daß seine Absicht eine andere ist. Er ist zum Rand der Cabed-en-Aras gekommen, über die, wie ihr sagt, einst ein Hirsch auf der Flucht vor den Jägern Haleths hinwegsetzte. Glaurung ist jetzt so groß, daß er versuchen wird, denke ich, sich über die Schlucht zu schnellen. Dies ist unsere ganze Hoffnung, und auf sie müssen wir vertrauen.«

Bei diesen Worten sank Dorlas der Mut, denn besser als jeder andere kannte er das Land Brethil, und Cabed-en-Aras war in der Tat ein furchtbarer Ort. Auf ihrer Westseite war eine senkrechte, nackte, ungefähr vierzig Fuß hohe Klippe, doch auf ihrem Scheitel von Bäumen bestanden; auf der anderen Seite war das Flußufer weniger steil und hoch, mit hängenden Bäumen und Buschwerk bedeckt, doch dazwischen schoß der Fluß tobend durch die Felsen; obwohl ein unerschrockener und seines Tritts sicherer Mann ihn bei Tage überqueren konnte, war es gefährlich, dies bei Nacht zu wagen. Doch eben dies war Turambars Plan, und es war sinnlos, ihm zu widersprechen.

Also brachen sie in der Dämmerung auf; sie gingen nicht geradewegs auf den Drachen los, sondern schlugen den Pfad zu den Stegen ein; bevor sie diese erreichten, wandten sie sich nach Süden und kamen über einen schmalen Weg in das Dämmerlicht der Wälder oberhalb des Teiglin.[26] Und als sie sich der Cabed-en-Aras näherten, Schritt für Schritt und oft stehenbleibend, um zu lauschen, zog ihnen Brandgeruch entgegen und ein Gestank, der ihnen Übelkeit bereitete. Doch alles war tödlich still, und kein Lüftchen regte sich. Die ersten Sterne schimmerten hinter ihnen im Westen, und dünne Rauchspiralen standen kerzengerade und unbeweglich gegen das letzte Licht im Westen.

Als Turambar nun gegangen war, stand Níniel stumm wie ein Stein, doch Brandir kam zu ihr und sagte: »Fürchte nicht das Schlimmste, Níniel, bevor du Anlaß dazu hast. Aber habe ich dir nicht geraten, zu warten?«

»Das hast du«, antwortete sie. »Doch was soll das jetzt nützen? Auch wenn man unverheiratet ist, dauern Liebe und Schmerz fort.«

»Das weiß ich«, sagte Brandir, »dennoch ist eine Heirat nichts Geringes.«

»Ich trage sein Kind seit zwei Monaten«, sagte Níniel. »Aber es kommt mir nicht so vor, als sei meine Furcht, ihn zu verlieren, schwerer zu ertragen. Ich verstehe dich nicht.«

»Ich verstehe mich selbst nicht«, sagte er. »Und doch habe ich Angst.«

»Welch ein Tröster bist du!« rief sie. »Aber, Brandir, mein Freund, ob er verheiratet oder nicht, ob Mutter oder Jungfrau, meine Furcht übersteigt das, was ich ertragen kann. Der Meister des Schicksals ist ausgezogen, um weit weg von hier sein Schicksal herauszufordern. Wie soll ich hier ausharren und darauf warten, daß allmählich Nachrichten eintreffen, gute oder schlechte? Es kann sein, daß er in dieser Nacht mit dem Drachen zusammentrifft, und wie soll ich die schrecklichen Stunden überstehen, soll ich dasitzen oder gehen?«

»Ich weiß es nicht«, antwortete er, »aber irgendwie müssen diese Stunden vorübergehen, für dich und für die Frauen derer, die mit ihm gegangen sind.«

»Laß sie tun, was ihre Herzen ihnen befehlen!« rief sie. »Was aber mich betrifft, so werde ich gehen. Zwischen mir und der Gefahr meines Herrn sollen keine Meilen liegen. Ich will den Nachrichten entgegengehen!«

Bei ihren Worten verwandelte sich Brandirs Furcht in nachtschwarzen Groll, und er rief: »Das wirst du nicht tun, wenn ich es verhindern kann! Denn dadurch wirst du alle Pläne gefährden. Die Meilen, die zwischen euch liegen, können uns Zeit geben, zu entkommen, falls Schlimmes geschieht.«

»Wenn etwas Schlimmes geschieht, werde ich nicht wünschen zu entkommen«, erwiderte sie. »Und jetzt verschwendest du nutzlos deine Klugheit. Du wirst mich nicht aufhalten.« Und sie trat vor das Volk, das sich auf dem freien Platz des Ephel versammelt hatte, und rief: »Leute von Brethil! Ich werde nicht hier warten. Falls mein Herr scheitert, dann ist all unsere Hoffnung eine Täuschung gewesen. Euer Land und eure Wälder werden restlos verbrannt und eure Häuser in Asche gelegt werden, und keiner, kein einziger, wird entkommen. Weshalb also säumen wir hier? Ich gehe jetzt den Nachrichten entgegen, was immer das Schicksal uns bescheren mag. Alle, die mit mir der gleichen Meinung sind, mögen mit mir kommen!«

Da waren viele willens, mit ihr zu gehen: die Frauen von Dorlas und Hunthor, weil die, die sie liebten, mit Turambar gegangen waren; andere aus Mitleid mit Níniel und aus dem Wunsch, ihr zu helfen; und viele andere, die das bloße Hörensagen vom Drachen lockte und die in ihrer Frechheit und Torheit (sie wußten wenig vom Bösen) merkwürdige und ruhmreiche Taten zu sehen gedachten. In Wahrheit war das Schwarze Schwert in ihrer Vorstellung nämlich zu einer solchen Größe gewachsen, daß die meisten glaubten, nicht einmal Glaurung könne es besiegen. Darum brachen sie eilig auf, eine große Menschenmenge, die einer Gefahr entgegenging, von der sie keine Vorstellung hatte. Da sie sich kaum eine Rast gönnten, kamen sie endlich gerade bei Anbruch der Nacht am Nen Girith an, jedoch kurz nach Turambars Aufbruch von dort. Doch die Nacht kühlte die Gemüter, und viele waren jetzt über ihre eigene Unbesonnenheit erstaunt. Und als sie von den zurückgebliebenen Kundschaftern erfuhren, wie nahe Glaurung gekommen war, und sie von dem verzweifelten Plan Turambars hörten, überlief sie ein kalter Schauer, und sie wagten es nicht, weiterzugehen. Einige sahen mit ängstlichen Blicken zur Cabed-en-Aras hinüber, doch sie konnten nichts erkennen, und außer dem teilnahmslosen Rauschen der Fälle war nichts zu hören. Und Níniel saß abseits, und ein heftiges Zittern überkam sie.

Als Níniel und ihre Begleitung verschwunden waren, sagte Brandir zu den Zurückgebliebenen: »Seht, wie man mich zum Gespött gemacht hat und alle meine Ratschläge in den Wind geschlagen hat. Laßt Turambar auch dem Namen nach euer Herr sein, denn meine Amtsgewalt hat er bereits übernommen. Hiermit entsage ich meiner Herrschaft und meinem Volk. Möge niemand jemals wieder bei mir Rat oder Heilung suchen!« Und er zerbrach seinen Stab. Bei sich selbst dachte er: »Jetzt ist mir nichts geblieben, außer meiner Liebe zu Níniel. Darum muß ich dorthin gehen, wohin sie geht, ob aus Klugheit oder Torheit. In dieser dunklen Stunde kann man nichts voraussehen, doch es könnte sich sehr wohl fügen, daß gerade ich Schlimmes von ihr abwenden könnte, wenn ich in ihrer Nähe bin.«

Deshalb umgürtete er sich mit einem kurzen Schwert, was er zuvor selten getan hatte, nahm seine Krücke, ging so rasch er konnte durch das Tor des Ephels und humpelte den anderen nach den langen Pfad entlang, der zur Westmark Brethils führte.

Endlich, gerade als tiefe Nacht über das Land hereinbrach, gelangten Turambar und seine Gefährten zur Cabed-en-Aras. Sie waren froh über den gewaltigen Lärm des Wassers, denn wenn sich dahinter auch Gefahren verbargen, so übertönte er doch alle anderen Geräusche. Dann führte sie Dorlas ein wenig in südlicher Richtung beiseite, und sie kletterten durch eine Spalte zum Fuß der Klippe hinab; jedoch dort verließ Dorlas der Mut, denn im Fluß lagen viele Felsen und große Steine, zwischen denen das Wasser ungestüm hindurchschoß, als schärfe es seine Zähne an ihnen.

»Es ist der einzige Weg, er führt zum Leben oder in den Tod«, sagte Turambar, »und ein Aufschub wird ihn nicht hoffnungsvoller erscheinen lassen. Deshalb folgt mir!« Und er ging voran, und durch Geschicklichkeit und Mut, oder weil das Schicksal es wollte, gelangte er hinüber. In der tiefen Dunkelheit wandte er sich um, um zu sehen, wer ihm folgte. Eine dunkle Gestalt stand neben ihm. »Dorlas?« fragte er.

»Nein, ich bin es«, sagte Hunthor. »Beim Übergang hat Dorlas der Mut verlassen. Ein Mann kann wohl den Krieg lieben und doch viele Dinge fürchten. Er sitzt zitternd am Ufer, glaube ich. Möge Schande über ihn kommen wegen der Worte, die er zu meinem Verwandten gesagt hat.«

Turambar und Hunthor ruhten sich jetzt ein wenig aus, doch bald ließ die Kühle der Nacht sie frösteln, denn sie waren vom Wasser durchweicht, und sie begannen einen Weg den Strom entlang nach Norden zum Aufenthalt des Drachen zu suchen. Dort wurde die Schlucht dunkler und schmäler, und während sie sich vorwärtstasteten, sahen sie über sich ein Flackern wie von einem schwelenden Feuer und hörten das Schnarchen des Drachen in seinem halbwachen Schlaf. Dann suchten sie tastend einen Weg nach oben, um dicht unter den Rand des Abgrundes zu gelangen, denn ihre ganze Hoffnung lag darin, in die Nähe der ungeschützten Unterseite ihres Feindes zu kommen. Doch der Gestank war jetzt so ekelerregend, daß ihnen schwindlig wurde, sie glitten beim mühsamen Klettern aus, klammerten sich an die Baumstämme und Wurzeln; in ihrem Elend vergaßen sie jede Furcht, außer jener, in den Rachen des Teiglin zu fallen.

Da sagte Turambar zu Hunthor: »Wir vergeuden nutzlos unsere schwindenden Kräfte. Bis wir nämlich wissen, an welcher Stelle der Drachen die Schlucht überquert, ist es sinnlos zu klettern.«

»Aber wenn wir es wissen«, erwiderte Hunthor, »wird keine Zeit mehr sein, einen Aufstieg aus der Schlucht zu suchen.«

»Das ist wahr«, sagte Turambar, »doch wo alles vom Zufall abhängt, müssen wir auf diesen vertrauen.« Deshalb machten sie halt und warteten; und aus der Tiefe der Schlucht beobachteten sie einen weißen Stern, der sich hoch oben über den undeutlichen Streifen Himmel bewegte. Allmählich sank Turambar in einen Traum, worin er all seinen Willen aufwandte, um sich festzuhalten, obwohl eine schwarze Flut an seinen Gliedern sog und nagte.

Plötzlich entstand ein gewaltiger Lärm, und die Wände der Schlucht erzitterten und hallten wider. Turambar raffte sich auf und sagte zu Hunthor: »Er rührt sich. Die Stunde ist gekommen. Stoße tief zu, denn jetzt führen nur zwei statt drei Männer den Stoß.«

Und damit begann Glaurung seinen Angriff gegen Brethil, und alles vollzog sich beinahe so, wie Turambar es erhofft hatte. Der Drache kroch nämlich jetzt mit träger Wucht zum Klippenrand; er wich nicht seitlich aus, sondern schickte sich an, mit seinen großen Vorderbeinen sich über den Abgrund zu schnellen und dann seinen Rumpf nachzuziehen. Damit kam Entsetzen über sie, denn Glaurung vollführte seinen Übergang nicht direkt über ihnen, sondern ein wenig nördlicher, und Turambar und Hunthor sahen von unten den ungeheuren Schattenriß seines Kopfes gegen die Sterne; seine Kiefer waren gähnend aufgerissen, und er hatte sieben feurige Zungen. Dann entfuhr ihm ein Feuerstrahl, so daß die Schlucht in rotes Licht getaucht war und schwarze Schatten über die Felsen flogen. Doch die Bäume vor ihm verdorrten, gingen in Rauch auf, und Steine krachten in den Fluß hinab. Und dann schleuderte er sich nach vorn, packte die ge-

genüberliegende Klippe mit seinen Klauen und begann sich hinüberzuziehen.

Nun galt es kühn und schnell zu handeln. Wenn Turambar und Hunthor dem Feuerstrahl auch entgangen waren, weil sie sich außerhalb seiner Reichweite befanden, mußten sie dennoch an Glaurung herankommen, bevor er gänzlich hinübergelangt war, oder alle ihre Hoffnung war vergebens gewesen. Ungeachtet der Gefahr kletterte Turambar am Wasser entlang, um unter den Drachen zu gelangen; doch dort waren Hitze und Gestank so tödlich, daß er taumelte und gestürzt wäre, hätte nicht Hunthor, der ihm standhaft folgte, seinen Arm gepackt und ihm Halt gegeben.

»Tapferes Herz!« sagte Turambar. »Welch glückliche Wahl, die dich zum Helfer machte!« Doch gerade als er dies sagte, stürzte ein großer Stein von oben herab, traf Hunthor am Kopf, und er fiel ins Wasser; und so endete Hunthor, nicht der Furchtsamste aus dem Volk Haleths. Da schrie Turambar: »Wehe, es bringt Unglück, in meinem Schatten zu wandeln! Warum habe ich Hilfe gesucht? Jetzt bist du allein, oh, Meister des Schicksals; du hättest es wissen müssen, daß es so sein würde. Jetzt mußt du das Schicksal allein bezwingen!«

Da nahm er all seine Willenskraft und seinen Haß gegen den Drachen und dessen Meister zusammen, und es schien, als gewinne er plötzlich eine Stärke des Herzens und des Leibes, die er vorher nicht gekannt hatte. Und von Stein zu Stein erkletterte er die Klippe, von Wurzel zu Wurzel, bis er endlich ein schlankes Bäumchen zu fassen bekam, das ein wenig unterhalb des Randes der Schlucht wuchs; und obwohl seine Krone verbrannt war, hielt es sich noch mit seinen Wurzeln fest. Und gerade als er in einer Astgabel einen festen Halt suchte, schob sich das Mittelstück des Drachenkörpers über ihn, das durch seine Schwere fast bis auf Turambars Kopf durchhing, bevor Glaurung es hochheben konnte. Die Unterseite war bleich und runzlig und überall feucht von grauem Schleim, von dem sich allerlei anklebender Unrat ablöste, und sie stank wie der Tod. Da zog Turambar das Schwarze Schwert Belegs, und mit der gesammelten Kraft seines Armes und seines Hasses stieß er es nach oben, und die tödliche Klinge drang lang und gefräßig bis zum Heft in den Bauch Glaurungs.

Darauf stieß Glaurung, Todesqual spürend, einen Schrei aus, der alle Wälder erschütterte und die Wächter am Nen Girith mit Entsetzen erfüllte. Turambar taumelte wie unter einem Schlag, glitt nach unten, sein Schwert riß sich aus seiner Hand und blieb im Bauch des Drachen stecken. Denn Glaurung schleuderte in einem gewaltigen Krampf seinen zitternden Rumpf in die Höhe, warf sich über die Schlucht hinweg; und dort auf der anderen Seite krümmte er sich im Todeskampf, schreiend, um sich schlagend und zuckend, bis er weit um sich herum alles zerschlagen hatte und er schließlich in Rauch und Zerstörung still dalag.

Nun klammerte sich Turambar an die Baumwurzeln, betäubt und beinahe übermannt. Doch er rang mit sich selbst und trieb sich an, und halb gleitend, halb kletternd kam er zum Fluß hinab; noch einmal, jetzt auf Händen und Füßen kriechend und sich festklammernd, wagte er den gefährlichen Übergang, vom Dunst geblendet, bis er endlich hinübergelangte, und mühsam stieg er durch den Felsspalt, durch den sie hinabgeklettert waren. So kam er schließlich an den Ort, wo der sterbende Drache lag, blickte ohne Mitleid auf seinen zu Tode getroffenen Feind und empfand tiefe Freude.

Dort lag Glaurung nun mit aufgesperrtem Maul, doch alle seine Feuer waren erloschen und seine Augen geschlossen. Er war der Länge nach ausgestreckt, auf eine Seite gerollt, und Gurthangs Heft stak in seinem Bauch. Da ging Turambars Herz vor Freude über, und obwohl der Drache noch lebte, wollte er das Schwert aus seinem Leib ziehen. Wenn er auch Gurthang schon vorher immer gepriesen hatte, war es ihm jetzt so viel wert wie alle Schätze Nargothronds. Die Worte, die gefallen waren, als es geschmiedet wurde, erwiesen sich als wahr: Nichts, ob groß ob klein, sollte überleben, das einmal einen Streich von ihm empfing.

Darum ging er auf seinen Feind zu, setzte den Fuß auf Glaurungs Bauch, ergriff Gurthangs Heft und nahm seine ganze Kraft zusammen, um es herauszuziehen. Und er rief, Glaurungs Worte bei Nargothrond verspottend:

»Heil, Wurm Morgoths! Gut getroffen! Stirb nun, und die Finsternis nehme dich auf! So ist Túrin, Húrins Sohn, gerächt!« Damit riß er das Schwert heraus, doch in diesem Augenblick schoß ein Strahl schwarzen Blutes hervor, traf seine Hand, und sein Fleisch wurde durch das Gift verbrannt, so daß er vor Schmerz laut aufschrie. Darüber rührte sich Glaurung, öffnete seine unheilvollen Augen und blickte Túrin mit solcher Bosheit an, daß diesem war, als habe ihn ein Pfeil getroffen. Dieser Blick und der rasende Schmerz in seiner Hand ließen ihn in Ohnmacht sinken, daß er wie tot neben dem Drachen lag, sein Schwert unter sich begraben.

Nun drangen die Schreie Glaurungs zu den Leuten am Nen Girith und erfüllten sie mit Entsetzen. Als die Wächter aus der Ferne die Verwüstungen und den Brand sahen, die der Drache in seinem Todeskampf anrichtete, glaubten sie, daß er seine Angreifer niedertrample und vernichte. Da wünschten sie wirklich, es lägen noch mehr Meilen zwischen ihnen und jenem Ort. Aber sie wagten es nicht, diesen hochgelegenen Platz, auf dem sie sich zusammendrängten, zu verlassen, denn sie erinnerten sich, daß Turambar gesagt hatte, falls der Drache siegreich bleibe, werde er zuerst nach Ephel Brandir ziehen. Deshalb hielten sie ängstlich Ausschau nach dem geringsten Anzeichen einer Bewegung, aber niemand war so mutig, zum Kampfplatz hinunterzusteigen, um Genaues zu erfahren. Und Níniel saß bewegungslos da, außer daß Schauer sie überliefen und sie ihre Glieder nicht zur Ruhe bringen konnte. Als sie Glaurungs Stimme hörte, erstarrte ihr Herz, und sie spürte, wie das Dunkel wieder über sie kroch.

So fand sie Brandir, der schließlich langsam und müde zur Brücke über den Celebros kam; den ganzen langen Weg war er allein mit seiner Krücke gehumpelt, und es waren von seinem Haus mindestens fünf Meilen zu gehen. Angst um Níniel hatte ihn vorwärtsgetrieben, und die Neuigkeiten, die er jetzt erfuhr, waren nicht schlimmer, als er befürchtet hatte. »Der Drache hat den Fluß überquert«, erzählten ihm die Männer, »und das Schwarze Schwert und seine Begleiter sind sicher tot.« Dann stand er neben Níniel, begriff ihren Kummer, und er hatte Mitleid mit ihr. Doch zugleich dachte er: »Das Schwarze Schwert ist tot, und Níniel lebt.« Und ihn schauderte, denn plötzlich schienen die Wasser des Nen Girith Kälte zu verströmen, und er warf Níniel seinen Mantel über. Doch Worte fand er nicht, und sie schwieg.

Die Zeit verging, noch immer stand Brandir stumm neben ihr, spähte in die Nacht und lauschte. Doch er konnte nichts sehen und nichts hören, außer dem Geräusch der stürzenden Wasser Nen Giriths, und er dachte: »Jetzt ist der Drache gewiß verschwunden und in Brethil eingedrungen.« Doch er hatte mit seinem Volk kein Mitleid mehr, es war ein Volk von Narren, das seinen Rat verlacht und ihn verspottet hatte. »Mag der Drache zum Amon Obel ziehen, dann wird Zeit genug sein, zu fliehen und Níniel wegzuführen.«

Er wußte kaum, wohin, denn er war niemals über die Grenzen Brethils hinausgelangt.

Schließlich beugte er sich nieder, berührte Níniels Arm und sagte: »Die Zeit vergeht, Níniel. Komm! Es ist Zeit, zu gehen. Wenn du willst, so laß mich dich führen.«

Darauf stand sie schweigend auf, nahm seine Hand, und sie gingen über die Brücke und den Pfad hinunter, der zu den Teiglin-Stegen führte. Jene aber, die sie sahen, wie sie sich schattengleich durch das Dunkel bewegten, wußten nicht, wer sie waren, und beachteten sie nicht. Und als sie ein kleines Stück durch die stillen Bäume gegangen waren, stieg hinter dem Amon Obel der Mond auf, und die Waldlichtungen füllten sich mit einem grauen Licht. Da blieb Níniel stehen und sagte zu Brandir: »Ist dies der Weg?« Und er antwortete: »Was heißt Weg? All unsere Hoffnung in Brethil ist zu Ende. Wir haben keinen Weg, es gilt nur, dem Drachen zu entgehen und aus seiner Reichweite zu fliehen, solange noch Zeit dazu ist.«

Níniel blickte ihn verwundert an und sagte: »Hast du dich nicht bereit erklärt, mich zu ihm zu führen? Oder wolltest du mich täuschen? Das Schwarze Schwert war mein Geliebter und mein Gatte, und nur ihn will ich suchen. Tu du jetzt, was du willst, ich muß mich beeilen.«

Und während Brandir noch einen Augenblick erstaunt

dastand, eilte sie von ihm fort; und er schrie ihr nach: »Warte, Níniel! Geh nicht allein! Du weißt nicht, was dich erwartet. Ich will mit dir kommen!« Doch sie achtete seiner nicht und rannte hinweg, als sei ihr Blut auf einmal in Hitze geraten, das vorher kalt gewesen war. Und obwohl er ihr nachlief, so schnell er konnte, verlor er sie bald aus den Augen. Da verfluchte er sein Schicksal und seine Schwäche, aber er wollte dennoch nicht umkehren.

Jetzt ging der Mond weiß am Himmel auf, und er war fast voll; und als Níniel vom Hochland in das Land in der Nähe des Flusses kam, war ihr, als riefe die Gegend Erinnerungen in ihr wach, und sie fürchtete sie. Sie war nämlich zu den Teiglin-Stegen gekommen, und vor ihr erhob sich Haudh-en-Elleth, fahl im Mondlicht und mit einem schwarzen Schatten, der schräg darüber geworfen wurde; und etwas Furchtbares ging von diesem Grabhügel aus.

Da wandte sie sich mit einem Schrei ab und floh südwärts am Fluß entlang, im Laufen warf sie ihren Mantel fort, als werfe sie damit die Dunkelheit ab, die sie umklammerte; darunter trug sie ein weißes Gewand, und es schimmerte im Mondlicht, als sie durch die Bäume huschte. So sah sie Brandir vom Abhang des Hügels, und er wandte sich seitwärts, um ihr den Weg abzuschneiden, wenn es möglich war. Durch einen glücklichen Zufall fand er den schmalen Pfad, den Turambar benutzt hatte, und da er den ausgetretenen Weg verließ und in südlicher Richtung steil zum Fluß hinabführte, konnte sich Brandir wieder dicht an ihre Fersen heften. Doch sie achtete nicht auf seine Rufe, oder sie hörte sie nicht, und bald hatte sie wiederum einen Vorsprung. Und so näherten sie sich den Wäldern an der Cabed-en-Aras und dem Schauplatz von Glaurungs Todeskampf.

Der Mond zog am wolkenlosen südlichen Himmel seine Bahn, und sein Licht war kalt und klar. Als Níniel an den Rand der Verwüstung kam, die Glaurung angerichtet hatte, sah sie dort den Körper des Drachen liegen und seinen grauen Bauch im Mondschein, doch daneben lag ein Mann. Da vergaß sie ihre Furcht, rannte mitten durch die schwelende Verwüstung und kam zu Turambar. Er war auf die Seite gefallen, und sein Schwert lag unter ihm, doch sein Gesicht war im weißen Licht totenbleich. Da warf sie sich weinend bei ihm nieder und küßte ihn. Ihr war, als atme er schwach, doch sie dachte, es sei nur ein Trugbild falscher Hoffnung, denn er war kalt, bewegte sich nicht und antwortete nicht. Als sie ihn liebkoste, bemerkte sie, daß seine Hand geschwärzt war, als sei sie versengt, und sie wusch sie mit ihren Tränen und verband sie mit einem Streifen von ihrem Gewand. Als sie ihn dabei berührte, bewegte er sich noch immer nicht, und sie küßte ihn erneut und rief laut: »Turambar, Turambar, komm zurück! Höre mich! Wach auf! Níniel ist hier. Der Drache ist tot, tot, und ich allein bin hier bei dir.« Doch er antwortete nicht.

Brandir hörte ihren Schrei, denn er hatte den Rand der Zerstörung erreicht. Doch während er auf Níniel zuging, hielt er inne und stand still. Denn, geweckt durch Níniels Schrei regte sich Glaurung ein letztes Mal, und ein Zittern lief durch seinen ganzen Körper. Und er öffnete seine unheilvollen Augen einen Spaltbreit, und das Mondlicht schimmerte in ihnen, als er keuchend sagte: »Gegrüßt seist du, Nienor, Húrins Tochter. So sehen wir uns wieder vor dem Ende. Dir gönn' ich's, daß du endlich deinen Bruder gefunden. Und nun lerne ihn kennen: Ein Meuchler im Dunkeln, Verräter an Freund und Feind, und ein Fluch für seine Sippe, Túrin, Húrins Sohn! Die schlimmste von allen Taten aber spüre du im eignen Leibe!«

Da saß Nienor wie eine Betäubte da, aber Glaurung starb; und mit seinem Tod fiel der Schleier seiner Tücke von ihr, und die Erinnerung an all ihre Tage lag klar vor ihr, und sie wußte alles, was mit ihr geschehen war, seit sie auf dem Haudh-en-Elleth lag. Ihr ganzer Körper schüttelte sich vor Entsetzen und Qual. Brandir aber, der alles mit angehört hatte, war im Innersten getroffen und lehnte sich an einen Baum.

Da sprang Nienor plötzlich auf die Füße, stand fahl wie ein Gespenst im Mondlicht, und auf Túrin niederblikkend rief sie: »Lebwohl, o zweifach Geliebter! *A Túrin Turambar turún' ambartanen:* Meister des Schicksals, vom Schicksal gemeistert! O Glück, tot zu sein!« Und von Grauen und Schmerz überwältigt, verließ sie diesen

Ort in wilder Flucht, und Brandir stolperte hinter ihr her und schrie: »Warte! Warte, Níniel!«

Einen Augenblick hielt sie inne und sah starren Blickes zurück. »Warten?« schrie sie. »Das war immer dein Rat. Hätte ich ihn nur befolgt! Aber nun ist es zu spät. Und jetzt will ich in Mittelerde nicht länger warten.« Und sie rannte von ihm fort.[27]

Rasch kam sie zum Rand der Cabed-en-Aras, und dort stand sie, blickte in das tosende Wasser und schrie: »Wasser, Wasser! Nimm nun Níniel Nienor, Tochter Húrins, zu dir; nimm Trauer, Trauer, die Tochter Morwens! Nimm mich und trage mich zum Meer!« Mit diesen Worten warf sie sich über den Rand: Ein weißer Blitz, den der dunkle Abgrund verschlang, ein Schrei, verloren im Brausen des Flusses. Die Wasser des Teiglin flossen weiter, doch die Cabed-en-Aras gab es nicht mehr: Von jetzt an wurde sie von den Menschen Cabed Naeramarth genannt, denn kein Hirsch übersprang sie mehr, alle Lebewesen mieden sie, und kein Mensch ging an ihrem Ufer entlang. Der letzte Mensch, der in ihre Dunkelheit hinabblickte, war Brandir, Sohn Handirs; und voll Entsetzen wandte er sich ab, denn sein Herz zitterte, und wenn er sein Leben jetzt auch haßte, brachte er es doch nicht über sich, den ersehnten Tod an diesem Ort zu suchen.[28] Dann kehrten seine Gedanken zu Túrin Turambar zurück, und er rief: »Hasse ich dich, oder habe ich Mitleid mit dir? Aber du bist tot. Ich schulde dir keinen Dank, der du mir alles genommen hast, was ich hatte oder haben wollte. Doch mein Volk ist in deiner Schuld. Es ziemt sich, daß es durch mich erfährt, was geschehen ist.«

Und also begann er zum Nen Girith zurückzuhumpeln, wobei er schaudernd den Ort vermied, wo der Drache lag. Als er den steilen Pfad erneut hinabkletterte, stieß er auf einen Mann, der durch die Bäume lugte und sich zurückzog, als er Brandir erblickte. Brandir aber hatte das Gesicht im Schein des sinkenden Monds erkannt.

»Ha, Dorlas!« rief er. »Welche Neuigkeiten kannst du mir erzählen? Wie bist du lebend davongekommen? Was geschah mit meinem Verwandten?«

»Ich weiß es nicht«, sagte Dorlas mürrisch.

»Das ist merkwürdig«, erwiderte Brandir.

»Wenn du es wissen willst«, sagte Dorlas, »so vernimm, daß das Schwarze Schwert uns in der Dunkelheit die Stromschnellen des Teiglin überqueren lassen wollte. Ist es verwunderlich, daß ich es nicht konnte? Ich kann besser mit der Axt umgehen als mancher andere, aber habe ich die Füße einer Ziege?«

»Also gingen sie ohne dich weiter und auf den Drachen los?« sagte Brandir. »Doch was geschah, als sie drüben waren? Zumindest bist du doch in der Nähe gewesen und hast sehen können, was geschah?«

Aber Dorlas gab keine Antwort und starrte Brandir mit haßerfüllten Augen nur an. Da verstand Brandir und wußte plötzlich, daß dieser Mann seine Gefährten im Stich gelassen und sich, von Scham übermannt, in den Wäldern versteckt hatte. »Schande über dich, Dorlas!« sagte er. »Du hast unsere Feinde auf uns gezogen: Du hast das Schwarze Schwert angestachelt, du hast den Drachen über uns gebracht, mich hast du dem Spott ausgesetzt, Hunthor in den Tod gelockt, und dann bist du als Feigling in die Wälder geflohen!« Und während er sprach, kam ihm ein zweiter Gedanke, und er sagte in großer Wut: »Warum brachtest du keine Nachricht? Es war die letzte Buße, die du tun konntest. Hättest du Nachrichten gebracht, hätte Frau Níniel sie nicht selbst suchen müssen. Sie hätte den Drachen niemals zu sehen brauchen. Sie könnte noch leben. Dorlas, ich hasse dich!«

»Behalte deinen Haß für dich!« erwiderte Dorlas. »Er ist so schwach wie alle deine Pläne. Doch wäre es nach mir gegangen, hätten die Orks kommen und dich wie eine Vogelscheuche in deinen Garten hängen können. Du bist selbst ein Feigling!« Und mit diesen Worten, durch seine Scham zum Zorn entflammt, holte er mit seiner großen Faust zu einem Schlag gegen Brandir aus, und so endete sein Leben, bevor der Blick des Erstaunens seine Augen verließ: Brandir zog sein Schwert und versetzte ihm einen tödlichen Stoß. Einen Augenblick stand er zitternd da, vom Blut angeekelt, dann warf er sein Schwert zu Boden, wandte sich ab und ging, auf die Krücke gestützt, seines Weges.

Als er zum Nen Girith kam, war der bleiche Mond untergegangen, und die Nacht schwand vor dem Morgen, der im Osten aufstieg. Die Leute, die sich noch immer bei der Brücke zusammendrängten, sahen ihn wie einen grauen Schatten durch die Dämmerung kommen, und einige fragten ihn erstaunt: »Wo bist du gewesen? Hast du Níniel gesehen. Frau Níniel ist nämlich verschwunden.«

»Ja, sie ist verschwunden«, sagte er, »verschwunden, fortgegangen, um nie zurückzukehren! Doch ich bin gekommen, um euch Neuigkeiten zu bringen. Hört denn, Leute von Brethil, und sagt selbst, ob es jemals eine solche Geschichte gab, wie ich sie mitbringe! Der Drache ist tot, doch auch Turambar ist tot und liegt an seiner Seite. Und das sind gute Nachrichten, ja, es sind wahrlich beides gute Nachrichten.«

Da murrten die Leute, wunderten sich über seine Worte, und einige sagten, er rede irre. Aber Brandir rief: »Hört mich bis zu Ende an! Auch Níniel ist tot, die ihr liebtet und die mir das Teuerste war. Sie sprang vom Rand des Hirschsprunges[29] hinab, und der Rachen des Teiglin hat sie verschlungen. Sie ist fort, und sie haßte das Tageslicht. Bevor sie aber entfloh, erfuhr sie dies: Beide waren sie Húrins Kinder, Bruder und Schwester. Mormegil wurde er genannt, Turambar nannte er sich selbst und verbarg seine Vergangenheit: Túrin, Húrins Sohn. Wir nannten sie Níniel und kannten ihre Vergangenheit nicht: Sie war Nienor, Húrins Tochter. Beide brachten sie den Schatten ihres dunklen Schicksals nach Brethil. Hier hat es sich erfüllt, und niemals wieder wird dieses Land von Leid frei sein. Nennt es nicht Brethil, das Land der Halethrim, sondern nennt es *Sarch nia Hîn Húrin*, das Grab der Kinder Húrins.«

Obgleich die Leute nicht verstehen konnten, wie solch Böses hatte geschehen können, weinten sie, und einige sagten: »Dort im Teiglin ist ein Grab für Níniel, die geliebte, und dort soll ein Grab für Turambar sein, den kühnsten der Menschen. Wir wollen unseren Befreier nicht unter bloßem Himmel liegenlassen. Laßt uns zu ihm gehen.«

Gerade als Níniel entfloh, regte sich Túrin, und es kam ihm vor, als höre er sie aus seiner tiefen Dunkelheit und aus weiter Ferne nach ihm rufen; als aber Glaurung starb, wich die schwarze Ohnmacht von ihm, er atmete wieder tief, seufzte und sank in einen Schlummer großer Erschöpfung. Aber ehe der Morgen kam, wurde es bitter kalt, und im Schlaf drehte er sich um, und das Heft Gurthangs drückte ihm in die Seite, so daß er plötzlich erwachte. Die Nacht schwand, und der Hauch des Morgens lag in der Luft. Er sprang auf, entsann sich seines Sieges und spürte das brennende Gift an seiner Hand. Er hob sie hoch, sah sie an und wunderte sich, denn sie war mit einem Streifen weißen Stoffes verbunden; er war noch feucht und tat ihm wohl. Da sprach er zu sich selbst: »Warum sollte mich jemand so pflegen und mich doch in der Kälte hier liegenlassen, mitten in der Verwüstung und im Gestank des Drachen? Welch seltsame Dinge haben sich zugetragen?« Dann rief er laut, aber niemand antwortete. Ringsum war alles schwarz und trostlos, und der Hauch des Todes schwebte über dem Ort. Er bückte sich, hob sein Schwert auf, und es war unversehrt und der Glanz seiner Schneiden ungetrübt. »Verpestet war das Gift Glaurungs«, sagte er, »aber du bist stärker als ich, Gurthang! Du trinkst jedes Blut. Dein ist der Sieg. Doch komm! Ich brauche Hilfe. Mein Körper ist erschöpft, und Kälte kriecht mir durchs Gebein!«

Dann wandte er Glaurung den Rücken und überließ ihn der Verwesung; als er aber diesen Ort verließ, kam ihm jeder Schritt doppelt schwer vor, und er dachte: »Vielleicht finde ich am Nen Girith einen Kundschafter, der auf mich wartet. Wäre ich doch bald in meinem eigenen Haus, spürte die zärtlichen Hände Níniels und die wohltuende Geschicklichkeit Brandirs.« Er bewegte sich mühsam vorwärts, stützte sich auf Gurthang und kam so im grauen Licht des jungen Tages endlich zum Nen Girith; gerade wollten die Leute aufbrechen, um seinen Leichnam zu suchen, als er vor ihnen stand.

Da wichen sie entsetzt zurück, im Glauben Turambars ruheloser Geist sei gekommen, und die Frauen jammerten und bedeckten die Augen mit ihren Händen. Doch er sagte: »Nein, weint nicht, sondern freut euch! Seht! Bin ich nicht am Leben? Und habe ich nicht den Drachen getötet, den ihr gefürchtet habt?«

Da wandten sie sich gegen Brandir und schrien: »Narr, mit deinen falschen Geschichten hast du uns weisgemacht, er sei tot. Haben wir nicht gesagt, du redest irre?« Doch Brandir war entgeistert, starrte Túrin mit furchtsamen Augen an und konnte nichts sagen.

Aber Túrin sagte zu ihm: »Dann bist du es gewesen, der dort war und meine Hand verbunden hat? Ich danke dir. Aber deine Kunst ist unvollkommen, wenn du Ohnmacht nicht vom Tod zu unterscheiden weißt.« Dann wandte er sich an die Leute: »Sprecht nicht so zu ihm, ihr Narren! Wer von euch hätte es besser machen können? Zumindest hatte er den Mut, zum Kampfplatz zu kommen, während ihr jammernd dagesessen habt. Doch nun, Sohn Handirs, sprich! Es gibt noch mehr, was ich erfahren möchte: Warum sehe ich dich hier, und alle diese Menschen, die ich in Ephel Brandir zurückgelassen habe? Wenn ich mich um euretwillen in Todesgefahr begebe, kann ich nicht Gehorsam erwarten, wenn ich fort bin? Und wo ist Níniel? Ich hoffe zumindest, daß ihr sie nicht mit hierhergebracht habt, sondern sie dort gelassen habt, wo ich sie behütet wußte, in meinem Haus, beschützt von treuen Männern!«

Als ihm aber niemand antwortete, schrie er: »Sprecht, sagt mir, wo Níniel ist! Sie wollte ich als erste sehen, und ihr will ich zuerst von den Taten in der Nacht berichten.«

Doch sie wandten die Gesichter von ihm ab, und endlich sagte Brandir: »Níniel ist nicht hier.«

»Dann ist es gut«, erwiderte Túrin. »Dann will ich zu meinem Haus gehen. Gibt es hier ein Pferd für mich, oder besser noch eine Trage? Die Anstrengungen haben mich geschwächt.«

»Nein, nein!« rief Brandir voll Pein. »Dein Haus ist leer. Níniel ist nicht dort. Sie ist tot.«

Aber eine der Frauen – das Weib Dorlas', das Brandir nicht wohlgesonnen war – kreischte: »Achte nicht auf ihn, Herr, denn er ist wahnsinnig. Er kam her und schrie, du wärest tot, und nannte es eine gute Nachricht. Doch du lebst. Warum soll wahr sein, was er von Níniel erzählt hat: sie sei tot, und das sei eine schlimme Nachricht?«

Da ging Túrin auf Brandir zu: »Mein Tod war eine gute Nachricht?« schrie er. »Ja, du hast sie mir immer geneidet, das wußte ich. Jetzt sei sie tot, sagst du. Und das sei schlimmer? Welche Lüge hast du dir in deiner Bosheit ausgedacht, Klumpfuß? Wolltest du uns denn mit üblen Worten töten, weil du keine anderen Waffen gebrauchen kannst?«

Da wurde das Mitleid in Brandirs Herz durch Wut vertrieben, und er schrie: »Wahnsinnig? Nein, der Wahnsinnige bist du, Schwarzes Schwert des schwarzen Schicksals! Und dieses ganze schwachsinnige Volk. Ich lüge nicht. Níniel ist tot, tot, tot! Suche sie im Teiglin!«

Da stand Túrin stumm und kalt. »Woher weißt du das?« fragte er leise. »Wie hast du das zustande gebracht?«

»Ich weiß es, weil ich sie springen sah«, antwortete Brandir. »Doch der Urheber warst du. Sie floh vor dir, Túrin, Sohn Húrins, und warf sich selbst in die Cabed-en-Aras, damit sie dich nie wieder zu sehen brauchte. Níniel! Níniel? Nein, Nienor, Húrins Tochter!«

Da packte ihn Túrin und schüttelte ihn, denn durch diese Worte vernahm er die Schritte seines Verhängnisses, die ihn einholten; doch in Entsetzen und Raserei leugnete er sie, so wie ein zu Tode gehetztes Tier alles in seiner Nähe verwunden will, bevor es stirbt.

»Ja, ich bin Túrin, Húrins Sohn«, schrie er. »Du hast es seit langem geahnt. Doch von Nienor, meiner Schwester, weißt du nichts. Nichts! Sie lebt im Verborgenen Königreich und ist in Sicherheit. Es ist eine Ausgeburt deiner eigenen gemeinen Seele, mein Weib um seinen Verstand zu bringen, und jetzt mich. Du humpelnder Bösewicht – wolltest du uns beide in den Tod treiben?«

Doch Brandir machte sich los. »Rühr mich nicht an!« sagte er. »Hör auf mit dem tollen Gerede. Sie, die du dein Weib nennst, kam zu dir und pflegte dich, und du antwortetest nicht auf ihren Ruf. Doch ein anderer tat es für dich. Glaurung der Drache, dessen Zauberwerk, wie ich glaube, für euer beider Verhängnis verantwortlich ist. Und bevor er starb, sagte er: ›Nienor, Tochter Húrins, hier ist dein Bruder, Verräter an seinen Feinden, treulos gegen Freunde, ein Fluch für seine Sippe, Túrin, Húrins Sohn.‹« Da ergriff Brandir plötzlich ein entrücktes Gelächter. »Auf dem Totenbett, sagt man, sprechen die Menschen die Wahrheit«, kicherte er. »Und ein Drache ebenfalls, wie es scheint! Túrin, Sohn Húrins, ein Fluch für deine Sippe und für alle, die dich beherbergen!«

Da griff Túrin nach Gurthang, und ein grausames Leuchten war in seinen Augen. »Und was soll man von dir sagen, Klumpfuß?« sagte er langsam. »Wer hat ihr heimlich hinter meinem Rücken meinen richtigen Namen genannt? Wer brachte sie zu dem bösartigen Drachen? Wer stand dabei und ließ sie sterben? Wer kam hierher, um diese entsetzliche Nachricht schnellstens zu verbreiten? Wer weidet sich jetzt an meinem Anblick? Sprechen die Menschen die Wahrheit, bevor sie sterben? Dann sprich sie jetzt aus, rasch!«

Brandir, der in Túrins Gesicht seinen eigenen Tod las, stand still und zitterte nicht, obwohl er außer seiner Krücke keine Waffe hatte, und er sagte: »Es wäre eine lange Geschichte, wollte ich alles erzählen, was sich ereignet hat, und ich bin deiner überdrüssig. Aber du hast mich verleumdet, Sohn Húrins. Hat Glaurung dich verleumdet? Wenn du mich erschlägst, dann werden alle sehen, daß er es nicht getan hat. Doch ich fürchte mich nicht vor dem Tod, denn dann werde ich Níniel suchen gehen, die ich liebte, und vielleicht finde ich sie jenseits des Meeres wieder.«

»Níniel suchen!« schrie Túrin. »Nein, Glaurung wirst du finden und mit dieser Brut zusammenliegen. Du wirst mit dem Wurm schlafen, deinem Seelenfreund, und in einer Finsternis mit ihm verwesen!« Dann hob er Gurthang, hieb nach Brandir und traf ihn tödlich. Die Menschen aber bedeckten ihre Augen vor dieser Tat, und als Túrin sich umwandte und Nen Girith verließ, flohen sie vor ihm voller Schrecken.

Dann wandelte er wie jemand, der seines Verstandes beraubt ist, durch die wilden Wälder, verfluchte nun Mittelerde und das menschliche Leben und beschwor Níniel. Als aber die Raserei seines Schmerzes ihn schließlich verließ, ruhte er eine Weile, überdachte alle seine Taten und hörte sich selbst rufen: »Sie wohnt im Verborgenen Königreich und ist in Sicherheit!« Und er dachte, daß er jetzt, da sein Leben gänzlich zerstört war, dorthin gehen mußte, denn aller Trug Glaurungs hatte ihn immer vom rechten Weg weggeführt. Deshalb machte er sich auf, ging zu den Teiglin-Stegen, und als er am Haudh-en-Elleth vorüberkam, rief er: »Bitter habe ich dafür bezahlt, o Finduilas, daß ich mich jemals mit dem Drachen einließ! Gib mir jetzt einen Rat!«

Doch als er gerade diese Worte rief, sah er zwölf wohlbewaffnete Jäger über die Stege kommen, und es waren Elben. Und als sie näherkamen, erkannte er einen von ihnen, denn es war Mablung, der Führer der Jäger Thingols. Und Mablung begrüßte ihn und sagte: »Túrin! Endlich habe ich dich doch noch gefunden. Ich suche dich und bin froh, dich lebend zu sehen, obwohl die Jahre schwer auf dir gelastet haben.«

»Schwer!« erwiderte Túrin. »Ja, schwer wie die Füße Morgoths. Doch wenn du froh bist, mich lebend zu sehen, bist du der letzte in der Mittelerde, der das meint. Warum?«

»Weil dein Name bei uns in Ehren gehalten wurde«, antwortete Mablung. »Obwohl du vielen Gefahren entronnen bist, fürchtete ich zuletzt um dich. Ich sah Glaurung hervorkommen, und ich dachte, er habe seinen verruchten Zweck erfüllt und kehre zu seinem Meister zurück. Doch er wandte sich gegen Brethil, und zur gleichen Zeit erfuhr ich von Wanderern im Lande, daß das Schwarze Schwert von Nargothrond dort wieder aufgetaucht sei und die Orks die Grenzen Brethils wie den Tod scheuten. Da überkam mich Furcht, und ich sagte: Wehe. Um Túrin zu suchen, zieht Glaurung in eine Gegend, die seine Orks nicht zu betreten wagen. Deshalb kam ich so schnell wie möglich hierher, um dich zu warnen und dir beizustehen.«

»Schnell, aber nicht schnell genug«, sagte Túrin. »Glaurung ist tot.«

Da schauten die Elben ihn voll Staunen an und sagten: »Du hast den Großen Wurm getötet! Dein Name wird unter den Elben und Menschen auf immer gepriesen werden!«

»Das kümmert mich nicht«, sagte Túrin. »Denn auch mein Herz ist tot. Aber weil ihr aus Doriath kommt, gebt mir Nachricht von den Meinen. Man sagte mir nämlich in Dor-lómin, sie seien ins Verborgene Königreich geflohen.«

Die Elben gaben keine Antwort, doch schließlich sagte Mablung: »Das haben sie in der Tat getan, in dem Jahr, bevor der Drache kam. Doch sie sind jetzt leider nicht mehr dort!« Da stand Túrins Herz still, und er hörte die Schritte des Verhängnisses, das ihn bis zum Ende verfolgen wollte. »Sprich weiter!« rief er. »Und beeile dich!«

»Sie gingen in die Wildnis, um dich zu suchen«, sagte Mablung. »Es geschah gegen jede Vernunft, doch sie wollten nach Nargothrond ziehen, als bekannt wurde, du seiest das Schwarze Schwert; und Glaurung kam hervor, und alle ihre Wachen wurden zerstreut. Niemand hat Morwen seit jenem Tag gesehen, Nienor aber fiel unter einen Bann dumpfen Vergessens, sie floh wie ein wildes Reh nach Norden in die Wälder und verschwand.« Da fing Túrin zum Erstaunen der Elben laut und schrill zu lachen an. »Ist es nicht zum Lachen?« schrie er. »Oh, die schöne Nienor. Sie lief von Doriath zum Drachen und vom Drachen zu mir. Welch liebliche Gnade des Schicksals! Sie war braun wie eine Nuß, dunkel war ihr Haar, klein und schlank war sie wie ein Elbenkind, und niemand konnte sie verwechseln!«

Darüber wunderte sich Mablung, und er sagte: »Aber das ist ein Irrtum. Deine Schwester sah anders aus. Sie war groß, ihre Augen blau, ihr Haar reines Gold, ganz das Abbild ihres Vaters Húrin in weiblicher Gestalt. Du kannst sie nicht gesehen haben!«

»Kann ich nicht, kann ich nicht, Mablung?« schrie Túrin. »Aber warum nicht! Denn siehe: Ich bin blind! Weißt du das nicht? Blind, blind, seit meiner Kindheit taste ich im dunklen Nebel Morgoths umher! Deshalb verlaßt mich! Geht! Geht nach Doriath zurück, und möge der Winter es verwelken lassen! Einen Fluch über Menegroth! Und über eure Botschaft. Dies fehlte noch. Jetzt kommt die Nacht!«

Und schnell wie der Wind entlief er ihnen, und Staunen und Furcht erfüllte sie. Doch Mablung sagte: »Etwas

Seltsames und Schreckliches hat sich zugetragen, von dem wir nichts wissen. Laßt uns ihm folgen und ihm beistehen, wenn wir können, denn jetzt ist er entrückt und ohne Verstand.«

Aber Túrin war ihnen weit voraus und kam zur Cabed-en-Aras und stand still; und er hörte das Wasser toben und sah, daß alle Bäume dort, nah und fern, verwelkten und ihre Blätter abwarfen, als sei es in den ersten Tagen des Sommers Winter geworden.

»Cabed-en-Aras, Cabed Naeramarth!« schrie er. »Ich will deine Wasser nicht besudeln, die Níniel reingewaschen haben. Denn alle meine Taten sind schlecht gewesen, und die letzte war die schlimmste.«

Dann zog er sein Schwert und sagte: »Gegrüßt seist du, Gurthang, Stahl des Todes, der du allein mir noch geblieben bist. Keinen Herrn kennst du und keine Treue, nur gegen die Hand, die dich führt. Kein Blut verschmähst du. Ist also auch Túrin dir genehm, und wirst du mir ein rasches Ende bereiten?«

Und aus der Klinge sprach eine kalte Stimme und gab ihm Antwort: »Fürwahr, freudig trinken will ich dein Blut, daß ich das Blut Belegs, meines Herrn, vergesse und Brandirs, des zu Unrecht Erschlagenen. Ich will dich rasch töten.«

Da setzte Túrin das Heft auf den Boden und stürzte sich in Gurthangs Spitze, und die schwarze Klinge nahm ihm das Leben.

Mablung aber kam, sah die scheußliche Gestalt Glaurungs, der tot dalag, und er sah Túrin, und Trauer erfüllte ihn; er dachte an Húrin, wie er ihn in der Nirnaeth Arnoediad gesehen hatte, und an das schreckliche Verhängnis seiner Sippe. Als die Elben dort standen, kamen Menschen von dem Nen Girith herab, um den toten Drachen anzusehen, und als sie sahen, welches Ende Túrin Turambar genommen hatte, weinten sie. So erfuhren die Elben schließlich den Grund für die Worte, die Túrin zu ihnen gesprochen hatte, und sie waren entgeistert. Da sagte Mablung bitter: »Auch ich war verstrickt in das Schicksal von Húrins Kindern, und so habe ich mit meiner Nachricht einen, den ich liebte, getötet.«

Dann hoben sie Túrin auf und sahen, daß sein Schwert

zerbrochen war. So ging alles dahin, was er besessen hatte.

Viele Hände mühten sich, sie trugen Holz zusammen, türmten es hoch auf, machten ein großes Feuer und verbrannten den Leichnam des Drachen, bis er nur noch schwarze Asche war und sein Gebein zu Staub zerfiel. Doch der Ort dieses Feuers blieb für alle Zeiten kahl und unfruchtbar. Túrin aber begruben sie auf einer Anhöhe, wo er gestorben war, und die Hälften von Gurthang legten sie ihm an die Seite. Und als alles getan war und die Sänger der Elben und Menschen ein Klagelied gesungen hatten über Túrins Tapferkeit und Níniels Schönheit, wurde ein großer grauer Stein gebracht und auf dem Hügel aufgestellt, und darauf meißelten die Elben in der Runenschrift von Doriath:

TÚRIN TURAMBAR DAGNIR GLAURUNGA

und darunter schrieben sie auch

NIENOR NÍNIEL

Sie lag aber nicht dort, noch wurde je bekannt, wohin die kalten Wasser des Teiglin sie getragen hatten.

So endete die Geschichte von Húrins Kindern, das längste aller Lieder Beleriands.

Anmerkungen

In einer einführenden Anmerkung, die in verschiedenen Fassungen existiert, heißt es, die ›Narn i Hîn Húrin‹ (›Die Geschichte der Kinder Húrins‹) sei, obgleich sie in der Elbensprache verfaßt sei und viel elbische Überlieferung (besonders aus Doriath) verwende, das Werk Dírhavels, eines Dichters der Menschen. Er lebte in den Tagen Earendils an den Anfurten des Sirion und sammelte dort alle Nachrichten über das Haus Hador, deren er habhaft werden konnte, ob von Menschen oder Elben, Überlebenden und Flüchtlingen aus Dor-lómin, Nargothrond, Gondolin und Doriath. In einer Version dieser Anmerkung ist davon die Rede, Dírhavel stamme selbst aus dem Hause Hador. Dieses Lied, das längste aller Lieder aus Beleriand, war alles, was er geschaffen hat, doch es wurde von den Eldar gerühmt, weil Dírhavel die Elbensprache verwendete, die er ausgezeichnet beherrschte. Er benutzte jene Art elbischen Verses, der *Minlamed thent/estent* genannt wurde, und der von altersher der ›Narn‹ (eine Erzählung in Versen, die jedoch gesprochen, nicht gesungen wurde) ihr eigenes Gepräge gab. Dírhavel kam beim Überfall der Söhne Feanors auf die Anfurten des Sirion ums Leben.

1 An dieser Stelle des Textes der ›Narn‹ folgt eine Beschreibung von Húrins und Huors Aufenthalt in Gondolin. Diese lehnt sich eng an eine Geschichte an, die in einem der »konstituierenden Texte« des ›Silmarillion‹ erzählt wird. Die Übereinstimmung ist so groß, daß es sich lediglich um eine Variante handelt, die ich hier nicht wiedergegeben habe. Die Geschichte kann man im ›Silmarillion‹, Seite 177–178, lesen.

2 Hier folgt im Text der ›Narn‹ ein Bericht über die Nirnaeth Arnoediad, den ich aus dem gleichen Grund nicht aufgenommen habe, den ich in Anmerkung 1 angeführt habe. Vgl. ›Das Silmarillion‹, Seite 210–220.

3 In einer zweiten Version des Textes wird deutlich, daß Morwen in der Tat Kontakte zu den Eldar unterhielt, die unweit ihres Hauses in den Bergen geheime Wohnungen besaßen: »Doch sie konnten ihr keine Neuigkeiten berichten. Niemand hatte Húrins Fall gesehen. ›Er war nicht bei Fingon‹, sagten sie; ›er wurde mit Turgon nach Süden abgedrängt, doch wenn irgend jemand aus seinem Volk entkam, geschah es im Gefolge des Heeres aus Gondolin. Aber wer will das wissen? Denn die Orks haben alle Erschlagenen zu einem Haufen aufgetürmt, eine Suche ist vergeblich, sogar wenn es jemand wagte, sich zum Haudh-en-Nirnaeth zu begeben.‹«

4 Mit dem hier beschriebenen Helm Hadors sind die »großen

Masken, die gräßlich anzuschauen waren«, zu vergleichen, welche die Zwerge aus Belegost in der Nirnaeth Arnoediad trugen und die ihnen »aber gut zustatten kamen gegen die Drachen« (›Das Silmarillion‹, Seite 216). Túrin trug später eine Zwergenmaske, als er in die Schlacht bei Nargothrond zog: »und die Feinde flohen bei seinem Anblick« (ebd., Seite 234). Vgl. auch den Anhang zur ›Narn‹, Seite 147.

5 Der Einfall der Orks nach Ost-Beleriand, bei dem Maedhros Azaghâl rettete, ist an keiner anderen Stelle erwähnt.

6 An anderer Stelle hat mein Vater angemerkt, daß die Sprache Doriaths, sowohl die des Königs als auch anderer, selbst zur Zeit Túrins altertümlicher war als die anderswo gesprochene; er bemerkt auch, daß Mîm beobachtete (obwohl die vorhandenen Schriften dies nicht erwähnen), daß Túrin trotz seines Grolls gegen Doriath sich niemals von der Sprache trennen konnte, mit der er aufgewachsen war.

7 Eine Randnotiz in einem Text sagt hier: »Immer suchte er in allen Frauengesichtern das Gesicht Lalaiths.«

8 In einer anderen Textfassung dieses Abschnitts der Erzählung wird von Saeros gesagt, er sei ein Verwandter Daerons gewesen, in einer anderen Version ist er der Bruder; die vorliegende Fassung ist vermutlich die letzte.

9 *Waldmensch:* »wilder Mensch aus den Wäldern«.

10 In einer anderen Textvariante dieses Teils der Geschichte teilt Túrin in diesem Augenblick den Geächteten seinen wirklichen Namen mit. Er behauptet weiter, daß er ja von Rechts wegen Herr und Richter über das Volk von Hador sei und deshalb Forweg zu Recht erschlagen habe, weil dieser Mann aus Dor-lómin stamme. Darauf sagt Algund, der alte Bandit, der den Sirion entlang aus der Nirnaeth Arnoediad geflohen war, daß Túrins Augen ihn lange an einen anderen Mann erinnert hätten, den er sich nicht ins Gedächtnis zurückrufen könne, und daß er jetzt den Sohn Húrins in ihm erkenne: ›Aber er war ein kleinerer Mann, klein für seine Sippe, doch voll Feuer, und sein Haar war goldrot. Du bist großgewachsen und dunkel. Ich erkenne deine Mutter in dir, wenn ich genauer hinsehe; sie stammte aus Beors Haus. Ich möchte wissen, was mit ihr geschah!‹ ›Ich weiß es nicht‹, sagte Túrin. ›Es gibt keine Nachrichten aus dem Norden.‹ In dieser Version werden die ursprünglich aus Dor-lómin kommenden Geächteten dazu veranlaßt, Túrin als Anführer anzuerkennen, weil sie wissen, daß Neithan Húrins Sohn ist.

11 Die zuletzt geschriebenen Fassungen dieses Teils der Geschichte stimmen darin überein, daß Túrin, als er Anführer der Geächteten-Bande wurde, sie fort von den Siedlungen der Waldmenschen in den Wald südlich des Teiglin führte; und daß Beleg bald nach ihrem Aufbruch dorthin kam. Aber die geographischen

Details sind unklar und die Schilderungen der Bewegungen der Bande widersprüchlich. Im Hinblick auf den anschließenden Verlauf der Geschichte scheint es notwendig, anzunehmen, daß sie im Tal des Sirion blieben und daß sie in Wahrheit von ihren früheren Schlupfwinkeln zur Zeit des Ork-Überfalls auf die Siedlungen der Waldmenschen nicht weit entfernt waren. In einer vorläufigen Version gingen sie nach Süden und kamen in das Land »oberhalb der Aelin-uial und der Fenne des Sirion«; doch in diesem »Land ohne Zuflucht« wurden die Männer unzufrieden und überredeten Túrin, sie in die Waldgebiete südlich des Teiglin zurückzuführen, wo er ihnen zum ersten Mal begegnet war. Dies würde den Anforderungen der Geschichte entsprechen.

12 Im ›Silmarillion‹ (Seite 224) geht die Geschichte weiter mit Belegs Abschied von Túrin, dessen merkwürdiger Vorahnung, daß sein Schicksal ihn zum Amon Rûdh führen werde, Belegs Ankunft in Menegroth (wo er von Thingol das Schwert Anglachel und von Melian *lembas* erhielt) und seiner Rückkehr in den Krieg gegen die Orks in Dimbar. Einen anderen ergänzenden Text gibt es nicht, und diese Passage ist hier weggelassen.

13 Túrin floh im Sommer aus Doriath; er verbrachte Herbst und Winter bei den Geächteten, im folgenden Frühjahr erschlug er Forweg und wurde Anführer der Bande. Die hier beschriebenen Ereignisse fanden im darauffolgenden Sommer statt.

14 *Aeglos*, »Schneedorn«, soll dem Ginster (Stechginster) ähnlich gewesen sein, er war jedoch größer und blühte weiß. *Aeglos* war auch der Name des Speers von Gil-galad. *Seregon*, »Blut des Steines«, war eine Pflanze jener Gattung, die man gewöhnlich »Mauerpfeffer« nennt. Die Pflanze hatte tiefrote Blüten.

15 Auch die gelb blühenden Ginsterbüsche, die Frodo, Sam und Gollum in Ithilien entdeckten, waren »dürr und langbeinig unten, aber oben dicht«, so daß sie aufrecht unter ihnen hindurchgehen konnten »wie durch lange, trockene Schneisen«, und sie trugen Blüten, »die in der Dämmerung schimmerten und einen schwachen, süßen Duft ausströmten« (›Die Zwei Türme‹, 4, Kapitel 7).

16 An anderer Stelle ist der Sindarin-Name der Kleinzwerge mit *Noegyth Nibin* (so im ›Silmarillion‹, Seite 227) und *Nibin-Nogrim* angegeben. Die »Hochmoore, die sich zwischen den Tälern von Sirion und Narog erhoben«, und zwar nordöstlich von Nargothrond (vgl. oben Seite 72), sind des öfteren als die Moore der Nibin-noeg (oder Varianten dieses Namens) erwähnt.

17 Die große Klippe, auf die sie von Mîm durch eine Felsspalte geführt werden und die er das »Tor zum Hof« nennt, war (wie es scheint) der Nordrand der Felsplatte; die Klippen auf der östlichen und westlichen Seite waren sehr viel abschüssiger.

18 Andrógs Fluch ist auch in folgender Form erhalten: »Möge er bis zu seinem Ende keinen Bogen haben, wenn er ihn braucht.«

Letztlich fand Mîm vor den Toren Nargothronds durch Túrins Schwert den Tod. (›Das Silmarillion‹, Seite 257).

19 Das Geheimnis um die anderen Gegenstände in Mîms Sack wird nicht enthüllt. Die einzige andere Aussage darüber findet sich in einer flüchtig gekritzelten Notiz, die darauf hinweist, daß es sich um als Wurzeln getarnte Goldbarren handle; dies bezieht sich auf Mîms Suche »nach alten Schätzen in einem Zwergenhaus in der Nähe der ›flachen Steine‹«. Hierbei handelt es sich zweifellos um die im Text (Seite 68) erwähnten Steine, die »in ungeordneten Haufen beisammenlagen« und bei denen Mîm gefangengenommen wurde. Doch es gibt nirgendwo einen Hinweis darauf, welche Rolle dieser Schatz in der Geschichte von Bar-en-Danwedh eigentlich spielen sollte.

20 Auf Seite 28 wird gesagt, daß der Paß über den Rücken des Amon Darthir die einzige Verbindung gewesen sei »zwischen dem Serech und dem äußersten Westen, wo Dor-lómin an Nevrast grenzte«.

21 In der Geschichte, wie sie im ›Silmarillion‹ (Seite 242) erzählt wird, »sank eine Wolke von Vorahnungen« auf Brandirs Herz, nachdem er gehört hatte, »was Dorlas meldete«, und er deshalb (wie es scheint), nachdem er im Mann auf der Bahre das Schwarze Schwert von Nargothrond erkannt hatte, das Gerücht verbreitete, es handle sich um den Sohn Húrins aus Dor-lómin.

22 Vgl. unten Seite 150. Dort findet sich ein Hinweis auf den gegenseitigen Austausch von Nachrichten, der auf »geheime Weise« zwischen Orodreth und Thingol stattfand.

23 Im ›Silmarillion‹ (Seite 137) sind die Hohen Faroth oder Taur-en-Faroth »große, bewaldete Hochflächen«. Daß sie hier als »braun und kahl« beschrieben werden, bezieht sich auf die blattlosen Bäume im beginnenden Frühling.

24 Man könnte annehmen, daß Dimrost erst in Nen Girith umbenannt wurde, als alles vorüber war, Túrin und Nienor tot waren, die Leute sich ihres Schauderanfalles erinnerten und seine Bedeutung klar wurde. Doch in der Sage wird Nen Girith durchgehend als Name verwendet.

25 Wenn es wirklich Glaurungs Absicht gewesen wäre, nach Angband zurückzukehren, wäre es denkbar, daß er die alte Straße zu den Teiglin-Stegen benutzt hätte, deren Verlauf sich nicht wesentlich von dem Weg unterschied, der ihn zur Cabed-en-Aras brachte. Vielleicht nahm man an, er würde auf jenem Weg nach Angband zurückkehren, der ihn aus dem Süden nach Nargothrond geführt hatte (den Narog aufwärts zum Ivrin). Vgl. auch Mablungs Worte (Seite 137): »Ich sah Glaurung hervorkommen, und ich dachte, er ... kehre zu seinem Meister zurück. Doch er wandte sich gegen Brethil ...«

Als Túrin von seiner Hoffnung sprach, Glaurung werde sich

geradeaus bewegen und nicht abweichen, meinte er, wenn der Drache den Teiglin entlang zu den Stegen zöge, könnte er Brethil betreten, ohne die Schlucht zu überqueren, wo er angreifbar war. (Vgl. seine Worte zu den Leuten am Nen Girith, Seite 117f.).

26 Ich habe keine Karte gefunden, welche die Vorstellung meines Vaters von der Lage des Landes im einzelnen hätte verdeutlichen können. Doch die folgende Skizze dürfte zumindest mit den Angaben in der Geschichte übereinstimmen:

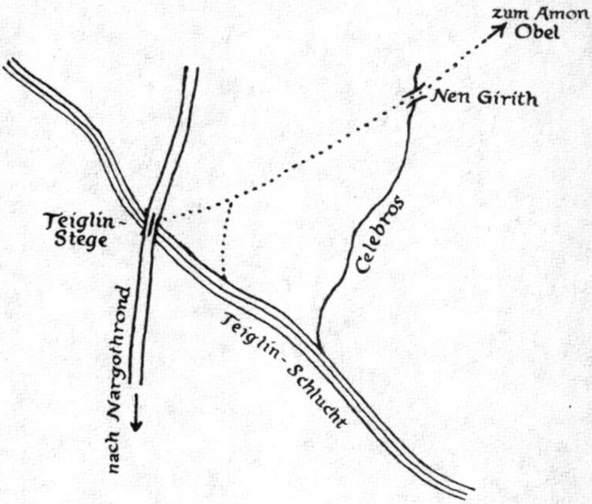

27 Die Wendungen »in wilder Flucht verließ sie diesen Ort« und »sie rannte von ihm fort« deuten darauf hin, daß zwischen der Stelle, wo Túrin neben Glaurungs Leichnam lag, und dem Rand des Abgrundes einige Entfernung war. Es kann sein, daß der Todessprung des Drachen ihn ein Stück vom äußersten Rand hinweggetragen hat.

28 An einer späteren Stelle der Erzählung (Seite 139) nennt Túrin selbst vor seinem Tod den Ort Cabed Naeramarth, und man darf annehmen, daß man den späteren Namen aus der Überlieferung seiner letzten Worte ableitete.

Es besteht ein offensichtlicher Widerspruch, wenn von Brandir gesagt wird (sowohl hier als auch im ›Silmarillion‹), er sei der letzte Mensch gewesen, der in die Cabed-en-Aras geblickt habe, bald darauf jedoch Túrin dorthin kam, sowie die Elben und alle, die den Grabhügel aufwarfen. Er kann vielleicht erklärt werden, wenn man die Brandir betreffenden Worte der ›Narn‹ in einem engen Sinn auslegt: er war eigentlich der letzte Mensch, »der in ihre Finsternis hinabblickte«. In der Tat war es die Absicht meines Vaters, die Erzählung so zu ändern, daß Túrin sich nicht an der Cabed-en-Aras tötete, sondern auf dem Grabhügel Finduilas' an den Teiglin-Stegen; doch es kam nie zu einer geschriebenen Fassung.

29 Hieraus scheint hervorzugehen, daß »Hirschsprung« der ursprüngliche Name dieses Orts war, und so auch der wirklichen Bedeutung von »Cabed-en-Aras« entspricht.

Anhang

Von dem Punkt der Geschichte an, wo Túrin und seine Männer sich im alten Wohnsitz der Kleinzwerge auf dem Amon Rûdh niederlassen, gibt es keine vollständige, bis ins einzelne ausgeführte Erzählung mehr; die ›Narn‹ setzt erst mit Túrins Reise in den Norden nach dem Fall Nargothronds wieder ein. Aus zahlreichen vorläufigen und probeweisen Entwürfen und Notizen lassen sich jedoch weitere Aufschlüsse gewinnen, die über die summarische Schilderung im ›Silmarillion‹ hinausgehen. Es gibt sogar einige zusammenhängende Erzählstränge im Stil der ›Narn‹.

Ein vereinzeltes Bruchstück beschreibt das Leben der Geächteten auf dem Amon Rûdh in der Zeit nach ihrer Niederlassung, und liefert eine nähere Beschreibung Bar-en-Danwedhs:

Lange Zeit verlief das Leben der Geächteten ganz nach ihrem Geschmack. Es war kein Mangel an Nahrung, sie hatten einen warmen und trockenen Unterschlupf und ausreichend Raum zur Verfügung; sie hatten nämlich entdeckt, daß die Höhlen zur Not hundert und mehr Männer beherbergen konnten. Weiter im Höhleninnern gab es eine zweite kleinere Halle. Sie hatte an einer Seite eine Feuerstelle, von der ein Kamin nach oben durch den Fels zu einem Abzugsloch führte, das geschickt in einer Spalte des Berghanges verborgen war. Außerdem gab es zahlreiche weitere Gemächer, die sich zu den Hallen oder dem Gang dazwischen öffneten; einige dienten als Wohnräume, andere als Werkstätten oder Vorratskammern. Was das Lagern von Vorräten anbetraf, war Mîm weitaus findiger als sie selbst, und er besaß viele Gefäße und Kisten aus Stein und Holz, die sehr alt zu sein schienen. Doch die meisten der Kammern standen jetzt leer: In den Waffenkammern hingen verrostete und staubige Äxte und anderes Gerät, die Borde und Schränke waren leer und die Schmieden unbenutzt. Außer einer: Es war ein kleiner Raum, der an die innere Halle grenzte und dessen Feuerstelle den Kamin mit jener in der Halle gemeinsam hatte. Dort arbeitete Mîm zuweilen, doch erlaubte er anderen nicht, dabeizusein.

Für den Rest des Jahres unternahmen sie keine Raubzüge mehr, und wenn sie sich draußen aufhielten, um zu jagen oder Vorräte zu sammeln, teilten sie sich meist in kleine Gruppen auf. Aber lange fiel es ihnen schwer, den Rückweg zu finden, und außer Túrin waren es nur sechs Männer, die sich jederzeit des Weges sicher waren. Da sie freilich sahen, daß andere, die einigermaßen geschickt waren, ihr Versteck ohne Mîms Hilfe finden konnten, ließen sie dennoch jeden Tag und jede Nacht einen Mann bei der Felsspalte in der Nordwand Wache halten. Aus dem Süden erwarteten sie keine Feinde und fürchteten auch nicht, daß jemand aus dieser Richtung kommend, Amon Rûdh erklettern könnte; aber tagsüber befand sich die meiste Zeit ein Wachtposten auf der Spitze der Bergkrone, der nach überallhin weite Sicht hatte. Obgleich die Hänge der Krone steil waren, konnte man ihre Spitze besteigen, denn östlich vom Höhleneingang waren große Stufen in den Fels geschlagen, die zu Hängen hinaufführten, über die Männer ungesehen emporklettern konnten.

So verging das Jahr ohne Unheil oder Unruhe. Doch als die Tage kürzer wurden, der Teich erkaltete und sich grau färbte, die Birken kahl wurden und die großen Regen sich einstellten, mußten sie mehr Zeit unter Dach zubringen. Da wurden sie bald mißmutig über die Dunkelheit im Berginnern oder über den trüben Halbdämmer in den Hallen; und den meisten schien es, als würde es sich besser leben lassen, wenn sie diesen Ort nicht würden mit Mîm teilen müssen. Allzuoft tauchte er plötzlich aus einer schattigen Ecke oder in einem Türeingang auf, wenn sie ihn irgendwo anders vermutet hatten. Sie gingen dazu über, nur noch im Flüsterton miteinander zu sprechen.

Zugleich kam es ihnen merkwürdig vor, daß es Túrin anders erging, daß er ihn immer freundlicher behandelte und zunehmend auf dessen Rat hörte. Im folgenden Winter verbrachte Túrin lange Stunden mit Mîm, hörte zu, wenn dieser ihn an seinen Kenntnissen teilhaben ließ oder Geschichten aus seinem Leben erzählte, und ihn noch nicht einmal zurechtwies, wenn er schlecht von den Eldar sprach. Mîm schien darüber erfreut und erwies Túrin seinerseits manche Gunst; ihm allein gestattete er manchmal, seine Schmiede zu betreten, und dort sprachen sie leise miteinander. Die Männer waren darüber weniger froh, und Andróg sah es mit mißgünstigen Blicken.

Der nun im ›Silmarillion‹ folgende Text gibt keinen Hinweis darauf, wie Beleg den Weg zum Bar-en-Danwedh fand; er »erschien an einem trüben Wintertag plötzlich unter ihnen«. In anderen Entwürfen war es die Sorglosigkeit der Geächteten, die dazu führte, daß im Bar-en-Danwedh im Winter die Lebensmittel knapp wurden und Mîm ihnen die genießbaren Wurzeln aus seinem Vorrat mißgönnte; deshalb verließen sie zu Jahresbeginn die Festung zu einem Beutezug. Beleg, der sich dem Amon Rûdh näherte, kam auf ihre Spur; entweder folgte er ihnen zu einem Lager, das sie wegen eines plötzlichen Schneesturms aufschlagen mußten, oder er folgte ihnen auf dem Rückweg zum Bar-en-Danwedh und schlüpfte hinter ihnen hinein.

Um diese Zeit verirrte sich Andróg in den Höhlen, als er nach Mîms geheimer Vorratskammer suchte, und fand eine verborgene

Treppe, die auf die flache Kuppe des Amon Rûdh hinausführte (über diese Treppe entflohen einige der Geächteten aus dem Bar-en-Danwedh, als es von den Orks angegriffen wurde; (›Das Silmarillion‹, Seite 230). Und entweder während des erwähnten Angriffs oder bei einer späteren Gelegenheit wurde Andróg – der Mîms Fluch zum Trotz wieder zu Pfeil und Bogen gegriffen hatte – von einem vergifteten Pfeil verwundet. Nur in einem einzigen der verschiedenen Hinweise auf diesen Vorfall wird gesagt, es habe sich um einen Ork-Pfeil gehandelt.

Andróg wurde durch Beleg von seiner Wunde geheilt, doch es scheint, daß seine Abneigung und sein Mißtrauen gegen den Elben dadurch nicht besänftigt wurden. Um so größer wurde Mîms Haß auf Beleg, denn dieser hatte Mîms Fluch über Andróg »übergangen«. Er sagte: »Der Fluch wird wieder über ihn kommen.« Es kam Mîm in den Sinn, er könne seine Jugend zurückgewinnen und wieder stark werden, wenn er ebenfalls von den *lembas* äße; und weil er sie durch List nicht erhalten konnte, täuschte er Krankheit vor, um sie von seinem Feinde zu erbitten. Als Beleg sie ihm verweigerte, war sein Haß besiegelt und erstreckte sich in noch stärkerem Maße auf Túrin, weil dieser den Elben liebte.

Es mag an dieser Stelle erwähnt werden, daß Túrin die *lembas* zurückwies, als Beleg sie aus seinem Pack hervorzog. (Vgl. auch ›Das Silmarillion‹, Seite 225 und 228)

Die silbernen Blätter waren rot im Licht des Feuers, und als Túrin das Siegel sah, verdunkelten sich seine Augen.

»Was hast du da?« fragte er.

»Das größte Geschenk, das jemand machen kann, der dich noch immer liebt«, antwortete Beleg. »Das ist *lembas*, die Wegzehrung der Eldar, die noch niemals ein Mensch gekostet hat.«

»Den Helm meiner Väter habe ich angenommen«, sagte Túrin, »aus Wohlwollen für deine gute Hut; aber Geschenke aus Doriath nehme ich nicht an.«

»Dann schicke dein Schwert und deine Waffen zurück«, sagte Beleg. »Und auch die Erziehung und Fürsorge, die dir in deiner Jugend zuteil wurden. Und laß diese Männer in der Einöde sterben, um deiner Laune willen. Außerdem war die Wegzehrung ein Geschenk an mich und nicht an dich, und ich kann damit verfahren, wie ich will. Verschmähe es, wenn es dir in der Kehle steckenbleibt; aber andere hier sind vielleicht hungriger und weniger stolz.«

Da war Túrin beschämt, und in diesem Fall besiegte er seinen Stolz.

Es finden sich weitere flüchtige Hinweise auf Dor-Cúarthol, das Land von Helm und Bogen, in dem Beleg und Túrin von ihrem Stützpunkt auf dem Amon Rûdh aus eine Zeitlang Anführer einer starken Streitmacht in den Ländern südlich des Teiglin wurden. (Vgl. auch ›Das Silmarillion‹, Seite 229)

Túrin nahm mit Freuden alle auf, die zu ihm kamen, doch auf Rat Belegs gewährte er keinem Neuankömmling Zutritt zu seinem Versteck auf dem Amon Rûdh (der nun Echad i Sedryn, Lager der Getreuen genannt wurde); den Weg dorthin kannten nur die Mitglieder der Alten Kameradschaft, und kein anderer wurde eingeweiht. Doch in der Umgebung wurden weitere bewachte Lager und Außenposten angelegt: im Wald auf der Ostseite, in den Hochländern oder in den südlichen Fennen, vom Methed-en-Glad (»das Wald-Ende«) bis zum Bar-erib, einige Meilen südlich vom Amon Rûdh. Von allen diesen Plätzen konnten die Männer den Gipfel des Amon Rûdh sehen und durch Signale Nachrichten empfangen.

Noch ehe der Sommer vorüber war, war Túrins Gefolgschaft auf diese Weise zu einer großen Streitmacht herangewachsen, und der Ansturm Angbands wurde zurückgeworfen. Davon drang die Kunde sogar bis nach Nargothrond, und viele wurden unzufrieden und sagten, wenn schon ein Geächteter dem Feind solche Verluste zufügen könne, was könne dann erst der Herr von Narog tun. Aber Orodreth wollte seine Pläne nicht ändern. In allen Belangen folgte er Thingol, mit dem er auf geheime Weise durch Boten Verbindung hielt; und er war ein weiser Herrscher, der sich an die Klugheit jener hielt, die zuerst an ihr eigenes Volk dachten und wie lange es sich Leben und Wohlstand gegen den lüsternen Norden erhalten konnte. Deshalb erlaubte er niemandem aus seinem Volk, sich Túrin anzuschließen; und er sandte Boten zu ihm, durch die er ihm sagen ließ, er solle bei allem, was er in seinem Krieg tue oder plane, den Fuß nicht nach Nargothrond setzen oder die Orks dorthintreiben. Doch für Notlagen bot er den beiden Anführern andere als bewaffnete Hilfe an (und dazu wurde er, wie man glaubte, durch Thingol und Melian bewogen).

Es ist verschiedene Male betont worden, daß Beleg den weitgespannten Plänen Túrins ablehnend gegenüberstand, obgleich er ihn unterstützte; es schien ihm, als habe der Drachenhelm eine andere Wirkung auf Túrin, als er erhofft hatte; und daß er mit Trübsal im Herzen voraussah, was die kommenden Tage bringen würden. Bruchstücke der Gespräche, die er mit Túrin darüber führte, sind erhalten. So saßen sie einmal in der Festung Echad i Sedryn beisammen, und Túrin sagte zu Beleg:

»Warum bist du so traurig und nachdenklich? Hat nicht alles einen guten Verlauf genommen, seit du zu mir zurückgekehrt bist? Hat sich mein Plan nicht als erfolgreich erwiesen?«

»Im Augenblick ist alles gut«, sagte Beleg. »Noch sind unsere

Feinde überrascht und eingeschüchtert. Und es liegen noch gute Tage vor uns – für eine gewisse Zeit.«

»Und was dann?«

»Dann ist es Winter. Und danach kommt ein neues Jahr, zumindest für jene, die noch am Leben sind.«

»Und dann?«

»Dann kommt der Zorn Angbands. Wir haben nur die Fingerspitzen der Schwarzen Hand versengt – nicht mehr. Sie wird sich nicht zurückziehen.«

»Aber ist der Zorn Angbands nicht das, was wir und unsere Freunde wollen«, sagte Túrin. »Was sonst möchtest du, daß ich tue?«

»Das weißt du sehr wohl«, erwiderte Beleg, »doch du hast mir verboten, über diese Möglichkeit zu sprechen. Doch höre mich nun an: Der Führer eines großen Heeres braucht mancherlei: Er muß einen sicheren Rückzugspunkt haben; er muß begütert sein und braucht viele Hände, deren Tätigkeit nicht im Kriegführen besteht. Mit der wachsenden Zahl steigt der Bedarf an Nahrung, man braucht mehr, als die Wildnis liefern kann; und schließlich ist es mit der Geheimhaltung vorbei. Amon Rûdh ist ein guter Platz für wenige Männer – er hat Augen und Ohren. Aber er steht für sich allein, ist von weitem zu sehen, und man braucht keine große Streitmacht, um ihn einzuschließen.«

»Dennoch will ich Anführer meines eigenen Heeres sein«, antwortete Túrin, »und wenn ich falle, so falle ich. Ich stehe mitten auf der Marschlinie Morgoths, und solange ich hier stehe, kann er die südliche Straße nicht benutzen. Man sollte mir dafür in Nargothrond dankbar sein und mir überdies mit notwendigen Dingen beistehen.«

In einer anderen kurzen Gesprächspassage antwortet Túrin auf Belegs Warnungen vor der Zerbrechlichkeit seiner Macht mit folgenden Worten:

»Ich will über ein Land herrschen, doch nicht über dieses. Hier will ich nur Kräfte sammeln. Mein Herz zieht es nach Dor-lómin, dem Land meines Vaters, und dorthin werde ich gehen, wenn ich kann.«

Es wird auch gesagt, daß Morgoth sich für eine gewisse Zeit zurückzog und nur Scheinangriffe durchführte, »damit durch leichte Siege das Selbstvertrauen dieser Rebellen ins Übertriebene wuchs; was sich in der Tat als richtig erwies«.

Andróg taucht in einem Entwurf jener Passage wieder auf, die den Angriff auf den Amon Rûdh schildert. Erst hier enthüllte er Túrin, daß es im Inneren des Berges eine Treppe gab; und er war einer derjenigen, die über diese Treppe auf die Bergspitze gelangten. Es wird gesagt, er habe dort tapferer gekämpft als jeder andere, doch er wurde schließlich durch einen Pfeil tödlich getroffen: So hatte sich Mîms Fluch erfüllt.

Der Erzählung im ›Silmarillion‹ (Belegs Reise auf den Spuren Túrins, sein Treffen mit Gwindor in Taur-nu-Fuin, die Rettung Túrins und Belegs Tod von Túrins Hand) ist nichts von Bedeutung hinzuzufügen. Zur Tatsache, daß Gwindor eine jener blauleuchtenden »Feanorischen Lampen« besaß, und welche Rolle diese Lampe in einer Version der Geschichte spielte, siehe ›Von Tuor und seiner Ankunft in Gondolin‹, Anmerkung 2 (siehe dtv-Band 10456).

Es sei hier angemerkt, daß mein Vater die Absicht hatte, die Geschichte vom Drachenhelm aus Dor-lómin bis in die Zeit von Túrins Aufenthalt in Nargothrond und sogar darüber hinaus fortzuführen, doch fand dies in den Erzählungen niemals Niederschlag. In der vorliegenden Version verschwindet der Helm mit dem Ende Dor-Cúarthols und der Zerstörung der Festung der Geächteten auf dem Amon Rûdh; aber auf irgendeine Weise taucht er bei Nargothrond wieder in Túrins Besitz auf. Er kann nur dorthin gelangt sein, indem die Orks ihn mitnahmen, als sie Túrin nach Angband verschleppten; doch die Geschichte seiner Rückeroberung zur Zeit der Rettung Túrins durch Beleg und Gwindor hätte eine Weiterentwicklung der Geschichte an diesem Punkt notwendig gemacht.

Ein einzelnes handschriftliches Fragment erzählt, daß Túrin in Nargothrond den Helm nicht wieder tragen wollte, »damit er nicht sichtbar wurde«, daß er ihn aber trug, als er in die Schlacht bei Tumhalad zog. (Vgl. ›Das ›Silmarillion‹, Seite 212, wo es heißt, daß er jene Zwergenmaske trug, die er in den Waffenkammern Nargothronds fand.) In diesem Fragment heißt es weiter:

Aus Furcht vor diesem Helm gingen ihm alle Feinde aus dem Weg, und so geschah es, daß er dieses todbringende Schlachtfeld unverletzt verließ. Es trug sich aber nun zu, daß er nach Nargothrond zurückkam und den Drachenhelm trug. Glaurung, der den Wunsch hatte, ihn um dessen Beistand und Schutz zu bringen (die er selbst fürchtete), verhöhnte ihn und sagte, Túrin beanspruche sicherlich sein Vasall und Lehnsmann zu werden, weil er das Ebenbild seines Meisters auf dem Helmkamm trage.

Doch Túrin antwortete: »Du lügst, und du weißt es. Denn dieses Bild wurde gemacht, um dich zu verhöhnen; und solange es diesen Helm gibt und jemanden, der ihn trägt, wird immer die Furcht an dir nagen, er könne dir dein Verhängnis bescheren.«

»Dann muß der Helm auf einen Meister warten, der einen anderen Namen trägt«, sagte Glaurung, »denn Túrin, Húrins Sohn, fürchte ich nicht. Im Gegenteil: Er hat noch nicht einmal die Kühnheit, mir offen ins Gesicht zu blicken.«

Und in der Tat war der Anblick des Drachen so entsetzlich, daß Túrin es nicht wagte, geradewegs nach oben in dessen Auge zu blicken; doch er hatte das Visier des Helms geschlossen, um sein Gesicht zu schützen, und während des Gesprächs nicht höher als bis zu Glaurungs Füßen hinaufgeschaut. Als er aber so verspottet wurde, öffnete er außer sich vor Stolz und Tollkühnheit das Visier und sah Glaurung ins Auge.

An anderer Stelle gibt es eine Anmerkung zu Morwen: Als sie in Doriath hörte, daß der Drachenhelm in der Schlacht bei Tumhalad aufgetaucht war, wußte sie, daß das Gerücht zutraf, bei Mormegil handle es sich um ihren Sohn Túrin.

Schließlich darf man vermuten, daß Túrin den Helm tragen sollte, als er Glaurung tötete; und daß er den sterbenden Drachen mit dessen eigenen, bei Nargothrond gesprochenen Worten vom »Meister mit dem anderen Namen« verspotten sollte; es gibt jedoch keine Hinweise darauf, wie dies erzählerisch gelöst werden sollte.

Es gibt einen Bericht über Art und Inhalt von Gwindors Widerstand gegen Túrins Taktik in Nargothrond, der im ›Silmarillion‹ nun sehr kurz angedeutet wird (vgl. dort Seite 236). Dieser Bericht ist nicht gänzlich zu einer Erzählung ausgeformt, mag aber dennoch hier wiedergegeben werden:

Im Rat des Königs sprach Gwindor fortwährend gegen Túrin und sagte, daß er in Angband gewesen sei und einiges über Morgoths Macht und seine Pläne wisse. »Kleine Siege werden sich am Ende als nutzlos erweisen«, sagte er, »denn auf diese Weise erfährt Morgoth, wo die Kühnsten seiner Feinde zu finden sind, und kann genügend Kräfte zusammenziehen, um sie zu vernichten. Zusammengenommen reichte die Macht der Elben und der Menschen nur aus, ihn im Zaum zu halten und den Frieden eines Belagerungszustandes zu gewinnen; er dauerte wahrlich eine lange Zeit, doch freilich nur so lange, bis Morgoth im rechten Augenblick den Belagerungsring sprengte. Und niemals wieder wird man einen solchen Zusammenschluß zustandebringen. Nur in der Heimlichkeit liegt jetzt jede Hoffnung, bis die Valar kommen.«

»Die Valar!« sagte Túrin. »Sie haben euch verlassen, und sie halten die Menschen zum Narren. Wozu nach Westen schauen über das endlose Meer? Es gibt nur einen Vala, mit dem wir es zu tun haben, und das ist Morgoth; und wenn wir ihn letztlich nicht besiegen können, dann können wir ihn zumindest verwunden und aufhalten. Denn ein Sieg ist ein Sieg, sei er noch so klein, und sein Wert liegt nicht nur darin, was aus ihm folgt, sondern er hat auch einen

Wert in sich selbst: Wenn ihr nichts tut, um Morgoth aufzuhalten, wird ganz Beleriand über kurz oder lang unter seinen Schatten fallen, und er wird euch einen nach dem anderen in euren Verstekken ausräuchern. Und was dann? Ein erbärmlicher Rest wird nach Süden oder Westen fliehen, um sich an den Ufern des Meeres zu verkriechen, gefangen zwischen Morgoth und Osse. Da ist es besser, sich eine Zeit des Ruhms zu erwerben, sei sie auch von kurzer Dauer; das Ende wird nämlich kein schlimmeres sein. Du sprichst von Heimlichkeit und sagst, darin liege die einzige Hoffnung; aber könnt ihr jeden, auch den letzten und geringsten Kundschafter und Spion Morgoths überfallen und abfangen, damit niemals einer mit Nachrichten nach Angband zurückkehrt? Wird Morgoth nicht doch erfahren, daß ihr lebt, und sich ausrechnen können, wo ihr euch aufhaltet? Und auch dies sage ich euch: Mit dem Maßstab der Elben gemessen, haben die sterblichen Menschen nur ein kurzes Leben, und doch würden sie es lieber in der Schlacht verlieren, als fliehen oder sich unterwerfen. Der Widerstand Húrin Thalions ist eine große Tat, und obwohl Morgoth den tötete, der sie vollbrachte, kann er die Tat nicht auslöschen. Sogar die Herren des Westens werden ihr Hochachtung zollen; und ist sie nicht aufgezeichnet in Ardas Geschichte, die weder Morgoth noch Manwe ungeschrieben machen können?«

»Du sprichst von großen Dingen«, entgegnete Gwindor, »und es ist offenkundig, daß du unter den Eldar gelebt hast. Aber mit Blindheit bist du geschlagen, wenn du Morgoth und Manwe in einem Atemzug nennst und von den Valar als den Feinden der Elben und Menschen sprichst; die Valar verspotten wahrlich niemanden, am wenigsten von allen die Kinder Ilúvatars. Auch kennst du nicht alle Hoffnungen der Eldar. Es gibt bei uns eine Prophezeiung, daß eines Tages ein Bote von Mittelerde durch die Schatten nach Valinor kommen wird, und Manwe wird ihn erhören und Mandos sich erbarmen. Sollten wir uns nicht nach Kräften bemühen, die Nachkommen der Noldor für diese Zeit zu erhalten und die der Edain ebenso? Und Círdan wohnt jetzt im Süden, und Schiffe werden dort gebaut; doch was weißt du von Schiffen oder vom Meer? Du denkst an dich selbst und an deinen eigenen Ruhm und verlangst, daß jeder von uns ebenso handelt; aber wir müssen an andere denken, nicht nur an uns selbst, denn nicht alle können kämpfen und fallen, und diese müssen wir vor Krieg und Untergang bewahren, solange wir können.«

»Dann schickt sie zu euren Schiffen, solange noch Zeit ist«, sagte Túrin.

»Wir werden uns nicht von ihnen trennen«, sagte Gwindor, »auch könnte Círdan sie nicht ernähren. Solange wir können, müssen wir gemeinsam ausharren, anstatt den Tod zu suchen.«

»All diesem habe ich Genüge getan«, erwiderte Túrin. »Tapfere

Verteidigung der Grenzen und harte Schläge, bevor der Feind sich sammelt: das bietet die beste Gewähr, daß ihr lange zusammenbleiben könnt. Und die, von denen du sprichst – gilt ihre Liebe eher den Drückebergern, die in den Wäldern wie Wölfe jagen, oder dem, der sich mit seinem Helm und verzierten Schild wappnet und die Feinde verjagt, seien sie auch weit zahlreicher als sein ganzes Heer? Zumindest die Frauen der Edain taten es nicht. Sie hielten ihre Männer nicht vor der Nirnaeth Arnoediad zurück!«

»Wäre diese Schlacht nicht geschlagen worden, hätten sie weniger Kummer gelitten«, sagte Gwindor.

Auch die Liebe Finduilas' zu Túrin sollte ausführlicher dargestellt werden:

Finduilas, die Tochter Orodreths, war wie alle aus dem Haus Finarfins goldhaarig, und Túrin begann Gefallen an ihrem Anblick und ihrer Gesellschaft zu finden; sie erinnerte ihn nämlich an seine Sippe und an die Frauen Dor-lómins in seinem Vaterhaus. Zuerst traf er sie nur, wenn Gwindor dabei war, doch nach einer Weile suchte sie seine Wege zu kreuzen, und sie trafen sich zuweilen allein, obgleich es zufällig zu geschehen schien. Dann befragte sie ihn nach den Edain, von denen sie selten einige gesehen hatte, nach seiner Heimat und seiner Sippe.

Túrin sprach denn freimütig mit ihr über diese Dinge, obwohl er ihr weder den Namen seines Geburtslandes noch irgendeinen Namen aus seiner Familie nannte. Einmal sagte er zu ihr: »Ich hatte eine Schwester, Lalaith – jedenfalls nannte ich sie so, und du erinnerst mich an sie. Aber Lalaith war ein Kind, eine gelbe Blume im grünen Gras des Frühlings; wäre sie am Leben geblieben, hätte sich ihr Gemüt vielleicht vor Kummer verdunkelt. Aber du bist wie eine Königin, wie ein goldener Baum; ich wollte, ich hätte eine so schöne Schwester.«

»Aber du bist königlich«, erwiderte sie, »genauso wie die Fürsten des Volkes von Fingolfin: Ich wollte, ich hätte einen so tapferen Bruder. Und ich glaube nicht, daß Agarwaen dein richtiger Name ist, und er paßt nicht zu dir, Adanedhel. Ich nenne dich Thurin, den Geheimnisvollen.«

Bei diesen Worten fuhr Túrin zusammen, doch er sagte: »Das ist nicht mein Name; und ich bin kein König, denn unsere Könige kommen aus den Reihen der Eldar, ich hingegen nicht.«

Nun bemerkte Túrin, daß Gwindors Freundschaft zu ihm abkühlte; er wunderte sich auch darüber, daß Gwindor wieder in Sorge und Leid zurückzusinken schien, nachdem zunächst das Elend und der Schrecken Angbands begonnen hatten, von ihm zu weichen. Und Túrin dachte, daß Gwindor vielleicht gekränkt sei, weil er sich seinen Vorschlägen widersetzt und die Oberhand behalten hatte. Denn er liebte Gwindor, weil dieser ihn behütet und geheilt hatte, und empfand großes Mitleid für ihn. Doch in diesen Tagen trübte sich auch Finduilas' strahlende Heiterkeit, ihr Schritt wurde langsamer und ihr Gesicht ernst; Túrin, der es gewahrte, argwöhnte, Gwindors Worte über das, was geschehen könne, hätten ihrem Herzen Furcht eingeflößt.

In Wahrheit war Finduilas mit sich selbst uneins. Denn sie schätzte Gwindor und bemitleidete ihn und wollte seine Leiden nicht um eine Träne vermehren; aber gegen ihren Willen wuchs ihre Liebe zu Túrin von Tag zu Tag, und sie dachte an Beren und Lúthien. Aber Túrin war nicht wie Beren! Er verspottete sie nicht und war glücklich, wenn er mit ihr zusammen war; und doch wußte sie, daß seine Liebe nicht von der Art war, die sie sich wünschte. Mit den Gedanken und mit dem Herzen war er woanders, verweilte an Flüssen in längst vergangenen Frühlingszeiten.

Dann sagte Túrin zu Finduilas: »Laß dich durch Gwindors Worte nicht erschrecken. Er hat in der Finsternis Angbands gelitten; und es ist hart für einen so tapferen Mann, nur der Schatten seiner selbst zu sein, und dies ohne eigenes Zutun. Er braucht jeden Trost und eine längere Zeit, um gesund zu werden.«

»Ich weiß es wohl«, sagte Finduilas.

»Aber wir werden ihm diese Zeit verschaffen!« sagte Túrin. »Nargothrond soll Bestand haben! Niemals wieder wird der Feigling Morgoth aus Angband hervorkommen, und in allem muß er sich auf seine Knechte verlassen; so spricht Melian aus Doriath. Sie sind die Finger seiner Hand, und wir werden sie packen und abschlagen, bis er seine Klauen zurückzieht. Nargothrond soll Bestand haben!«

»Vielleicht«, entgegnete Finduilas. »Es wird bestehen, wenn du es vollbringen kannst. Aber gib acht, Adanedhel, mein Herz ist schwer, wenn du in die Schlacht ziehst, denn es fürchtet, Nargothrond könnte einen Verlust erleiden.«

Und danach suchte Túrin Gwindor auf und sagte zu ihm: »Gwindor, teurer Freund, du fällst zurück in Trübsal; lasse das nicht zu! Denn in den Häusern deiner Sippe und im Licht Finduilas' wirst du gesunden.«

Da starrte Gwindor Túrin an, doch er sagte kein Wort, und sein Gesicht war umwölkt.

»Warum siehst du mich so an?« fragte Túrin. »In der letzten Zeit haben deine Augen mich öfter so angeblickt. Wodurch habe ich dich verletzt? Ich habe deinen Ansichten widersprochen, aber ein Mann muß so reden, wie er die Dinge sieht, und nicht aus persönlichen Gründen mit der Wahrheit zurückhalten, an die er glaubt. Ich wünschte, wir wären einer Meinung, denn ich stehe tief in deiner Schuld, und ich werde es nicht vergessen.«

»Wirklich nicht?« fragte Gwindor. »Trotzdem haben deine Taten und deine Ratschläge meine Heimat und meine Sippe verändert. Dein Schatten liegt auf ihnen. Warum sollte ich froh sein, der ich alles an dich verloren habe!«

Aber Túrin verstand diese Worte nicht, sondern er glaubte, Gwindor neide ihm seinen Platz im Herzen des Königs und seinen Einfluß auf dessen Entscheidungen.

Es folgt eine Passage, in der Gwindor Finduilas vor ihrer Liebe zu Túrin warnte; diese ist eng an den entsprechenden Text im ›Silmarillion‹ (Seite 235) angelehnt. Doch am Ende der Rede Gwindors antwortete ihm Finduilas ausführlicher als in der anderen Version:

»Deine Augen sind getrübt, Gwindor«, sagte sie. »Du siehst oder verstehst nicht, was hier geschehen ist. Muß ich nun zweifach beschämt werden, wenn ich dir die Wahrheit enthülle? Ich habe dich nämlich lieb, Gwindor, und ich schäme mich, daß ich dich nicht noch mehr liebe; aber mich hat eine größere Liebe ergriffen, vor der ich nicht fliehen kann. Ich habe sie nicht gesucht, und lange habe ich sie beiseite geschoben. Doch so wie ich Mitleid mit deinen Verletzungen habe, so auch mit den meinen: Túrin liebt mich nicht, und er wird mich nicht lieben.«

»Du sagst das«, antwortete Gwindor, »um die Schande von dem Mann zu nehmen, den du liebst. Warum hat er gerade dich auserwählt, verweilt lange bei dir und kommt immer glücklicher zurück?«

»Weil auch er Trost braucht«, sagte Finduilas, »und seiner Sippe beraubt ist. Ihr habt beide eure Nöte. Doch was ist mit mir? Schlimm genug, daß ich dir gegenüber bekennen muß, nicht geliebt zu werden – auch ohne daß du hinzufügst, ich spräche so, um dich zu täuschen?«

»Nein, in einem solchen Fall lassen sich Frauen nicht leicht täuschen«, sagte Gwindor. »Du wirst auch nicht viele finden, die leugnen, daß sie geliebt werden, wenn es doch wahr ist.«

»Wenn einer von uns dreien treulos ist, dann bin ich es«, sagte Finduilas, »aber gegen meinen Willen. Aber wie steht es mit deinem Schicksal und den Gerüchten aus Angband? Was ist mit Tod und Zerstörung? Der Adanedhel hat eine große Bedeutung in der Geschichte der Welt, und eines fernen Tages wird er Morgoth an Größe erreichen.«

»Er ist stolz«, sagte Gwindor.

»Aber er ist auch barmherzig. Er ist sich dessen noch nicht bewußt«, sagte Finduilas, »aber noch kann Mitleid jederzeit sein Herz verwunden, und er wird sich dem nie verweigern. Mitleid wird vielleicht immer der einzige Zugang zu seinem Herzen sein. Aber mich bemitleidet er nicht. Er behandelt mich mit Ehrfurcht, als wäre ich zugleich seine Mutter und seine Königin!«

Vielleicht waren Finduilas' Worte richtig, und sie sah alles mit dem scharfen Blick der Eldar. Túrin, der nicht wußte, was zwischen ihr und Gwindor gesprochen worden war, benahm sich jetzt immer liebenswürdiger, je trauriger sie zu sein schien. Doch einmal sagte Finduilas zu ihm: »Thurin Adanedhel, warum verbirgst du deinen Namen vor mir? Hätte ich gewußt, wer du bist, hätte ich dich nicht weniger geschätzt, aber deinen Kummer hätte ich besser verstanden.«

»Was willst du damit sagen?« fragte er. »Für wen hältst du mich?«

»Für Túrin, den Sohn Húrin Thalions, Hauptmann des Nordens.«

Darauf tadelte Túrin Gwindor, weil dieser seinen wahren Namen preisgegeben hat. (›Das Silmarillion‹, Seite 235)

Eine andere Passage in diesem Teil der Erzählung existiert in einer ausführlicheren Fassung. (Von der Schlacht bei Tumhalad und der Plünderung Nargothronds gibt es keine andere Schilderung; die Reden Túrins und des Drachen sind im ›Silmarillion‹ so ausführlich niedergeschrieben, daß es unwahrscheinlich scheint, sie sollten noch breiter ausgeführt werden.) Diese Passage ist eine ausführliche Beschreibung der Ankunft der Elben Gelmir und Arminas in Nargothrond im Jahr seines Falls. (Vgl. ›Das Silmarillion‹, Seite 236f.) Zu ihrer früheren Begegnung mit Tuor in Dor-lómin, die hier erwähnt wird, vgl. ›Von Tuor und seiner Ankunft in Gondolin‹, Seite 21f. (dtv-Band 10456).

Im Frühling kamen zwei Elben, die sich Gelmir und Arminas aus dem Volk Finarfins nannten, und sagten, sie hätten eine Botschaft für den Fürsten von Nargothrond. Sie wurden vor Túrin gebracht, doch Gelmir sagte: »Es ist Orodreth, Finarfins Sohn, den wir zu sprechen wünschen.«

Und als Orodreth kam, sagte Gelmir zu ihm: »Herr, wir gehörten zu den Leuten Angrods, und wir sind seit der Dagor Bragollach weit gewandert, doch bis vor kurzem haben wir bei Círdans Gefolgschaft an den Mündungen des Sirion gewohnt. Und eines Tages rief er uns und gebot uns, zu Euch zu gehen. Denn Ulmo selbst, der Herr der Wasser, war ihm erschienen und hatte ihn vor einer großen Gefahr gewarnt, die sich Nargothrond nähere.«

Aber Orodreth verhielt sich abwartend, und er erwiderte: »Warum kommt ihr dann aus dem Norden hierher? Oder hattet ihr vielleicht noch andere Aufträge?«

Darauf antwortete Arminas: »Herr, seit der Nirnaeth habe ich unablässig nach dem Verborgenen Königreich Turgons gesucht, und ich habe es nicht gefunden; und bei dieser Suche, so fürchte ich jetzt, bin ich mit dem Auftrag, hierherzugehen, über Gebühr in Verzug geraten. Um den Auftrag geheimzuhalten und schnell durchzuführen, sandte uns Círdan nämlich mit dem Schiff die Küste entlang und ließ uns in Drengist an Land setzen. Doch unter den Seeleuten waren einige, die in vergangenen Jahren als Boten Turgons nach Süden gekommen waren, und aus ihrer vorsichtigen Ausdrucksweise glaubte ich schließen zu können, daß Turgon vielleicht noch immer im Norden wohne und nicht im Süden, wie die meisten glauben. Aber wir fanden weder ein Zeichen noch eine Spur dessen, was wir suchten.«

»Warum sucht ihr Turgon?« fragte Orodreth.

»Weil man sagt, daß sein Königreich Morgoth am längsten widerstehen wird«, antwortete Arminas. Diese Worte erschienen Orodreth wie ein böses Zeichen, und er war ungehalten.

»Dann säumt nicht länger in Nargothrond«, sagte er, »denn hier werdet ihr keine Nachrichten über Turgon erhalten. Und ich brauche niemanden, der mich darüber aufklärt, daß Nargothrond sich in Gefahr befindet.«

»Seid nicht verärgert, Herr«, sagte Gelmir, »wenn wir Eure Fragen wahrheitsgemäß beantworten. Und unser Abweichen vom geraden Weg hierher ist nicht unnütz gewesen, denn den Bereich, der Euren Kundschaftern bekannt ist, haben wir weit überschritten. Wir haben Dor-lómin durchquert und alle Länder unter den Säumen der Ered Wethrin, wir haben den Sirion-Paß erkundet und die Wege des Feindes ausgespäht. In jenen Gegenden gibt es eine große Anzahl von Orks und bösen Kreaturen, und bei Saurons Insel sammelt sich ein Heer.«

»Das weiß ich«, sagte Túrin. »Eure Neuigkeit ist alt. Hätte die Botschaft Círdans irgendeinen Zweck haben sollen, hätte sie früher kommen müssen.«

»Ihr sollt die Botschaft wenigstens hören, Herr«, sagte Gelmir zu Orodreth. »Vernehmt denn die Worte des Herrn der Wasser! Also sprach er zu Círdan, dem Schiffbauer: ›Das Böse aus dem Norden hat die Quellen des Sirion besudelt, und meine Macht zieht sich aus den Armen des fließenden Wassers zurück. Doch jetzt wird Schlimmes hervorkommen. Deshalb sage jetzt dem Fürsten von Nargothrond: Schließe die Tore der Festung und verlasse sie nicht. Wirf die Steine deines Stolzes in den lärmenden Fluß, damit der kriechende Unhold das Tor nicht finde!‹«

Diese Worte erschienen Orodreth rätselhaft, und nach seiner Gewohnheit wandte er sich um Rat an Túrin. Doch dieser mißtraute den Boten, und er sagte voller Spott: »Was weiß Círdan von unseren Kriegen, die wir in der Nähe des Feindes wohnen? Laßt den Seemann auf seine Schiffe achtgeben! Aber wenn der Herr der Wasser uns wirklich einen Rat geben wollte, hätte er verständlicher sprechen sollen. So erscheint es in unserem Fall besser, unsere Kräfte zu sammeln und unseren Feinden tapfer zu begegnen, ehe sie uns allzu nahe kommen.«

Darauf verbeugte sich Gelmir vor Orodreth und sagte: »Ich habe gesprochen, wie es mir aufgetragen wurde, Herr.« Und er wandte sich ab. Arminas jedoch sagte zu Túrin: »Stammst du wirklich aus dem Haus Hador, wie ich habe sagen hören?«

»Hier werde ich Agarwaen genannt, das Schwarze Schwert von Nargothrond«, erwiderte Túrin. »Wie es scheint, verstehst du dich recht gut auf die vorsichtige Sprache, Freund Arminas; und es ist gut, daß Turgons Geheimnis dir verborgen geblieben ist, sonst würde man bald in Angband darum wissen. Der Name eines Mannes gehört nur ihm selbst, und sollte Húrins Sohn erfahren, daß du ihn ausgeplaudert hast, während er ihn geheimhalten wollte, dann möge Morgoth dich packen und dir deine Zunge herausbrennen!«

Da war Arminas über Túrins finsteren Zorn erschrocken, doch Gelmir sagte: »Er wird von uns nicht verraten werden, Agarwaen. Sind wir nicht im Ratszimmer hinter verschlossenen Türen, wo die Sprache offener sein darf? Und Arminas fragte dies, glaube ich, weil allen bekannt ist, die am Meer wohnen, daß Ulmo dem Haus Hador sehr zugetan ist; und manche sagen, daß Húrin und sein Bruder einst in das Verborgene Reich kamen.«

»Wenn es so gewesen wäre, hätte er zu keinem darüber gesprochen, weder zu Großen noch zu Geringeren, am wenigsten zu seinem Sohn im Kindesalter«, antwortete Túrin. »Deshalb glaube ich nicht, daß Arminas mich das in der Hoffnung gefragt hat, etwas über Turgon zu erfahren. Ich mißtraue solchen Unglücksboten.«

»Spare dir dein Mißtrauen!« sagte Arminas wütend. »Gelmir hat mich falsch verstanden; denn in Wahrheit erinnerst du mich wenig an die Sippe Hadors, wie immer dein Name sein mag.«

»Und was weißt du von ihr?« fragte Túrin.

»Ich habe Húrin gesehen«, erwiderte Arminas, »und seine Väter vor ihm. Und in den Einöden Dor-lómins habe ich Tuor getroffen, Huors Sohn, Húrins Bruder; und er ist wie seine Vorväter, du bist es nicht.«

»Das mag sein«, sagte Túrin, »obwohl ich bis zu diesem Augenblick von Tuor nicht das geringste gehört habe. Doch ich schäme mich dessen nicht, daß mein Haar dunkel und nicht goldfarben ist. Denn ich bin nicht der erste Sohn, der seiner Mutter ähnlich sieht, und durch Morwen Eledhwen stamme ich aus dem Hause Beor und bin mit Beren Camlost verwandt.«

»Ich sprach nicht vom Unterschied zwischen schwarz und goldfarben«, sagte Arminas. »Doch andere aus dem Haus Hador, unter ihnen Tuor, benehmen sich anders. Sie befleißigen sich nämlich der Höflichkeit, folgen einem guten Rat und bezeugen Ehrfurcht vor den Herren des Westens. Aber du willst, wie es scheint, nur von deiner eigenen Weisheit einen Rat annehmen oder von deinem Schwert. Und ich sage dir, Agarwaen Mormegil, wenn du dich so verhältst, könnte dich ein anderes Schicksal erwarten als sonst jemanden aus den Häusern Hador und Beor.«

»Es ist immer anders gewesen«, antwortete Túrin. »Und wenn ich schon, wie es scheint, wegen der Tapferkeit meines Vaters den Haß Morgoths auf mich nehmen muß, soll ich auch noch die spöttischen und unheilverkündenden Worte eines Entlaufenen ertragen, wenn er auch für sich in Anspruch nimmt, mit Königen verwandt zu sein? Ich rate euch: Schert euch zurück zu den sicheren Ufern des Meeres!«

Darauf gingen Gelmir und Arminas fort und kehrten in den Süden zurück: Aber trotz Túrins Hohn hätten sie mit Freuden Seite an Seite mit ihren Verwandten die Schlacht erwartet; sie gingen nur, weil Círdan ihnen auf Befehl Ulmos geboten hatte, ihm so schnell wie möglich eine Antwort aus Nargothrond zu bringen. Orodreth war über die Worte der Boten sehr besorgt; doch Túrins Stimmung wurde um so unversöhnlicher, und er wollte um keinen Preis auf ihren Rat hören; am allerwenigsten wollte er zulassen, daß die große Brücke eingerissen wurde. Zumindest was das betraf, wurden die Worte Ulmos richtig gedeutet.

Es ist nirgendwo erklärt, warum Gelmir und Arminas mit einer dringenden Botschaft für Nargothrond von Círdan die Küste entlang zum Fjord von Drengist gesandt wurden. Arminas sagte, es sei aus Gründen der Schnelligkeit und Geheimhaltung geschehen; aber größere Geheimhaltung wäre sicherlich erreicht worden, wenn sie von Süden her den Narog aufwärts gereist wären. Es darf angenommen werden, daß Círdan in dieser Frage Ulmos Wünschen folgte (damit sie Tuor in Dor-lómin treffen und ihn durch die Pforte der Noldor geleiten konnten), doch dies wird nirgendwo angedeutet.

Glossar

Adanedhel. »Elbenmensch«; Name, der Túrin in Nargothrond verliehen wurde.

Aelin-uial. »Dämmerseen«, das Gebiet der Marschen und Tümpel, wo der Aros in den Sirion mündete.

Ältere Kinder. Siehe *Kinder Ilúvatars.*

Ältester König. Siehe *Manwe.* (Von Morgoth beanspruchter Titel.)

Aerin. Verwandte Húrins in Dor-lómin; vom Ostling Brodda zur Frau genommen; unterstützte Morwen nach der Nirnaeth Arnoediad.

Agarwaen. »Der Blutbefleckte«; Name, den Turin sich beilegte, als er nach Nargothrond kam.

Algund. Mann aus Dor-lómin, einer aus der Schar der Geächteten (Gaurwaith), der Túrin sich anschloß.

Alte Kameradschaft. Bezeichnung für die ursprünglichen Mitglieder von Túrins Bande in Dor-Cúarthol.

Amon Ethir. »Der Hügel der Späher«, großer Erdhügel, von Finrod Felagund östlich der Tore von Nargothrond aufgeworfen.

Amon Obel. Ein Hügel im Wald von Brethil, auf dem Ephel Brandir erbaut war.

Amon Rûdh. »Der Kahle Berg«, eine vereinzelte Höhe in den Ländern südlich von Brethil; Wohnstätte Mîms und Versteck von Túrins Geächteten-Bande. Bei den Kleinzwergen »Scharbhund« genannt.

Andróg. Mann aus Dor-lómin, ein Anführer der Geächteten-Bande, der Túrin sich anschloß.

Anfauglith. Name der Ebene von Ard-galen nach ihrer Verwüstung durch Morgoth in der Dagor Bragollach.

Angband. Morgoths große Festung im Nordosten von Mittelerde.

Anglachel. Siehe *Gurthang.*

Angrod. Fürst der Noldor, der dritte Sohn Finarfins; in der Dagor Bragollach gefallen.

Annon-in-Gelydh. »Pforte der Noldor«, Eingang zu einem unterirdischen Wasserlauf in den westlichen Bergen von Dor-lómin.

Arda. »Das Reich«, Name der Erde als Königreich Manwes.

Arminas. Noldor-Elb, der mit Gelmir Tuor bei Annon-in-Gelydh traf und später nach Nargothrond ging, um Orodreth vor Gefahr zu warnen.

Asgon. Mann aus Dor-lómin, der Túrin nach dem Tode Broddas bei der Flucht half.

Azaghâl. Fürst der Zwerge von Belegost; verwundete Glaurung in der Nirnaeth Arnoediad und wurde von ihm getötet.

Barad Eithel, »Turm an der Quelle«, die Festung der Noldor bei Eithel Sirion.

Baragund. Vater Morwens, der Gemahlin Húrins; Neffe Barahirs.

Barahir. Vater von Beren.

Bar-en-Danwedh. »Haus der Auslöse«; Name, den der Zwerg Mîm seiner Behausung auf dem Amon Rûdh gab, als er sie Túrin überließ. Siehe auch *Echad i Sedryn.*

Bar-en-Nibin-noeg. »Haus der Kleinzwerge«, Mîms Behausung auf dem Amon Rûdh.

Beleg. Genannt Cúthalion, »Langbogen«. Elb aus Doriath. Ein großer Bogenschütze, Oberhaupt der Grenzwachen Thingols, Freund und Gefährte Túrins, von dem er erschlagen wurde.

Belegost. Eine der beiden Zwergenstädte in den Blauen Bergen.

Belegund. Vater von Huors Gattin Rían; Neffe von Barahir.

Beleriand. In der Altvorderenzeit die Länder westlich der Blauen Berge.

Beor. Führer der ersten Menschen, die nach Beleriand kamen, Ahnherr des Ersten Hauses der Edain.

Beren. Genannt Erchamion, »Einhänder«, und Camlost, »Leerhändiger«. Mensch aus dem Hause Beor, der den Silmaril aus Morgoths Krone schnitt und der als einziger aller sterblichen Menschen von den Toten zurückkehrte.

Blaue Berge. Siehe *Ered Luin.*

Bragollach. Siehe *Dagor Bragollach.*

Brandir. Oberhaupt des Volkes von Haleth in Brethil zur Zeit der Ankunft Túrin Turambars, von dem er erschlagen wurde. Von Túrin »Klumpfuß« genannt.

Bregolas. Bruder Barahirs und Vater Baragunds und Belegunds.

Bregor. Vater von Barahir und Bregolas.

Brethil. Der Wald zwischen den Flüssen Teiglin und Sirion in Beleriand, Wohnsitz der Haladin. Die Menschen von Brethil wurden auch »Waldmenschen« genannt.

Brithiach. Furt über den Sirion nördlich des Waldes von Brethil.

Brodda. Genannt »der Eindringling«. Ostling in Hithlum nach der Nirnaeth Arnoediad, der Húrins Verwandte Aerin zum Weib nahm; von Túrin erschlagen.

Cabed-en-Aras. »Der Hirschsprung«, tiefe Schlucht, durch die der Teiglin floß, wo Túrin Glaurung erschlug und Nienor in den Tod sprang.

Cabed Naeramarth. »Sprung des Entsetzlichen Schicksals«; Name, den man der Cabed-en-Aras gab, nachdem sich Nienor von den Klippen gestürzt hatte.

Celebros. »Silberschaum« oder »Silberregen«, ein Bach in Brethil, der nahe bei den Stegen in den Teiglin hinabstürzte.

Círdan. Genannt »der Schiffbauer«; Telerin-Elb.

Dämmerseen. Siehe *Aelin-uial.*

Daeron. Spielmann aus Doriath; liebte Lúthien und verriet sie zweimal; Freund (oder Verwandter) von Saeros.

Dagor Bragollach. »Die Schlacht des Jähen Feuers« (auch einfach »die Bragollach«), die vierte der Schlachten in den Kriegen von Beleriand, mit der die Belagerung von Angband beendet wurde.

Denethor. Führer der Nandorin-Elben, die über die Blauen Berge kamen und in Ossiriand wohnten; fiel auf dem Amon Ereb in der Ersten Schlacht von Beleriand.

Dimrost. »Regentreppe«, die Fälle des Celebros im Wald von Brethil, später Nen Girith, »Schauderwasser«, genannt.

Dírhavel, Mann aus Dor-lómin, Verfasser der ›Narn i Hîn Húrin‹.

Dor-Cúarthol. »Land von Helm und Bogen«, Name des von Beleg und Túrin aus ihrem Versteck auf dem Amon Rûdh verteidigten Landes.

Doriath. »Land des Zauns« (Dor lâth), Anspielung auf den Gürtel Melians; das Königreich Thingols und Melians in den Wäldern von Neldoreth und Region, von Menegroth am Esgalduin aus regiert. Genannt »das Verborgene Königreich«.

Dorlas. Mann aus Brethil; ging mit Túrin und Hunthor zu dem Angriff auf Glaurung, zog sich aber aus Furcht zurück; von Brandir erschlagen.

Dor-lómin. Gegend im Süden von Hithlum, das Gebiet Fingons, wurde dem Hause Hador zum Lehen gegeben; Heimat Húrins und Morwens.

Dorthonion. »Land der Kiefern«, das große, bewaldete Hochland an den Nordgrenzen Beleriands, später Taur-nu-Fuin, »Wald unter dem Nachtschatten«, genannt.

Drachenhelm von Dor-lómin. Erbstück des Hauses Hador, von Túrin getragen.

Earendil. Sohn Tuors.

Echad i Sedryn. »Lager der Getreuen«; Name, den man der Zuflucht Túrins und Belegs auf dem Amon Rûdh gab.

Edain (Singular *Adan*). Die Menschen aus den Drei Häusern der Elbenfreunde.

Eithel Sirion. »Sirion-Brunnen«, an den Osthängen der Ered Wethrin, mit Bezug auf die am selben Ort befindliche Festung der Noldor (Barad Eithel) gebraucht.

Elbenfreunde. Die Menschen aus den Drei Häusern von Beor, Haleth und Hador: die Edain.

Eldar. Die Elben der Drei Geschlechter (Vanyar, Noldor und Teleri).

Eledhwen. Siehe *Morwen.*

Ephel Brandir. »Der Umschließende Zaun Brandirs«, Wohnsitz der Menschen von Brethil auf dem Amon Obel.

Ered Luin. »Die Blauen Berge«, auch Ered Lindon genannt. Die große Bergkette, die in der Altvorderenzeit Beleriand von Eriador trennte; nach der Zerstörung am Ende des Ersten Zeitalters bildete sie das nordwestliche Küstengebirge von Mittelerde.

Ered Wethrin. »Schattengebirge«, die große gebogene Bergkette, die Anfauglith (Ard-galen) von Westen her begrenzte und Hithlum von West-Beleriand trennte.

Esgalduin. Zufluß des Sirion in Doriath.

Feanor. Ältester Sohn Finwes, Halbbruder Fingolfins und Finarfins, Vater von Maedhros; Anführer der Noldor in ihrer Rebellion gegen die Valar; Schöpfer der Silmaril.

Felagund. Siehe *Finrod.*

Finarfin. Dritter Sohn Finwes, der jüngere von Feanors Halbbrüdern; Vater von Finrod, Orodreth und Angrod.

Finduilas. Tochter Orodreths, von Gwindor geliebt; kam bei der Eroberung von Nargothrond in Gefangenschaft, wurde von den Orks an den Teiglin-Stegen getötet und im Haudh-en-Elleth begraben.

Fingolfin. Zweiter Sohn Finwes, der ältere von den Halbbrüdern Feanors; Hoher König der Noldor in Beleriand, saß in Hithlum; von Morgoth im Zweikampf erschlagen; Vater Fingons und Turgons.

Fingon. Ältester Sohn Fingolfins; Hoher König der Noldor in Beleriand nach dem Tod seines Vaters; Vater Gil-galads.

Finrod. Ältester Sohn Finarfins; Gründer und König von Nargothrond, wo er seinen Namen Felagund, »Höhlen-Gräber«, erhielt.

Finwe. König der Noldor in Aman; Vater Feanors, Fingolfins und Finarfins.

Forweg. Mann aus Dor-lómin, Anführer der Geächteten-Bande, der Túrin sich anschloß; von Túrin erschlagen.

Galdor. Genannt »der Lange«; Sohn von Hador Goldscheitel und nach ihm Herr von Dor-lómin; Vater Húrins und Huors; gefallen bei Eithel Sirion.

Gamil Zirak. Genannt »der Alte«; Zwergenschmied, Lehrmeister Telchars aus Nogrod.

Gaurwaith. »Wolfsmänner«, die Bande von Geächteten an den Westgrenzen Doriaths, der Túrin sich anschloß und deren Anführer er wurde.

Gelmir. Noldor-Elb, der mit Arminas am Annon-in-Gelydh mit Tuor zusammentraf und später nach Nargothrond ging, um Orodreth vor Gefahr zu warnen.

Gethron. Mann aus Túrins Haushalt, der mit Grithnir Túrin nach Doriath begleitete und später nach Dor-lómin zurückkehrte.

Gil-galad. »Strahlenstern«, der Name, unter dem Ereinion, Fingons Sohn, bekannt war. Nach dem Tode Turgons wurde er der letzte Hohe König der Noldor in Mittelerde und blieb nach dem Ende des Ersten Zeitalters in Lindon.

Glaurung. Der erste von Morgoths Drachen; beteiligt an der Dagor Bragollach, der Nirnaeth Arnoediad und der Eroberung von Nargothrond; legte seinen Bann auf Túrin und Nienor; von Túrin bei Cabed-en-Aras getötet; vielfach »der Drache« genannt, »der (Große) Wurm«, »Gold-Wurm von Angband«.

Glóredhel. Tochter Hador Goldscheitels aus Dor-lómin und Schwester Galdors.

Golug. Ork-Name für die Noldor.

Gondolin. »Die Verborgene Stadt«, »das Verborgene Reich« König Turgons, von Morgoth zerstört.

Grabhügel des Elbenmädchens. Siehe *Haudh-en-Elleth.*

Grau-Elben. Siehe *Sindar.*

Grausamer Winter. Der Winter des Jahres 495 vom Mondaufgang an, nach dem Fall Nargothronds.

Grithnir. Mann aus Húrins Haushalt, der zusammen mit Gethron Túrin nach Doriath begleitete, wo er starb.

Großer Grabhügel. Siehe *Haudh-en-Ndengin.*

Großer Wurm. Siehe *Glaurung.*

Gurthang. »Todeseisen« (auch »der Schwarze Dorn von Brethil« genannt), Name für Belegs Schwert Anglachel, nachdem es in Nargothrond für Túrin neu geschmiedet worden war und nach welchem er Mormegil, »Schwarzes Schwert«, genannt wurde.

Gwaeron. Sindarin-Name des dritten Monats »in der Rechnung der Edain«.

Gwindor. Elb aus Nargothrond; in Angband versklavt, doch er entkam und half Beleg, Túrin zu retten; brachte Túrin nach Nargothrond; liebte Finduilas, Orodreths Tochter; in der Schlacht von Tumhalad gefallen.

Hador. Genannt Goldscheitel, Herr von Dor-lómin, Vasall Fingolfins, Vater Glóredhels und Galdors, des Vaters von Húrin; in der Dagor Bragollach bei Eithel Sirion gefallen.

Haladin. Das zweite Volk der Menschen, das nach Beleriand kam; später Haleths Volk genannt.

Haldir. Sohn Halmirs von Brethil; heiratete Glóredhel, die Tochter Hadors aus Dor-lómin; in der Nirnaeth Arnoediad gefallen.

Haleth. Genannt Frau Haleth; führte die Haladin aus Thargelion in die Gebiete westlich des Sirion.

Halethrim. Das Volk Haleths.

Halmir. Führer der Haladin; Vater Hareths und Haldirs.

Handir. Führer der Haladin nach Haldirs Tod, Sohn Haldirs und Glóredhels, Vater Brandirs des Lahmen.

Hareth. Tochter Halmirs aus Brethil, heiratete Galdor aus Dor-lómin; Mutter Húrins und Huors.

Haudh-en-Elleth. »Grabhügel des Elbenmädchens«, Finduilas' Grabhügel in der Nähe der Teiglin-Stege.

Haudh-en-Ndengin. »Hügel der Erschlagenen«, der »Große Grabhügel« in der Wüste von Anfauglith, wo die Leiber der in der Nirnaed Arnoediad gefallenen Elben und Menschen auf einen Haufen geworfen worden waren.

Haudh-en-Nirnaeth. »Hügel der Tränen«, anderer Name für den Haudh-en-Ndengin.

Helm Hadors. Siehe *Drachenhelm von Dor-lómin.*

Herr der Wasser. Siehe *Ulmo.*

Herren des Westens. Siehe *Valar.*

Hírilorn. Die große dreistämmige Buche in Doriath, auf der Lúthien gefangen gehalten wurde.

Hirschsprung. Siehe *Cabed-en-Aras.*

Hithlum. Das Gebiet, das im Osten und Süden von den Ered Wethrin und im Westen von den Ered Lómin (»Echoberge«) begrenzt wurde.

Hochelbisch. Siehe *Quenya.*

Hunthor. Mann aus Brethil, Gefährte Túrins bei seinem Angriff auf Glaurung am Cabed-en-Aras.

Huor. Sohn Galdors von Dor-lómin, Gemahl Ríans und Vater Tuors; kam mit seinem Bruder Húrin nach Gondolin; in der Nirnaeth Arnoediad gefallen.

Húrin. Genannt Thalion, »der Standhafte«; Sohn Galdors von Dor-lómin, Gemahl Morwens und Vater Túrins und Nienors; Herr von Dor-lómin, Vasall Fingons, ging mit seinem Bruder Huor nach Gondolin; in der Nirnaeth Arnoediad von Morgoth gefangengenommen und jahrelang auf Thangorodrim festgehalten.

Ibun. Einer der Söhne des Kleinzwerges Mîm.

Indor. Mann aus Dor-lómin, Vater von Aerin.

Ithilbor. Nandorin-Elb, Vater von Saeros.

Jahr des Jammers. Jahr der Nirnaeth Arnoediad.

Khîm. Einer der Söhne des Kleinzwerges Mîm; von Andróg erschlagen.

Kinder Ilúvatars. Elben und Menschen; »die Älteren Kinder«: Elben.

Kleinzwerge (Nibin-noeg, Noegyth Nibin). Eine Zwergenrasse in Beleriand, die im ›Silmarillion‹ (S. 227f.) beschrieben ist.

Labadal. Siehe *Sador.*

Lalaith. Siehe *Urwen.*

Langbogen. Siehe *Beleg.*

Larnach. Einer der Waldmenschen in den Ländern südlich des Teiglin.

Lembas. Sindarin-Name für die Wegzehrung der Eldar.

Lothron. Sindarin-Name des fünften Monats.

Lúthien. Genannt Tinúviel, »Nachtigall«; Tochter Thingols und Melians, die sich nach Erfüllung des Auftrages, den Silmaril zu holen, und nach dem Tod Berens dafür entschied, sterblich zu werden und Berens Schicksal zu teilen.

Mablung. Genannt »der Jäger«; Elb aus Doriath, Feldhauptmann Thingols, Freund Túrins.

Maedhros. Ältester Sohn Feanors.

Mandos. Vala, dessen Name Námo war, der sich jedoch gewöhnlich Mandos nannte, nach dem Namen seines Wohnsitzes in Aman.

Manwe. Der Höchste der Valar, genannt »der Älteste König«.

Meister des Schicksals. Siehe *Turambar.*

Melian. Gemahlin König Thingols in Doriath, um das sie einen Banngürtel legte; Mutter Lúthiens.

Melkor. Der Quenya-Name des großen aufrührerischen Vala, später genannt Morgoth.

Menegroth. »Die Tausend Grotten«, die verborgenen Hallen Thingols und Melians am Esgalduin in Doriath.

Menel. Hoher Himmel, das Gefilde der Sterne.

Mîm. Der Kleinzwerg, in dessen Haus (Bar-en-Danwedh) auf dem Amon Rûdh Túrin mit seiner Geächteten-Bande wohnte und durch den ihr Versteck an die Orks verraten wurde; von Húrin in Nargothrond erschlagen.

Mittelerde. Die Lande östlich des Großen Meeres (Belegaer), genannt »die Dunklen Lande«, »die Großen Lande«.

Morgoth. Späterer Name Melkors. Genannt »der Feind«; »der Schwarze König«; Bauglir, »der Bedrücker«; »der Fürst der Finsternis«.

Mormegil. »Schwarzschwert« (auch »Schwarzes Schwert«); Name, den man Túrin als Hauptmann des Heeres von Norgothrond seines Schwertes wegen gab (siehe *Gurthang*) und der später in Brethil benutzt wurde.

Morwen. Tochter von Baragund; Gemahlin Húrins, Mutter Túrins und Nienors; genannt Eledhwen, »Elbenschein«, und Herrin von Dor-lómin.

Nandor. Elben aus der Schar der Teleri. »Grün-Elben« und »Wald-Elben«.

Nargothrond. »Die große unterirdische Festung am Fluß Narog«, von Finrod Felagund begründet und von Glaurung zerstört; auch das Reich Nargothrond östlich und westlich des Narog.

Narog. Der größte Fluß in West-Beleriand.

Neithan. »Der Gekränkte«; Name, den Túrin sich bei den Geächteten gab.

Nellas. Elbin aus Doriath, Freundin Túrins in seiner Knabenzeit; in der Gerichtsverhandlung vor Thingol gegen Túrin zeugte sie gegen Saeros.

Nen Girith. Siehe *Dimrost.*

Nienor. »Trauer«, Tochter Hurins und Morwens und Schwester Túrins; von Glaurung in Nargothrond gebannt; in Unkenntnis ihrer Vergangenheit vermählte sie sich in Brethil mit Túrin unter dem Namen Níniel, »Trauermädchen«.

Níniel. Siehe *Nienor.*

Nirnaeth Arnoediad. Die Schlacht der »Ungezählten Tränen«, beschrieben im XX. Kapitel des ›Silmarillion‹; auch einfach »die Nirnaeth« genannt.

Nogrod. Eine der beiden Zwergenstädte in den Blauen Bergen.

Noldor (Singular *Noldo*). Genannt »die Weisen«, das zweite der Drei Geschlechter der Eldar.

Orks. Kreaturen Morgoths.

Orleg. Ein Mann aus Túrins Geächteten-Bande; von den Orks auf der Straße nach Nargothrond erschlagen.

Orodreth. Zweiter Sohn Finarfins; nach dem Tode Finrod Felagunds König von Nargothrond; Vater von Finduilas; Herr von Narog.

Osse. Untertan Ulmos.

Ossiriand. »Land der Sieben Flüsse«, in der Altvorderenzeit zwischen dem Gelion und den Blauen Bergen.

Ostlinge. Im Ersten Zeitalter Menschen, die nach der Dagor Bragollach nach Beleriand kamen, in der Nirnaeth Arnoediad auf beiden Seiten kämpften und denen danach von Morgoth Hithlum als Wohnsitz angewiesen wurde, wo sie die Überreste des Volkes von Hador unterdrückten. In Hithlum »Eindringlinge« genannt.

Pforte der Noldor. Siehe *Annon-in-Gelydh.*

Quenya. Die alte, allen Elben gemeinsame Sprache in der Form, die sie in Valinor annahm; von den verbannten Noldor nach Mittelerde gebracht, doch im täglichen Gebrauch außer in Gondolin aufgegeben. Hochsprache der Noldor.

Ragnir. Ein blinder Diener in Húrins Haus in Dor-lómin.

Region. Der dichte Wald, der den südlichen Teil Doriaths bildete.

Rían. Gemahlin Huors und Mutter Tuors.

Sador. Dienstmann Húrins in Dor-lómin und Freund Túrins in seiner Knabenzeit, von Túrin Labadal, »Hüpf-Fuß«, genannt.

Saeros. Nandor-Elb, Ratgeber König Thingols; beleidigte Túrin in Menegroth und wurde von ihm in den Tod gejagt.

Schattengebirge. Siehe *Ered Wethrin.*

Schwarzer König. Siehe *Morgoth.*

Schwarzes Schwert. Siehe *Gurthang, Mormegil.*

Sindar. Die Grau-Elben; der Name bezeichnete alle Elben telerischer Herkunft, welche die zurückgekehrten Noldor in Beleriand vorfanden, ausgenommen die Grün-Elben von Ossiriand.

Sindarin. Sprache der Sindar.

Sirion. Der große Strom Beleriands.

Taur-nu-Fuin. Siehe *Dorthonion.*

Teiglin. Ein Nebenfluß des Sirion, entsprang in den Ered Wethrin und bildete im Süden die Grenze des Waldes von Brethil.

Telchar. Berühmter Zwergenschmied aus Nogrod.

Teleri. Das dritte der Drei Geschlechter der Eldar; von ihnen stammten u. a. die Sindar und Nandor in Mittelerde ab.

Thalion. Siehe *Húrin.*

Thangorodrim. »Berge der Tyrannei«, von Morgoth über Angband aufgetürmt; in der Großen Schlacht am Ende des Ersten Zeitalters geschleift.

Thingol. »Graumantel«, König von Doriath.

Thurin. »Der Geheimnisvolle«; Name, den Finduilas Túrin in Nargothrond gab.

Tumhalad. Tal in West-Beleriand zwischen den Flüssen Ginglith und Narog, wo das Heer von Nargothrond besiegt wurde.

Tuor. Sohn Huors und Ríans.

Turambar. »Meister des Schicksals«, »Meister des Dunklen Schattens«; Name, den Túrin während seines Aufenthalts im Wald von Brethil annahm.

Turgon. Genannt »der Verborgene König«, zweiter Sohn Fingolfins; saß in Vinyamar in Nevrast, ehe er insgeheim nach Gondolin ging, wo er bis zu seinem Tod während der Eroberung der Stadt herrschte.

Túrin. Sohn Húrins und Morwens, Hauptgestalt der ›Narn i Hîn Húrin‹. Zu seinen anderen Namen siehe unter *Neithan, Agarwaen, Thurin, Mormegil, Wilder Mann aus den Wäldern, Turambar.*

Uldor. Genannt »der Verfluchte«; ein Anführer der Ostlinge; in der Nirnaeth Arnoediad erschlagen.

Ulmo. Einer der großen Valar, der Herr der Wasser.

Ulrad. Ein Mitglied aus der Geächteten-Bande, der Túrin sich anschloß.

Urwen. Genannt Lalaith, »Lachen«, nach dem Bach Nen Lalaith, der an Húrins Haus vorbeifloß; Tochter Húrins und Morwens; starb als Kind.

Valar (Singular *Vala*). Die herrschenden Mächte Ardas; auch »die Herren des Westens« genannt.

Valinor. Das Land der Valar in Aman.

Varda. Gemahlin Manwes.

Verborgenes Königreich. Name, den man sowohl Gondolin als auch Doriath beilegte.

Verfluchter Wind. Ein Wind aus Angband, der Krankheit nach Dor-lómin trug, an der Túrins Schwester Urwen starb.

Wilder Mann aus den Wäldern. Name, den Túrin annahm, als er zum ersten Mal zu den Menschen von Brethil kam.

Wolfsmänner. Siehe *Gaurwaith.*

Wolfsvolk. Name der Ostlinge von Dor-lómin.

J. R. R. Tolkien
Der Herr der Ringe

Normalausgabe mit den »Anhängen«. Drei Bände, zus. 1379 Seiten, mit je 16 Seiten illustr. Vorspann, Pappband mit Schutzumschlag.
Band 1: ISBN 3-608-95536-4,
Band 2: ISBN 3-608-95537-2,
Band 3: ISBN 3-608-95538-0.

»Als einer der ersten, die sich für Tolkiens Werk begeistert haben, muß ich Sie anständigerweise warnen, daß es sich hier um eines jener Bücher handelt, zu welchen es kein neutrales Verhältnis gibt. Sie werden davon begeistert sein – oder es vollkommen unlesbar finden... Jenen unter Ihnen, für die ›Der Herr der Ringe‹ geschrieben ist, kann ich nur sagen, daß ich Sie um den Genuß beneide, ihn zum erstenmal zu lesen. Es wird wahrscheinlich nicht das letzte Mal sein.«

W. H. Auden

Hobbit Presse
Klett-Cotta

Das Buch

Man schreibt das 469. Jahr nach der Rückkehr der Noldor nach Mittelerde. Immer noch wirft der finstere Morgoth seinen Schatten über das Land. Aber bei den Elben und Menschen beginnt sich Hoffnung zu regen, daß man die Orks vielleicht doch noch zurückdrängen kann. Auch Húrin zieht in den Krieg. Zurück bleiben seine Frau, die ungeborene Tochter Nienor und der Sohn und Erbe Túrin ... Aus einer Anmerkung Tolkiens geht hervor, die Geschichte der Kinder Húrins sei, obgleich in der Elbensprache verfaßt, das Werk Dírhavels, eines Dichters der Menschen. Die Geschichte der Kinder Húrins, das längste aller Lieder aus Beleriand, sei alles, was er geschaffen habe. Dírhavel kam beim Überfall der Söhne Feanors auf die Anfurten des Sirion ums Leben.

Der Autor

J(ohn) R(onald) R(euel) Tolkien wurde am 3. Januar 1892 in Bloemfontein/Südafrika geboren und lebte seit 1896 in England. Er war Professor für germanische Philologie in Oxford und starb am 2. September 1973 in Bournemouth. Weitere Werke: ›Der kleine Hobbit‹ (dt. 1957), ›Der Herr der Ringe‹ (dt. 1969/70), ›Das Silmarillion‹ (dt. 1978), ›Nachrichten aus Mittelerde‹ (dt. 1983).